KB070751

하버드 사랑학 수업

하버드 사랑학 수업

사랑의 시작과 끝에서 불안한 당신에게

The case for

Falling in Love

마리 루티 지음 | 권상미 옮김

웅진 지식하우스

차례

The case for

아직도
남자와 여자의 사랑이
다르다 믿는 당신에게

Falling in Love

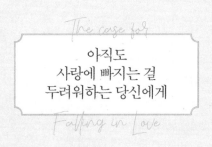

아직도
사랑에 빠지는 걸
두려워하는 당신에게

남자의 심리란
없다

1

이 책의 아이디어를 얻게 된 것은 하버드대학교에서 몇 년에 걸쳐 진행한 사랑에 관한 강의였습니다. 솔직히 처음에는 과목에 대한 학생들의 관심을 불러일으키기 위해 사랑을 '이용'할 생각이었습니다. 사랑에 대해 이야기할 수만 있다면 학생들은 읽어야 할 책이 아무리 많더라도 기꺼이 감수하리라는 걸 알았기 때문이죠. 사랑과 섹스와 성역할과 성정체성을 조합한다면 세상에서 자신의 자리를 찾고 싶어하는 젊은 대학생들의 관심을 끌 수 있을 거라 확신했습니다. 나는 강의 제목을 '사랑에 관하여 – 성역할, 섹슈얼리티, 정체성'이라고 정했고 강의는 예

상대로 상당한 인기를 끌었습니다. 이 수업을 통해 나는 사랑이 영혼을 조각하는 경험이라는 걸 알게 됐습니다. 사랑은 결코 인생의 소소한 부분이 아닙니다. 사랑은 인생의 모든 것을 끌어다 품어서 우리의 인격을 변화시킵니다. 성공한 사랑은 우리의 다른 활동까지 빛나게 합니다. 실패한 사랑은 우리에게 상대를 더 깊이 배려하라고 채근합니다. 어떤 경우든 실패란 없습니다. 사랑은 그 자체로 '윈-윈'입니다. 내가 사랑 옹호론을 펼치는 것도, 이 책을 통해 사랑에 뛰어드는 일이 왜 좋은지 써내려간 것도 그런 이유에서입니다.

사랑의 힘을 온전히 경험하는 데 가장 방해가 되는 것은 남녀관계나 연애에 관해 우리가 물려받은 경직된 사고들입니다. 이 책이 성역할을 중점적으로 다루는 이유도 바로 그 때문입니다. 연애에 있어 남녀에 관한 통념을 뛰어넘는 복잡한 면이 있다는 사실을 보여주고 싶었습니다. 학생들이 이 점을 가장 흥미롭게 여겼던 것도 당연합니다. 나는 많은 이들이 성역할에 관한 이 사회의 태도에 짜증이 나 있었다는 걸 알게 됐습니다. 그들에겐 단지 불편함을 표현할 언어가 없었을 뿐이죠. 잘못된 것에 이름을 붙이는 게 내 책무라고 생각했습니다.

내가 이 책에서 말하고자 하는 바도 그것입니다. 남녀 문제에서 우리가 느끼는 가장 큰 좌절 가운데 하나가 바로 성역할 문제라고 믿고 있기 때문입니다.

많은 연애지침서에서 남녀가 크게 다를 뿐만 아니라 연애에서 성공하려면 남자의 심리를 제대로 알아야 한다고 합니다. 바로 이것이 내가 가장 먼저 풀고자 하는 오해입니다. 나는 '남성 심리'란 없다고 말하겠습니다. 남자를 유혹하는 불변의 테크닉이란 없습니다. 서점에 이런 테크닉을 가르치는 책들이 넘쳐난다고요? 그것은 이런 테크닉이 실제로 효과가 있어서가 아닙니다. 그보다는 우리가 새로운 질서에 적응해야 한다는 사실을 순순히 받아들이기보다 남녀가 각기 다른 행성에서 왔다고 주장하는 편이 훨씬 더 쉽기 때문입니다.

나는 남녀가 서로 다른 별에 산다는 말이 지긋지긋한 사람들을 위해 이 책을 썼습니다. 또 다른 접근법이 있지 않을까 궁금해했던 사람들을 위한 책인 셈이죠. 내가 남자들에게 뭘 잘못하고 있는 걸까 늘 혼란스러웠던 여성이라면 여러분은 이제 혼자가 아닙니다. 이 책을 통해 여러분이 이런 사고방식에서 자유로워지길 바랍니다. 사실 이런 불안감은 엄청난 에너지를 소모합니다. 인생에 별로 도움도 되지 않고 말이죠. 내가 새로운 사고방식을 제안하고 싶은 것도 바로 그 때문입니다.

다른 면에서는 강인하고 똑똑한 여성들이 연애에서만큼은 구닥다리 사고방식을 답습하는 경우가 많습니다. 그토록 유능한 여성들이 비위를 맞춰가며 남자의 자존심을 세워주거나 연애라는 게임에서 승리하기 위해 자신을 깎아내린다면 뭔가 잘못돼도 한참 잘못된 것이죠. 이런 경향은 여성을 과거에 묶어둘 뿐만 아니라 남녀 모두를 지는 싸움으로 몰아넣고 서로 경쟁하도록 부추깁니다. 상대방이 물리쳐야 할 적수라는 사고방식은 행복한 사랑을 방해하는 가장 커다란 장애물입니다.

많은 여성들이 연애 게임에 지쳐 있으면서도 게임을 멈추지 않는 이유는 선택의 여지가 없기 때문입니다. 사실 여자들의 '화성남-금성녀'식 사고방식을 싫어하는 남자들도 많습니다. 진짜 감정을 숨기고 나약한 여자처럼 행동하며 전화를 걸어도 받지 않고 섹스로 거래를 하려드는 여자들은 딱 질색이라는 거죠. 글로 배운 연애라 그렇다는 걸 남자들도 이해는 합니다. 남자들은 이런 여자들의 수를 먼저 읽고 선제공격을 하는 것으로 게임을 이어나갑니다. 이게 대체 뭐하는 짓인가요. 상대편의 다음 꼼수를 가늠하느라 서로 솔직한 감정을 느낄 여유가 없잖아요. 안타깝게도 게임 때문에 사랑이 메말라버리고 맙니다.

여러분은 그동안 얼마나 많은 연애지침서를 샀던가요? 그 책들을 읽고 여러분의 연애가 조금이라도 더 나아졌나요? 그 책들을 읽고나서 여러분 자신이 어떻게 느껴지던가요? 아마도 나란 사람은 있는 그대로 사랑받기 어려운 존재인 것처럼 느꼈을 것입니다. 상대를 사로잡으려면 나를 어떤 틀에 억지로 끼워 맞춰야 할 것 같은 느낌이 들죠. 게다가 이런 책들은 연애에서 겪는 실망이 여러분의 잘못 때문이라고 은근히 여러분을 탓합니다. 여러분이 아무리 노력해도 결국에는 연애에서 흔한 열두 가지 실수를 저지르고 말 거라고요. 남자를 등돌리게 하는 여자의 실수는 정말이지 끝도 없습니다. 행복으로 가는 길은 지뢰밭이어서 연애지침서를 따르는 것만이 유일한 해결책인 것처럼 보입니다.

이런 책들을 읽다보면 드레스 코드나 화법, 제스처나 태도의 변화를 꾀함으로써 무시당하던 여자에서 여신으로, 곰에서 불여우로 나 자신을 변신시킬 수도 있겠다는 생각이 듭니다. 하지만 자신을 꾸며야 사랑을 쟁취할 수 있다는 생각만큼 사랑의 정신에 위배되는 것도 없습니다. 사랑은 물론 우리의 모습마저 변화시킵니다. 그러나 사랑을 받기 위해서 나 자신부터 뜯어고쳐야 한다고 생각한다면 자존감은 떨어지고 연애는 파국으로 치달을 수밖에 없습니다.

물론 괜찮은 연애지침서들도 많습니다. 이런 책들은 학대를 일삼거나 한 여자와 미래를 약속하기를 두려워하는 남자들을 알아보는 데 도움이 되기도 합니다. 의사소통 능력을 개선하는 법을 배울 수도 있습니다. 하지만 남자를 조종하고 남자에게 승리하는 법을 가르치는 책들은 기껏해야 우리 문화에 늘 존재해왔던 옛 방식을 강요할 뿐입니다. 이런 책들은 여러분의 심중을 헤아릴 때까지 남자가 계속 머리를 굴리게 만들어야 한다고 합니다. 남자 스스로 남자답고 중요한 사람이라고 느낄 수 있도록 그의 의견에 맞장구를 쳐줘야 한다고 조언하죠. 이런 얘길 들으면 여러분은 의구심이 들 것입니다. 전통적인 성역할이 남녀 모두를 옭아매기는 하지만 특히 여자들은 현재의 사랑과 애정관을 유지한다면 얻을 게 전혀 없으니까요.

3

'남자가 원하는 것'이나 '남자를 유혹하기 위해 여자가 해야 할 일' 같은 상투적인 말들은 복잡미묘한 남녀관계를 아주 단순한 공식으로 전락시킵니다. 이런 공식은 복잡한 현실에서는 통하지도 않거니와 여성에게 피해망상을 심어줄 뿐입니다. 영화 〈브리짓 존스의 일기〉에는 이 점을 희화화한 장면이 나옵니다. 브리짓은 파티에서 바람둥이 대니얼을 유혹할 계획을 세웁니다. 그녀는 너무 초조한 나머지 친구들에게 조언을 구하죠. 그 조언의 핵심은 다른 모든 남자들에게 관심을 보이되 대니얼만큼은 철저히 무시해야 한다는 것이었습니다. 우리도 다들 한 번씩 들어봤던 조언 아닌가요? 이런 광경은 파자마 파티나 매니큐어 바르기처럼 여자들의 성장 과정에 꼭 한 번은 포함되어 있습니다. 브리짓 존스가 그랬듯 우리도 이런 조언이 얼토당토않다는 걸 잘 알고 있습니다. 하지만 동시에 효과가 있을지도 모른다는 희망도 품게 됩니다. 사랑이라는 미친 짓을 마스터할 방법이 어딘가에 반드시 있을 거라고 믿고 싶으니까요.

하지만 연애에 '방법'이란 없습니다. 노력과 행복은 비례하지 않습니다. 더 비싸게 군다고 해서 연애에 성공하는 것도 아닙니다. 책에서 배운 연애의 규칙들을 따른다고 해서 상처를 미리 예방할 수도 없는 노릇이고요. 연애를 가르치는 책들을 당장 쓰레기통에 던져버리라고 하는 이유도 여기 있습니다. 그렇게 하면 '밀당 게임'에 열중하느라 잃어버렸던 연애의 매력과 품위, 용기가 되살아날 것입니다. 사랑을 향한 모험정신을 한 번 더 맛볼 수 있게 되죠. 그리고 자신을 끊임없이 의식하거나 머리를 굴리지 않고도 남자들을 더 잘 이해할 수 있을 것입니다. 여러분은 관계를 더 즐기게 될 뿐만 아니라 남자들이 대체로 멋진 존재라는 걸 깨닫게 될 것입니다.

어떻게 하면 연애에 성공할 수 있느냐고 제게 묻는다면, 사랑 앞에서 혼란스러워하고 불안해하는 자신의 모습을 순순히 받아들이라고 말하겠습니다. 내가 이야기해본 남자들은 대부분 사랑에 자신 없어 합니다. 다들 거절당할까 두려워하고, 사랑하는 여자가 떠나면 크게 상처받습니다. 여자들의 감성과 다를 게 별로 없어 보이죠?

왜 여자들은 남자가 관계에 별로 관심이 없다거나 여자에 비해 감성지수가 떨어진다고 믿는 걸까요? 여자는 '다른 사람의 감정을 무섭게 알아차리는 감성 전문가'이고 남자는 '여자의 눈물과 슬픈 표정을 감지조차 못하는 우둔한 족속'이라는 몇몇 작가의 말에 우리는 왜 그토록 귀를 기울이는 걸까요? 여러분은 분명 이런 이야기에 익숙할 것입니다. 그런데 행복한 표정과 슬픈 표정을 구별하지 못하는 남자가 여러분 주변에는 얼마나 있나요? 분명 많은 남자들은 연애 전문가를 자처하는 사람이 남자를 그런 식으로 치부하고 있다는 사실을 알면 경악을 금치 못할 것입니다.

남녀에 관한 구닥다리 사고방식을 부추기는 책들은 좋은 관계를 해칩니다. 남자들은 감정에는 젬병인 존재라고 예단해버린다면 어떻게 남자들의 정서를 이해할 수 있겠어요? 남녀 모두 감정을 다루는 데 서툴 때도 있다는 사실을 받아들이는 게 더 낫지 않을까요? 그리고 사랑에 대한 필요가 충족되지 않는다면 남성도 여성 못지않게 고통스러워한다고 말이에요.

우리는 모두 욕망합니다. 그리고 우리의 욕망은 우리를 취약하게 만들지요. 관계를 조종하려고 들면 남녀 각자가 욕망이 있다는 사실을 간과하게 되고, 그 결과 필요 이상으로 서로에게 상처를 주고 말 것입니다. 더구나 연애의 항로를 통제하면 할수록 연애의 신비를 경험하기는 점점 더 어려워집니다. 통제하려는 노력은 우리를 너무 조심스럽게 만들어 사랑을 느끼고 표현하는 능력을 좀먹습니다. 그렇다면 우리는 사랑을 관리하는 법을 배울 게 아니라 사랑이 본래 관리가 불가능하다는 사실을 배워야 할 것입니다. 사랑을 길들이려 할수록 오히려 더 무기력해질 수 있다는 사실을 생각해봐야 합니다.

4

사랑은 통제의 대상이 아닙니다. 울타리에 가둬놓아야 할 대상도 아닙니다. 사랑이 우리를 꼭 행복하게 해주는 것도 아닙니다.

사랑의 임무는 다른 방식으로는 잡히지 않는 인간 생활의 주파수를 우리에게 일러주는 것입니다. 흥겨운 주파수도 있고 슬프거나 외로운 주파수도 있습니다. 하지만 중요한 것은 이런 주파수가 잘 맞아떨어지면 우리의 정서적 지평이 넓어진다는 사실입니다. 잠자고 있던 우리 존재의 일면을 일깨워주고 더 고차원적인 미래를 불러들이며 우리의 개성에 깊이와 밀도를 부여합니다. 연애를 게임 정도로 치부하는 것은 인생을 변화시킬 수 있는 연애의 힘을 앗아가는 것이며, 사랑이 우리에게 더 폭넓은 영향을 미치고 훨씬 더 신비롭다는 사실을 부인하는 것입니다.

사랑에 빠지는 것은 바나나 껍질을 밟고 홀러덩 미끄러지는 사고 같은 것입니다. 불시에 일어나고 그로 인해 다칠 수도 있죠. 차이점이 있다면 바나나 껍질은 한 번 잘못 밟는 것으로도 충분히 교훈을 얻을 수 있지만 사랑의 실책은 늘 또렷하게 이해되지만은 않는다는 것입니다. 그래서 어색한 실수를 자꾸만 반복하게 되죠. 하지만 나는 '사랑의 실패가 인생의 실패는 아니라는 점'도 보여줄 것입니다. 사랑에 멍이 들었다 해도 사랑 때문에 이전보다 더 궁핍해지는 것은 아닙니다. 인간의 최대 강점 가운데 하나는 멍이 들었다고 해서 썩지는 않는다는 사실입니다. 자두나 살구, 망고나 복숭아와는 달리 인간은 생의 격류에 휘말린다 해도 시들어버리지 않습니다. 우리 각자가 회복할 수 있는 능력을 지녔기 때문입니다. 우리 내부의 어떤 기관이 손상된다고 해도 그것은 늘 새로운 기관으로 대체될 수 있지요.

사람들은 장기적인 안정성을 기준으로 연애의 성공 여부를 측정하곤 합니다. 남녀 사이에 다툼이 생기면 관계에 문제가 있는 것으로 바라보는 경향이 있습니다. 그러나 사랑은 지속성 외에도 다른 목표를 지니고 있습니다. 나는 영혼을 건드리지 않는 밋밋한 관계를 오래 끌고 가느니 아주 잠깐이라도 무모한 열정에 자신을 내던지는 것이 훨씬 낫다고 생각합니다. 그렇다고 우리가 불안정한 관계를 좇아야 한다는 뜻은 아닙니다. 안정감, 편안함, 신뢰감이 추구할 가치가 없다는 얘기도 아닙니다. 하지만 사랑의 가치를 이런 식으로만 평가한다면 우리는 사랑의 근본적인 소명을 잘못 이해하고 있는 것입니다. 인생의 가장 감동적인 통찰은 사랑의 좌절에서 나온다는 사실을 깨달아야 합니다. 이런 고통스러운 좌절은 인생의 방향을 전체적으로 재평가하게 만듭니다. 그것이야말로 좌절이 우리에게 가져다주는 보상인 셈이죠.

오랜 시간, 어쩌면 수십 년이 흐르고 난 뒤에야 사랑의 좌절이 내 인생에 어떤 도움을 줬는지를 깨달을 수도 있습니다. 물론 사랑의 상실이 내 인생에 하등 도움이 되지 않는 것처럼 보일 때도 있습니다. 하지만 가장 끔찍했던 사랑도 돌이켜볼 가치가 있습니다. 내가 뭘 필요로 했는지 새롭게 깨닫는 계기가 됐을 수도 있으니까요. 어쩌면 나는 나만의 기준이 있으며 그 기준을 바꿀 수 없다는 걸 이해하게 될 수도 있습니다. 이제껏 중요하게 생각해왔던 것이 실은 그리 중요하지 않다는 걸 깨달을 수도 있고, 상처를 주는 관계에서는 싫다고 말하는 법을 배웠을 수도 있습니다. 싫다는 말을 하는 것이 내겐 참 어려운 일이라는 걸 깨달을 수도 있습니다.

열정 같은 사랑 비슷한 감정과 진정한 사랑 간에는 차이가 있습니다. 열정과는 달리 사랑은 흔적을 남기죠. 사랑은 지워지지 않고 각인됩니다. 열정은 별 요구 없이 왔다가 가버리지만 사랑은 요구가 많습니다. 사랑은 삶을 재편해서라도 각인을 위한 자리를 마련하라고 요구합니다. 관계가 성공하면 우리는 사랑하는 사람을 받아들일 수 있도록 인생을 재편해야 합니다. 하지만 관계가 실패하면 분노와 회한, 후회와 거부 같은 실패의 잔해를 잘 헤치고 나와야 합니다. 사랑 후에는 흔적이 남는다는 걸, 앞으로 잘 달래줘야 할 여파가 남는다는 걸 받아들여야 합니다. 어떤 쪽이라 해도 우리는 새로운 길에 들어서게 되고 되돌아가는 문은 영원히 닫힙니다. 인생은 늘 이렇게 한 단계에서 다음 단계로 옮겨갑니다. 도전해보지 않았던 등산길이 불현듯 근사한 경치를 드러내듯, 사랑은 우리가 미처 예견하지 못했던 운명으로 우리를 뒤흔들어놓을 수 있습니다. 그 운명을 어떻게 만들어나갈 것인지는 우리에게 달려 있습니다. 우리는 절대 아무것도 바뀌지 않은 척할 수 없습니다. 사랑은 우리를 그냥 내버려두지 않습니다. 사랑은 그런 점에서 고집이 무척 셉니다. 사랑의 뾰족한 모서리에 얼마나 여러 번 부딪혔든 우리는 사랑의 이런 고집을 존중해야 합니다. 이 책은 그러한 존중을 담은 글입니다.

5

이 책에서 나는 내 전공인 철학과 심리학을 도구 삼아 우리 삶에서 반복되는 애정 패턴에 관해 이야기를 풀어나갈 것입니다. 이 책은 우리의 인생을 바꾸는 사랑의 위대한 힘을 알고 싶어하는 사람들을 위한 것입니다. 또한 쓰라린 실연의 고통을 이겨내고자 하는 사람들에게 바치는 글이기도 합니다. 너무도 복잡하게 엉켜 있는 것이 사랑이므로 내가 과연 사랑에 올바르게 접근하고 있는지를 걱정할 필요가 없다고 이야기할 것입니다. 그렇다고 상처를 주는 연애를 받아들여야 한다는 것은 아닙니다. 사랑에 성공하려면 오히려 이런 관계는 청산해야 하죠. 그러나 환상에서 깨어나는 것이 연애의 본질임을 받아들이는 것은 매우 중요합니다.

사랑이 안 좋게 끝나는 순간은 인생에서는 소중한 전환기입니다. 중요한 인생의 돌파구로 여러분을 인도할 수 있기 때문입니다. 나는 그 이유를 밝힐 것입니다. 그뿐만 아니라 왜 밑바닥을 경험한 사람들이 그렇지 않은 사람들보다 더 흥미로운지도 보여드릴 생각입니다. 그러니 여러분이 지금 밑바닥을 헤매고 있더라도 절대 절망하지 말기 바랍니다. 인생을 재편할 수 있는 드물고 소중한 기회가 여러분에게 주어진 것이니까요.

앞으로 일어날 일을 통제할 수는 없습니다. 하지만 일어난 일에 대한 우리의 반응은 통제할 수 있습니다. 인생과 마찬가지로 사랑에서 유일하게 통제할 수 있는 것은 내 통제권을 벗어나는 일에 대한 내 반응입니다. 물론 이마저도 힘들 때가 있죠. 너무 상처를 받았거나 너무 벅차올라서 자신의 반응을 다스릴 수 없을 때 말입니다. 그래도 괜찮습니다. 여러분은 완벽한 인간이 아니니까요. 실패는 늘 있게 마련입니다. 창피하지만 품위를 유지할 수 없을 때도 있을 것입니다. 인간이 실수하는 게 당연하다면 사랑은 인간이 바보짓을 하기 가장 쉬운 영역입니다. 하지만 마음이 여유로울수록 예상치 못한 일을 만났을 때 더 잘 대처할 수 있다는 사실 또한 보여드리겠습니다.

그리고 연애지침서식의 조언이 어떻게 남녀관계를 망가뜨리는지도 살펴볼 것입니다. 남녀를 일반화하는 상투적 지식에 지친 사람들을 위한 글이 필요합니다. 수많은 책들이 하나같이 똑같은 조언을 한다는 사실부터가 이미 그 조언이 효과가 없다는 뜻은 아닐까요? 나는 여러분들에게 말하고 싶습니다. 사랑이 실패했다면 그것은 여러분이 상대의 비밀스러운 욕망을 만족시킬 수 없었기 때문이 아니라 사랑이 본래 쉽게 변하는 것이기 때문이라고요. 그리고 남녀관계의 책임은 어느 한쪽에만 있지 않다고요. 연애에서는 매순간 올바른 선택이 필요한데 모든 부담을 혼자 짊어지는 것은 올바른 선택에 하등 도움이 되지 않습니다. 밤마다 책을 쌓아놓고 다음 단계에는 어떻게 행동할까를 고민하는 여러분에게 필요한 것은 여러분의 그런 노력에 무임승차하는 남자가 아니라 자기 몫의 부담을 기꺼이 받아들이는 남자입니다.

이 책에서 나는 다양한 대중문화에 대해 언급했습니다. 나는 TV 드라마나 대중오락이 웬만한 연애서들보다 더 진보적인 연애 모델을 보여주고 있다고 생각합니다. 특히 미국 드라마는 남녀에 관한 통념을 무너뜨리고 있습니다. 〈가십 걸〉과 연애지침서 가운데서 선택하라면 나는 고민하지 않고 〈가십 걸〉을 택할 것입니다. 〈가십 걸〉의 제작진은 연애지침서들이 아직 깨닫지 못한 진실을 이미 간파하고 있더군요. 젊은 여성은 마초를 별로 좋아하지 않으며 젊은 남성 또한 나약하고 힘없는 여자를 별로 좋아하지 않는다는 사실을 말입니다. 그리고 독자들은 더 괜찮은 조언을 들을 권리가 있다는 사실도 말이죠.

The case for

아직도
남자와 여자의
사랑이 다르다 믿는
당신에게

Falling in Love

Lies

거짓   연애는 줄다리기와 같다.
'밀당'을 잘할수록 남자의 사랑을
얻을 가능성이 높다.

Truth

진실   줄다리기는 나의 고유한
개성을 죽인다.
괜찮은 남자라면 사랑하게 될
바로 그 개성을.

1강

자존감
찾기

1

여러분이 책에서 배운 데이트 지식으로 남자를 사로잡았다고 칩시다. 남자의 전화나 문자에 당장 답하지 않는 것으로 남자를 조바심나게 만들었고 남자를 만나주지 않는 신비주의 전략도 사용했습니다. 여러분은 없는 스케줄을 만들어가면서까지 그에게 시간을 내주지 않았죠. 섹스도 석 달을 기다린 후에야 했습니다. 지금도 여러분은 남자가 여러분을 손쉬운 먹잇감라고 생각할까봐 가끔씩 머리가 아픈 척합니다. 남자에게 '결혼'의 기역자도 꺼내지 않았고 옷차림도 말도 조심했습니다. 여러분이 아는 한 그는 여러분을 감정적인 여자라고 생각하지 않을 것입니다. 여러분은 남자가 평행주차 같은 묘기를 선보일 때마다 그를 칭찬하는 법도 배웠습니다. 남자의 의견에 대놓고 반대하면 그가 자존심 상해할까봐 부드럽게 자기주장 하는 법도 익혔습니다. 연애 전문가가 하라는 것은 다 해본 셈이죠. 내 남자의 사회적 지위를 반영하는 화술도 익혔죠. 사실 이 정도면 그리 큰 희생이라 할 수도 없지만요. 하지만 연애 전문가의 또 다른 조언이 여러분의 자존심에 상처를 냅니다. 남자친구에게 그가 전 여친의 어떤 점을 좋아했는지를 물어보고 그 점을 흉내 내보라고 했으니까요.

이제 어쩌면 좋을까요? 연애 5개월째에 접어든 지금, 여러분은 함정에 빠졌다는 사실을 깨닫게 됩니다. 이 줄다리기를 무한정 계속하든가 아니면 자신의 본래 성격을 조금씩 내비치면서 남자를 실망시킬 준비를 해야 합니다. 연애지침서에 입각해 남자의 관심을 끌었다면, 그가 나중에 가서 있는 그대로의 내가 아니라 꾸며진 나를 좋아했다고 한대도 어쩔 수 없겠죠. 왜 '진짜' 나를 좋아해주지 않느냐고 불평조차 할 수 없는 것입니다.

인간은 너무나 복잡한 존재여서 내 '진짜' 모습이 무엇이라고 단언하기 어렵습니다. 그렇지만 사람에게는 저마다의 고유한 영혼, 즉 개성이 분명 존재합니다. 개인의 역사에서 빚어진 특별한 정체성 말입니다. 개성은 우리 존재에 스며들어 세상에 존재하는 나만의 방식을 형성합니다. 개성은 핵심적인 가치와 믿음으로 이뤄져 있습니다. 그리고 거기에는 희망과 꿈, 소망과 염원이 담겨 있죠. 개성은 미묘해서 알아채기 어렵지만 내 직관만큼은 내가 그것을 충실하게 표현하고 있는지 어떤지를 알아차릴 수 있습니다. 우리는 사진에 담긴 자연스러운 포즈에서도 개성을 감지합니다. 또한 나 스스로를 편안하게 느낄 때 내가 풍기는 '아우라'에서도 개성을 감지합니다.

남녀관계를 일종의 가면무도회라고 여기는 태도는 이런 개성을 죽여버립니다. 여러분의 개성에 풍부한 특징을 부여하는 에너지를 질식시키죠. 그리고 사랑의 영혼을 파괴합니다. 사랑에 빠진다는 것은 내가 이 세상에 드러내지 않는 나의 은밀한 모습을 만져봐달라고 누군가를 초대하는 일입니다. 사랑을 할 때 생기가 도는 것은 평소에 잘 드러나지 않는 우리 존재의 면면들을 사랑이 일깨워주기 때문입니다. 사랑은 우리를 깨지기 쉬운 무방비 상태로 만듭니다. 그런데 수많은 연애서들은 여자들에게 아주 이상한 조언을 합니다. 남자가 정신을 못 차릴 정도로 자신에게 빠져들게 한 뒤 정작 그렇게 한 여자더러는 냉정하고 무관심한 태도를 유지하라고 하니까요. 이 조언대로라면 여자는 자신의 것은 내주지 않은 채 친밀한 관계를 만들어가야 합니다. 사랑을 하되 너무 마음을 빼앗겨서는 안 된다는 애기죠.

물론 조언의 의도는 좋을 수도 있습니다. 상처받을 일을 애초에 만들지 말자는 것이죠. 하지만 상처받을 위험을 감수하지 않고 사랑에 빠지는 것이 과연 가능한 일일까요? 사랑에 빠진다는 것은 마음을 사용한다는 뜻입니다. 깊이 느끼도록 스스로를 허용한다는 것이죠. 밑바닥까지 떨어지도록, 장애물에 걸려 넘어지도록, 방향을 잃고 마구 헤매도록 자기자신을 내버려둔다는 뜻입니다. 물론 내 마음에 대해서는 조심스러울 필요가 있습니다. 그러나 나를 숭배하도록 남자를 조종하면서 내 감정은 흔들리지 말아야 한다는 생각은 사랑을 헛수고로 만드는 일입니다. 어쩌면 미래를 계획하는 데는 편리한 방식일지도 모르죠. 그리고 이런 방식이 먹혀들어 청혼을 받게 될 수도 있습니다. 사랑은 본래 감정의 기복을 불러옵니다. 사랑이 할 수 없는 한 가지 일이 바로 안전하게 가는 것입니다. 사랑은 중요한 사람에게 우리 자신을 통째로 보여주라고, 우리의 몸과 마음과 영혼을 내보이라고 말합니다. 사랑은 우리의 방어 작용을 멈추라고 말합니다. 여러분이 그렇게 하기를 망설인다면 사랑은 더 과감한 사람에게로 옮겨갈 것입니다.

괜찮은 남자의 마음을 사로잡고 싶으면 쿨한 척하라고 조언하는 책들은 사랑을 결혼반지를 얻기 위한 이기적인 과정으로 변질시킴으로써 사랑의 순수성을 훼손합니다. 애착을 보이는 여자는 남자로부터 버림받을 가능성이 높다는 얘기를 우리는 끊임없이 듣습니다. 남자는 약탈자의 본성을 타고났으며 남자들은 가질 수 없는 것만을 원한다고요. 미래를 약속해달라는 여자의 요구를 두려워하는 것이 남자라고요. 아무리 말이 잘 통하는 남자라도 자유를 잃을 것 같으면 은근히 겁을 낸다고요. 남자들은 태어날 때부터 그렇게 생겨먹었다고들 합니다. 남자에게 올인하는 여자를 남자들은 차버릴 거라고도 하죠. 그러니 여자가 구사할 수 있는 최고의 전략은, 남자에게 상처받지 않은 척하는 것이라고 합니다. 나에게는 선택의 폭이 아주 넓으니 너 따위를 잃어봤자 나는 아무런 타격도 받지않는다는 인상을 심어주는 것이 가장 영리한 전략이라는 겁니다.

하지만 여러분이 품은 감정에 겁을 집어먹을 남자를 왜 만나야 하는 거죠? 물론 그렇다고 감정을 다 드러내 보이라는 것은 아닙니다. 어느 정도 감정을 절제하는 것은 관계의 초기에는 도움이 되니까요. 처음부터 너무 감정에 치우친 사람으로 보일 필요는 없습니다. 하지만 그를 피해 다닐 때만 나를 원하는 남자라면 무슨 재미로 그를 사귄단 말인가요?

상대를 잡아서 정복하려는 약탈자의 충동을 가진 남자들도 물론 있습니다. 하지만 여러분이 인생을 나누고 싶은 사람이 과연 이런 남자들일까요? 연애서들은 왜 여성에게 상처를 줬던 남성의 행동을 정상적인 행동인 양 호도하는 것일까요? 왜 무심한 남자에게 이끌리는 여자는 문제가 있고, 무심한 여자를 쫓아다니는 남자는 용감한 '사냥꾼'이 되는 걸까요? 어째서 결혼을 두려워하는 남자들이 모든 남성을 대변하게 됐을까요? 그리고 이런 남자가 왜 하필 우리가 쟁취해야 마땅한 남자가 됐을까요?

내 경우에 제일 안 좋게 끝났던 남자는 백마 탄 왕자님의 복사판이었습니다. 그는 친절하고 너그럽고 사려 깊은 남자였습니다. 그와 있으면 매우 행복했지만 너무나 완벽한 그의 모습이 때로 의심스럽기도 했습니다. 그래서 그의 가식적인 행동이 무너지기 시작했을 때 너무나 놀라고 말았습니다. 가식을 걷어낸 그의 본 모습은 내가 매료됐던 그 남자가 아니었습니다. 그저 열애의 불꽃이 식어버렸기 때문이 아니었습니다. 그의 인간 됨됨이가 통째로 뒤집혔습니다. 그는 관계가 깊어지는 것을 참지 못하는 '헌신 공포증'을 가진 사람이었습니다. 이 남자는 어느 쪽으로도 마음을 정하지 못한 채 나를 몹시 혼란스럽게 했습니다. 여러분 곁에 있겠다고 약속하지 않는 남자는 여러분을 보내주겠다는 약속도 하지 못합니다. 남자는 헤어지고 싶은 마음을 극구 부인합니다. 하지만 그는 여러분과 시간을 함께 보내는 것도 견디지 못합니다. 그는 속으로는 여러분이 없기를 바라지만, 소심함 때문에 그 말을 차마 하지 못합니다. 그리하여 여러분이 더러운 일(이별을 먼저 고하는 일)을 대신 해주길 바라는 마음에 여러분을 모욕하기 시작합니다. 그의 이런 잘못된 행동을 지적하면 '그건 어디까지나 네 오해이거나 네가 자신감이 없어서'라고 말합니다. 그러면서 '변한 건 너라고 그래서 내가 너를 더 만나고 싶은지 잘 모르겠다'고 합니다. 그래서 그냥 떠나가라고 말하면, 그는 어떻게 자신을 거부할 수 있느냐며 모욕감을 느낍니다. 하지만 그러고 나서 3주쯤 연락이 두절됩니다.

이런 일은 드물지 않습니다. 관계에 헌신하기를 두려워하는 남자들은 관계가 깊어지면 자신의 모순된 행동을 합리화하기 위해 여자의 잘못을 찾으려듭니다. 그들은 여러분을 사랑하려고 애쓰지만 헤어질 구실을 늘 바지 뒷주머니에 넣어놓고 있습니다. 때문에 여러분의 외모나 성격에 대해 트집을 잡기 시작합니다. 덕분에 여러분은 별안간 키가 너무 작거나 너무 크거나 성격이 너무 내성적이거나 너무 외향적인 사람이 돼버립니다. 하지만 그들이 지금 맘에 안 들어하는 면들은 그들이 처음에 여러분에게 이끌린 이유이기도 합니다. 내 남자친구는 내가 너무 지적知的이어서 싫다고 했습니다. 연애 초기에는 나의 그런 지성을 사랑한다고 하지 않았느냐고 따져 묻자 그는 내가 자신의 말을 오해한 거라고 우겼습니다. 자신은 결코 그런 말을 한 적이 없다면서요. 지킬 박사의 그림자 하이드가 갑자기 튀어나온 것 같았습니다.

하이드를 만난 것은 실수였지만 다행히 나는 그 관계에서 곧장 빠져나올 수 있었습니다. 모든 남자들에게 헌신에 대한 공포가 있는 것은 아닙니다. 남자들은 그렇게 미성숙하거나 비열하지 않습니다. 적극적으로 훌륭한 관계를 가꿔나가려는 남자들이 더 많습니다. 나는 다른 사람인 척하는 여자와 사귀고 싶어하는 남자도 별로 만나본 적이 없습니다. 남성의 '정복 근성'에 대한 일반화는 진정으로 사랑을 갈구하는 남성들을 부당하게 대우하는 일입니다.

2

남성에 대한 일반화는 대단히 명료하지만 사실 그것은 환상에 불과합니다. 그 같은 일반화는 우리를 경직시키고 진실한 감정을 두려워하게 만듭니다. 마음이 있다는 걸 조금이라도 내

보였다가는 관계 전체가 위태로워질 수 있다고 믿는다면 뭐든 마음 놓고 털어놓을 수 없게 됩니다.

여학생들이 공통적으로 입에 올리는 이야기 가운데 하나가 바로 남자친구의 포르노 시청입니다. 별로 개의치 않는 사람들도 있지만 이 때문에 좌절감을 느끼는 여성들이 더 많습니다. 포르노 자체를 괜찮다고 생각하는 것과 남자친구가 포르노를 보는 모습을 목격하는 것은 별개의 문제입니다. 내가 만난 여성들은 후자의 경우에 더 모욕감을 느끼고 분노했습니다. 그러면서 늘 이런 고백을 덧붙이죠. "신경 쓰면 안 된다는 건 알아요" "내가 더 자신감이 있었으면 좋겠어요" "남자들이 다 그렇죠, 뭐" "별 뜻 없이 그러는 거라고 얘기하긴 했어요" "그래도 그 사람은 아직 날 사랑해요". 남자친구와 그 문제를 터놓고 이야기해보지 그러느냐고 하면 자신은 잔소리하거나 다그치는 여자, 질투하거나 자신감이 부족한 여자로 비치는 게 싫다고 합니다. 자신의 괴로운 심사를 드러내면 남자가 멀어질 수도 있거니와 그렇잖아도 위태로운 사랑의 발판을 더 취약하게 만들지나 않을까 걱정이 된다는 거죠.

나는 포르노가 옳다 그르다 판단하는 일에는 아무런 관심이 없습니다. 다만 그토록 많은 여성들이 남자친구가 '가외로' 하는 일에는 자신이 관여할 수 없다고, 자신에게는 성적 책임을 요구할 권리가 없다고 생각한다는 사실이 놀라웠습니다. 이들은 남자친구에게 따져 묻느니 차라리 혼자 속을 끓이겠다고 말합니다. 성적 자유를 누릴 남자의 권리를 여자친구의 마음의 안녕보다 더 중요하게 여기는 문화에 의문을 제기하는 대신, 여성들은 불편한 마음과 분노, 수치심을 억제하지 못하는 자신을 탓합니다. 이들은 심지어 "내가 살을 더 뺐어야 하는 건데" "내가 그 사람의 필요를 만족시켜주지 못하나봐" "나도 내가 그렇게 매력적인 여자가 아니라는 건 알아" 같은 자조적인 푸념을 늘어놓기도 합니다.

연애지침서는 여성이 마음 깊이 느끼는 감정이, 외모나 표현 방식보다 덜 중요하다고 말하는 경향이 있습니다. 여성의 감정이 부끄러운 것이라고 암시하는 것이죠. 여성들에게 감정을 숨기라는 조언은 문제를 내보이기보다는 차라리 혼자 괴로워하는 편을 택하도록 여성을 몰고 갑니다.

남성도 여성과 마찬가지로 인터넷에서 무엇을 할지를 결정할 권리가 있습니다. 포르노가 여자친구보다 더 중요하다고 느낀다면 그 남자는 여자친구와 헤어질 수 있습니다. 하지만 남자는 원래부터 그런 웹사이트 없이는 살 수 없는 종족이라고 말한다면, 그리고 그 문제로 불쾌감을 느낀다고 해서 그 일을 문제 삼아서는 안 된다고 말한다면 그 말에 절대 넘어가지 마십시오. 이렇게 자기 안에서 강하게 올라오는 반감을 억누르다 보면 서로 친밀해질 수가 없습니다. 그뿐만 아니라 이런 감정은 언젠가는 표면으로 떠오르게 마련입니다. 배는 이때 뒤집어지는 것입니다.

3

몇 년 전 나는 아주 오랫동안 연락이 끊겼던 친구를 다시 만나게 됐습니다. 싱글이었던 네이딘은 내가 그녀를 처음 알았을 때처럼 희망과 생기가 넘쳤습니다. 그녀는 막중한 책임이 따르는 멋진 일을 하고 있었습니다. 과감하고 자신감 넘쳤던 네이딘은 새로운 남자를 만나게 됐습니다. 하지만 두 달도 지나지 않아 의구심이 고개를 쳐들었습니다. '내가 그에게 너무 매달리는 건 아닐까? 내가 남자를 너무 숨막히게 하나? 그에게 너무 많은 걸 요구하나? 나를 너무 많이 보여주나? 내가 너무 자신감이 없어 보이나? 결혼에 너무 조바심을 내나? 남자가 이틀쯤 전화를 걸어오지 않을 땐 어떤 의미로 받아들여야 하지? 그 시간에 그는 자기만의 동굴로 들어가 있는 걸까? 혹시 내게서 조용히 멀어지는 건 아닐까?' 답답해하던 네이딘은 존 그레이 박사의 『화성에서 온 남자, 금성에서 온 여자』의 후속작 『다시 시작하는 이야기』를 삽니다. 서점에서 돌아오는 길에 그녀는 다급하게 책을 뒤적이다가 다음 문장을 발견합니다.

> 여자는 열정이 생기기까지 시간이 걸린다. 하지만 남자는 그렇지 않다. 남자는 처음부터 성적인 열정을 느낄 수 있다. 남자는 다르게 태어났기 때문이다. 남자들은 성적 매력을 먼저 느끼고 그것이 서서히 애정과 관심으로 발전한다. 반면 여성은 관심을 먼저 느끼고 그다음에 성적 매력을 경험한다. 여성은 정신적으로 먼저 흥분한다.

이럴 수가! 문제였습니다. 네이딘은 섹스를 좋아했거든요. 그것도 아주 많이요. 그리고 열정을 느끼는 데 그리 오랜 시간이 걸리지 않았습니다. 그녀는 두 번째 데이트 때 그 남자친구와 잠자리를 같이 했습니다. 더 솔직히 말하면 네이딘은 그를 만나자마자 그와 섹스를 하고 싶었습니다. 어쩌면 그게 네이딘의 문제인지도 모릅니다. 그녀는 남자처럼 타고난 것이죠!

나 역시도 처음부터 같이 자고 싶지 않은 남자와는 연애를 한 적이 없다고 네이딘에게 말했습니다. 그리고 내가 가르쳤던 젊은 여성들의 가장 큰 불만이 바로 이 점이라고 강조했습니다. 그들은 섹스와 여성성은 양립하지 않으며 너무 쉽게 섹스를 허락하는 여자는 문제가 있다는 오랜 사고방식과 줄기차게 싸워왔습니다. 그레이 박사가 어디서 이런 생각을 갖게 됐는지는 알 길이 없습니다. 어쩌면 그는 성적으로 확신에 찬 여성을 별로 좋아하지 않았는지도 모릅니다. 어쩌면 그는 우리 어머니나 그 이전 세대의 여성에 관해 이야기하고 있었는지도 모릅니다.

네이딘은 안도했습니다. 휴! 나만 이상한 게 아니었어. 나 같은 여자들이 또 있구나. 하지만 그레이 박사는 더 나쁜 소식을 들려줬죠.

여성이 곧바로 성적 매력을 느낀다면 그것은 분명 경고 신호다. 자신의 열정에 불을 지르는 남자를 만난다면 여자는 도망쳐가야 한다. 열정에 이끌리는 여자에겐 실망만이 기다리고 있을 것이다. 여자에게 그런 열정을 부추기는 유일한 남성은 어찌 보면 위험한 남자들이다. (중략) 그런 여성은 어떤 식으로든 상처를 남길 남자에게 저도 모르게 끌리게 된다.

그의 말대로라면 네이딘은 문제가 심각했습니다. 그녀는 마조히스트적이며 무의식 중에 실망을 자초하고 있는 게 분명했습니다. 더 끔찍한 것은 남자친구가 그녀에게 욕망을 불러일으 킨다는 사실이었습니다. 그러니 남자는 위험할 수밖에 없으며 그가 네이딘에게 상처를 주는 것은 시간 문제였습니다.

그레이 박사는 몇 문장만으로 여성의 건강한 성욕을 병으로 둔갑시켰습니다. 성에 대한 이중 잣대야말로 '화성남-금성녀' 현상의 가장 불편한 면모일 것입니다. 여자는 이렇고 남자는 저렇다는 '묘사'가 여자는 이래야 하고 남자는 저래야 한다는 '처방'이 돼버린 것입니다. 여성은 금성녀 유형에 맞지 않으면 뭔가 자신에게 문제가 있다고 느끼게 됩니다. 여성은 왜 이러저러하게 타고나야 하는지 의문을 품는 대신, 금성녀에게서 자신의 모습을 찾으려고 애쓰며 자신이 '진짜' 여자라는 걸 스스로에게 확인하려 듭니다. 여성들은 남자와 성공적인 관계를 만들기 위해 자신의 성욕을 억누릅니다. 내가 보기에 네이딘의 남자친구는 그녀의 솔직한 성욕을 좋아했습니다. 하지만 그레이 박사는 그것이 그녀의 연애를 파국으로 몰고갈 거라고 했습니다.

나는 네이딘이 성적으로 자신감 넘치는 여성에서 신경과민한 여자로 변모하는 모습을 안타깝게 지켜보았습니다. 그녀는 남자친구가 속으로 얌전하고 '여성스럽고' 섹스에 대해 말하지 않는 여자를 더 좋아하지 않을까 걱정하면서 다른 여성을 위협적인 존재로 보기 시작했습니다. 그레이 박사의 말은 그녀에게 엄청난 영향력을 행사했습니다. 편집증이 네이딘의 개성을 조금씩 갉아먹기 시작했습니다. 그녀는 매사에 조심스러워지기 시작했고 배신의 징후가 있지는 않은지 남자친구의 일거수일투족을 철저히 감시했습니다. 그가 전통적인 여자를 원하고 있을지도 모르기 때문에 남자친구의 기분과 제스처를 세세히 분석했습니다. 그녀는 자신이 '모성'이 부족한 여자라고 자책했습니다. 남자친구의 몸에 좋은 음식을 만들기 위해 근무 시간을 단축할 생각도 했습니다. 그녀는 또 자신의 부드러운 면을 부각시켜주는(그러나 열 살은 족히 더 늙어 보이는) 옷을 장만했습니다. 네이딘은 관계를 '제대로' 다잡아야 한다는 생각에 그만 장난기를 잃어버리고 말았습니다. 자신을 끊임없이 돌아보는 습관은 그녀를 갈수록 긴장하게 만들었고 남자친구와의 관계는 에베레스트산을 오르는 것처럼 힘겨워지기 시작했습니다.

4

이런 일이 생긴다면 먼저 내가 정말 괜찮은 남자와 함께하고 있는 것인지부터 살펴봐야 합니다. 그리고 두 번째로는 사랑을 자유롭게 표현하려는 열망을 나도 모르게 억누르고 있는 것은 아닌지 자문해봐야 합니다. 두 번째 질문은 첫 번째 질문만큼이나 중요합니다. 자신에게 너무 많은 부담을 줌으로써 좋은 관계를 망가뜨릴 수 있으니까요. 왜 많은 여성들이 오늘날의 여성이 몸담고 있는 현실과 반대되는 이상을 받아들이려 하는지 곰곰이 생각해봐야 하는 것도 그 때문입니다. 이런 이상은 남자들에게서 나오는 걸까요? 아니면 연애지침서의 유혹에 우리가 손쓸 겨를도 없이 당하고 있는 것일까요? 과연 그 책들은 우리에게 실질적인 도움을 주고 있는 걸까요? 비판적 시각으로 주위를 돌아보면 여러분도 금세 알게 될 것입니다. 여자가 강해서 좋을 게 없다는 생각에 자신이 너무 쉽게 길들여져 있다는 사실을 말입니다.

남성성과 여성성이란 개념은 지난 수십 년에 걸쳐 급속히 변화해왔습니다. 성역할에 대한 전통적 구분은 사라졌습니다. 여자는 천성적으로 소방관이 될 수 없다거나 남자는 훌륭한 간호사가 될 수 없다고 주장하는 사람은 이제 없을 것입니다. 그리고 여자들 간의 차이가 한 여자와 한 남자의 차이보다 더 클 수 있다는 걸 대부분의 사람들이 인정합니다.

그렇다면 여성과 남성의 행동 양식을 규정해버리는 개념을 받아들일 이유가 있을까요? 내 생각에 그런 개념은 여성이 거의 모든 사회적 영역에서 눈부신 승리를 거둔 이 시대에 여성을 '제자리에' 붙들어놓기 위한 최후의 수단으로밖에 보이지 않습니다. 이런 개념은 겁없는 여성들을 진정시키는 데 대단히 효과적인 수단입니다. 남자들과 맞짱을 뜨는 여자는 신랑감을 구하기가 어렵다고 겁을 주니까요.

이 강의의 커다란 목표 중 하나는, 문화란 시간이 흐르면서 무의식적인 동기부여와 신념체계를 구축한다는 사실을 보여주는 것입니다. 이런 동기부여와 신념체계는 너무나 매끄럽게 우리 사회구조에 얽혀 들어가 눈에 보이지 않게 됩니다. 그것은 눈에 보이지 않으면서도 엄청난 힘을 행사합니다. 우리를 잡아두고 우리가 아무리 몸부림쳐도 놓아주지 않는 거대한 거미줄이 되고 말죠. 그런데 역설적이게도 거미줄을 만드는 거미가 없다는 사실이 이 거미줄을 두 배로 강력하게 만들어줍니다. 주범이라고 지목할 만한 조종자가 없는 것입니다. 우리는 거미줄에서 스스로 벗어나서 우리 문화가 '자명한' 것으로 받아들이는 구습을 꿰뚫어 볼 수 있는 비판적인 안목을 갖춰야 합니다.

역사를 돌이켜보면 우리 문화가 '자명한' 것으로 여겼던 신념들 대부분이 너무도 잔인하고 불공평했습니다. 미국에서는 흑인과 백인이 같은 식당에서 식사를 하거나 같은 화장실을 써서는 안 된다는 것이 한때 '자명한' 이치로 받아들여졌습니다. 민권 운동과 같은 어마어마한 정치적 사건이 벌어지고나서야 사람들은 이것이 잘못됐다는 걸, 흑인들이 억압받는 것이 당연하지 않다는 사실을 깨닫게 되었습니다. 마틴 루터 킹, 맬컴 엑스 같은 활동가들은 아주 당연하게 받아들여졌던 편견을 물리치기 위해 목숨을 바쳤습니다. 마찬가지로 메리 울스턴크래프트, 마거릿 풀러, 소저너 트루스 같은 여성 선구자들은 여성이 남성보다 열등하다는 아주 '당연해' 보이는 개념에 의문을 제기했습니다.

나는 사회가 '자명한' 것으로 여겨왔던 사실들을 한번쯤 의심해볼 것을 권유합니다. 연애처럼 우리에게 가장 뻔해 보이는 문제에 대해서도 회의를 품어보는 것이 좋습니다.

5

물론 게임을 하지 않는 남자들도 많습니다. 그가 정말 여러분의 반려자라면 그는 여러분의 개성과 사랑에 빠질 것입니다. 나를 나답게 하는 점이 그에게도 나를 하나뿐인 소중한 사람으로 만들어준다는 점에서 '제 눈에 안경'이란 말은 아주 정확한 표현입니다. 우리가 유명 배우나 가수를 좋아하는 것처럼 남자들도 예쁘고 섹시한 여성을 좋아합니다. 그러나 이런 흠모는 사랑과는 별 관련이 없습니다. 슈퍼모델은 사람을 뒤돌아보게는 해도 사랑을 이끌어낼 수는 없습니다.

45세인 내 이성 친구는 이십 대 아가씨의 팽팽한 얼굴을 보면 경험과 깊이의 부족이 가장 먼저 눈에 띈다고 했습니다. 그는 패션잡지에서 막 빠져나온 듯한 여성보다는 얼굴에 살아온 흔적이 보이고 인생에서 많은 것을 배운 여인과 사귀고 싶다고 했습니다.

감히 단언컨대 괜찮은 남자들은 자신의 독특한 개성을 일궈온 여성과 시간을 보내고 싶어합니다. 여러분이 한심한 멘트로 작업을 걸어오는 남자를 싫어한다면 남자들도 판에 박힌 조언에 따라 행동하는 여자를 반기지 않을 가능성이 높습니다. 자신의 행동을 자제할수록 괜찮은 남자를 매혹시킬 가능성은 점점 더 줄어듭니다. 사랑은 여러분만의 독특한 어떤 면을 쫓는 것이기 때문입니다. 사랑은 인간을 고유하고 유일무이하게 만드는 면 속으로 파고듭니다. 또한 한 존재의 가장 여린 부분 속으로 파고들고 싶어합니다. 사랑은 여러분의 개성을 빚어내는 것이 무엇이며 왜 그런지 알고 싶어합니다. 여러분의 깊은 내면에 묻어둔 비밀이 무엇인지 알고 싶어합니다. 여러분을 억누르는 것이 무엇인지 더 잘 이해하기 위해 여러분의 어깨에 지워진 무거운 짐을 엑스레이로 찍어보고 싶어합니다. 운이 좋다면 사랑이 그 짐을 나눠 지겠다고 할지도 모릅니다. 사랑은 여러분이 넘어질 때 그 손을 잡아주겠다고 제안할 것입니다.

여러분 스스로가 자유로이 빠져들도록 허락하지 않는다면 이런 사랑은 구경조차 못할 것입니다. 남자를 얼마나 더 애먹여야 하는지, 그와 섹스를 하고 친구들에게 소개하기까지 얼마를 더 기다려야 하는지 고민하기보다 여러분의 개성에 열정과 멋을 더하는 불꽃이 꺼지지 않도록 살피는 편이 훨씬 더 효과적인 것도 바로 이 때문입니다.

우리의 정체성은 끊임없이 변합니다. 우리가 어떤 사람이 될지는 우리의 세계로 들이는 사람들에 따라 크게 달라집니다. 우리 인생이 누군가와 접촉할 때마다 우리는 조금씩 달라집니다. 우리는 주변 사람들에게 반응하며 진화합니다. 우리가 만나는 모든 사람이 우리 인생을 변화시키지만 깊이 사랑하는 사람만큼 나를 크게 변화시키는 이는 없습니다. 때문에 우리 삶으로 초대할 남자는 우리가 창의적인 방향으로 성장하는 데 도움이 되는 사람이어야 합니다. '정복할' 먹이로서 여성에게 접근하거나 여성성을 무력함의 또 다른 표현이라 여기는 남자는 우리의 인성에 도움이 안 됩니다. 이런 남자는 우리 존재의 숨겨진 면면을 조금도 일깨우지 못하죠.

자신의 개성을 억누르고 있다면 여러분은 남자로부터 흥미를 살 수 있는 바로 그 부분을 억압하고 있는 것입니다. 반대로 자신에게 두려움 없는 사랑을 허용한다면 연애에서 가장 위대한 것을 분출하는 것입니다. 사랑의 영혼을 구원하는 것이죠. 사랑은 여러분이 이미 잘 알고 있는 우주 바깥으로 여러분을 이끌기 때문에 매혹적입니다. 사랑의 달콤한 비합리성은 어떻게든 정신을 차리려고 하는 여러분의 시도를 번번이 좌절시킵니다. 사랑은 어떤 것도 보장해주지 않습니다. 여러분은 언제라도 실수할 수 있고 그것도 모자라 비참하게 실패할 수도 있습니다. 하지만 그렇다고 포기할 수는 없기에 사랑은 받아들여야만 하는 도박입니다. 경계를 풀지 않고서는 사랑에 빠질 수 없습니다. 되살아나는 짜릿한 기분을 느낄 수 없습니다. 자신을 사랑의 위험에 노출시키지 않고서는 연애의 기적과 같은 면면들을 경험할 수 없습니다. 사랑은 여러분을 활짝 열어젖히고 혼란스럽게 만듭니다. 사랑을 통해 한 편의 마법이 일상 속에서 펼쳐집니다. 이 마법을 어떻게 맛볼 것인지는 여러분이 결정할 일이겠지만요.

Lies

거짓 남자는 자신이 주도할 수 있는
온순한 여자를 선호한다.

Truth

진실 괜찮은 남자일수록
능력 있고 독립적인 여성과의
동등한 관계를 원한다.

2강

더 나은
연인 찾기

1

사랑에 관한 조언을 건네는 사람의 성별에 따라 조언의 내용
이 어떻게 달라지는지 좀 더 살펴볼까요. 그렉 버렌트와 리즈
투칠로의 베스트셀러 『그는 당신에게 반하지 않았다』를 예로
들어봅시다. 이 책은 이런저런 연애 고민에 빠진 여자들이 '친
애하는 그렉에게'라는 제목으로 띄워 보낸 가상의 편지들을 담
고 있습니다. 나는 이 책이 무척 맘에 듭니다. 그렉의 답장은 재
치가 넘칠 뿐만 아니라 정말로 힘이 될 때가 많으니까요. 그리
고 '당신을 홀대하는 남자를 두둔하는 일은 이제 그만두라'는
그의 일침에도 전적으로 동의합니다. 하지만 그런 그렉도 안타

까운 말을 하고 맙니다.

나는 여자들이 석기시대로 돌아가는 걸 옹호하자는 게 아니다. 나는 인간 본성을 움직이는 원초적 충동을 당신이 얼마나 바꿔놓을 수 있을지 좀 더 현실적으로 따져봐야 한다고 말하는 것이다. (중략) 남자들은 여자를 쫓아다니길 좋아한다. (중략) 당신이 먹잇감이란 사실을 잊지 말아라. 남자들은 당신을 붙잡기 위해 나선 것이다. 새콤달콤한 레몬소스에 지글지글 구워질 맛있는 사냥감은 남자가 아니라 바로 당신이다.

많은 연애서들은 이와 비슷한 말들로 가득 차 있습니다. 여성이 쓴 책도 마찬가지죠. 셰리 아곱은 자신의 책 『남자들은 왜 여우같은 여자를 좋아할까』에서 이런 말을 남깁니다.

사냥꾼인 남자들은 먹잇감이 포식자에게 저항할 때 정복의 쾌감을 느낀다. (중략) 여자가 남자를 쫓아다닌다면 그것은 그의 집 앞에 죽은 사슴을 갖다놓는 것이나 다름없다.

이 책은 '걸 파워'를 강조함에도 불구하고 아곱은 남자의 마음을 사로잡는 지름길은 언제나 남자가 상황을 장악하고 있다

고 믿게 만드는 것이라고 말합니다. 여자는 아무 힘도 없는 척
하면서 은밀하게 쇼를 조종하는 '여우'가 되어야 한다고 덧붙
이면서요.

2

나는 이 강의를 위해 각종 연애지침서들을 억지로 읽어야 했
습니다. 남자들은 너무 똑똑하거나 너무 야심만만하거나 너무
의지가 강하거나 너무 유능하거나 너무 주도적인 여자를 좋아
하지 않는다, 남자가 길을 잃더라도 지도를 읽어줄 생각은 말
아라, 남자의 방향 감각에 의문을 제기하느니 차라리 굶어죽는
게 낫다, 혼자 힘으로 전구를 갈 생각이면 남자가 안 볼 때 해
라, 남자 앞에서 전구를 간다는 건 그의 남성성을 무시하는 일
이다, 남자가 정말로 원하는 여자는 마룻바닥에 기어다니는 작
은 벌레를 볼 때마다 얼굴을 가리고 소리를 지르는 여자다 등
등이 이런 책들이 전하는 메시지였습니다.

직장에서 여러분을 돋보이게 해주는 능력이 연애에서는 최
대 걸림돌이라고 얘기하고 있는 셈이죠. 부모님이 장래를 내다
보며 자신감을 가지라고 했던 모든 가르침이 이성과의 교제에

서는 문제가 된다는 겁니다(어찌된 일인지 여러분이 데이트하는 남자들은 여러분의 아버지보다 훨씬 더 '구식'이로군요!). 현대 여성은 뭐든 마음 가는 대로 할 수 있다는 태도는 인생의 다른 영역에서는 효과가 있을지 모르지만 연애에서만큼은 여러분을 사랑스럽지 못한 여자로 만든다는 거예요. 어디 그뿐인가요. 남녀평등을 요구하는 순간 여러분은 사랑스럽지 않을 뿐만 아니라 '재미없는' 여자가 돼버리고 맙니다.

이 터무니없는 주장들을 읽고 난 뒤 나는 내가 할 수 있는 일이 무엇일까를 생각해봤습니다. 나는 야곱에게서 영감을 얻어 나와 제일 친한 이성 친구들에게 설문조사를 하기로 했습니다. 나는 이메일을 보내 여자친구나 아내가 전구 가는 모습을 본다면 매력이 떨어질 것 같으냐고 물었습니다. 그러자 다음과 같은 답장이 날아들었습니다.

--- Re:

손(과학자, 저술가)

여자가 전구를 갈면 매력이 떨어지느냐고? 말이 되는 소릴 해. 당연히 아니지. 나는 능력이 있고 그 능력을 기꺼이 발휘하는 여자에게 훨씬 더 매력을 느껴. 내 아내만 해도 언제라도 내 팔을 부러뜨릴 수 있는 무술 유단자인걸. 그건 전구를 가는 것보다 훨씬 더 무시무시한데도 난 이 여자가 멋져 보이거든! 물론 남자입네 하고 여자를 다스려야만 직성이 풀리는 찌질한 남자들도 있겠지. 성역할이 존재한다는 건 부인할 수 없는 사실이지만 우린 그런 단계는 벌써 다 지났다구.

닉(대학원생, 전직 영국 서핑 국가대표 선수)

내 여자친구가 전구 하나 못 가는 사람이라면 나는 그게 더 매력 없게 느껴질 것 같아. 나는 존중과 감탄을 자아낼 수 있는 여자에게 매력을 느끼거든. 어떤 일이든 잘 해낼 수 있다는 건 나한테는 최고의 매력포인트야. '거세당할지 모를' 상황에 대비해서 집수리나 자동차, 오토바이 정비, 과학, 공학이나 컴퓨터만큼은 남자들만의 영토로 남아야 한다고 주장하는 봉건적 마초들만큼 한심한 놈들도 없지. 지금이 어느 땐데. 어이, 형씨들, 정신 차리라고. 여자가 무능할 때는 커졌다가 여자가 유능할 때는 작아지는 불량 쌍방울은 이제 좀 갈아치우지?

사회 최고 분야에 있는 여성들은 유치한 수준에 머물러 있는 남성우월주의와 싸워야 하지. 또 화장이나 옷, 집안일, 육아를 제외한 그 어떤 것에 대해서도 입을 열지 말라는, 같은 여자들의 압력에도 맞서야 하고. 하지만 이 모든 것들이 이에 맞서는 성공적인 여성들을 훨씬 더 인상 깊고 매력적인 존재로 만들지.

조시(대형 유기농 식품 회사의 CEO)

나는 전구를 가는 줄리아나의 모습이 무척 섹시해 보여. 줄리아나와 함께하는 시간 중에서 나는 몸 쓰는 일을 같이 할 때가 가장 좋아. 페인트칠을 하거나 가구를 옮기거나 정원에 채소를 심거나 하면서 말이야. 과거에 내가 만났던 여자들이 애정이나 관심을 얻기 위해 약한 척, 능력 없는 척할 때마다 사실 무척 짜증스러웠어. 모르긴 해도 연애 문제는 우리 자신에 대해 느끼는 딜레마에 관한 문제인 거 같아. 진정한 사랑과 친밀함을 느끼기 위해서, 또 생의 활기를 느끼면서도 여린 면도 잃지 않기 위해서 우리가 어떤 이야기와 사고방식을 버릴 준비가 돼 있는가의 문제라고. 내 경우에는 위험을 더 많이 감수할수록 더 많이 사랑하거든. 하지만 내가 뭘 알겠어? 한 사람과 십 년 동안 교제만 하고 있는 주제에!

데이비드(철학자)

어떤 여자가 전구 가는 법을 모른다면 그건 그 여자가 모자라다는 신호겠지. 나는 모자라는 여자한테는 별로 끌리지 않아. 나는 산간벽지를 여행하거나 고산지대에 스키를 타러 갔다가 눈사태를 만났을 때 장비를 능수능란하게 다룰 줄 아는 여자를 찾고 있어. 내 친구 셰릴의 말마따나 나는 '사나운 야수'

같은 여자와 만나고 싶어.

3

이 남자들의 증언에서 우리가 알게 된 게 뭐냐고요? 남자는 강하고 지적이며 전구를 갈 줄 아는 여자를 좋아한다는 사실이죠.

물론 이것은 과학적인 연구는 아니지만 나는 내가 발견한 사실이 그렉 버렌트와 셰리 아곱의 발견만큼이나 유효하다고 주장하고 싶습니다. 누구에게 질문을 하고 어떻게 질문하는지에 따라 발견의 내용은 달라지니까요.

여자가 먼저 데이트 신청해오는 걸 남자들이 어떻게 생각하는지 설문조사를 실시했다고 합시다. 그리고 거기 질문이 "지금껏 만난 여자들 중에 가장 섹시한 여자를 만났는데 여자 쪽에서 먼저 데이트를 신청한다면 당신은 그녀의 초대를 거절할 것인가?"라고 합시다. 얼간이가 아닌 이상 여자의 데이트를 거절할 남자는 별로 없을 겁니다. 하지만 같은 질문을 이렇게 바꿔봅시다. "어떤 파티에서 당신을 열렬히 쫓아다니던 여자가 여러분의 전화번호를 알아내어 하루에 여덟 번씩 전화로 데이트 신청을 한다면 어떻게 하겠습니까?" 어떤 대답이 나올지는 묻지 않아도 뻔하겠죠.

남녀관계나 연애에 관한 질문을 어떻게 구성하느냐에 따라 대답은 달라집니다. 누구를 대상으로 하는지도 중요하죠. 여러 분이 20년 넘게 남성을 상담해왔던 카운슬러라면, 그리고 상 담에서 얻은 남성에 관한 지식을 바탕으로 책을 쓰는 사람이라 면, 남자들은 친밀감과 자율성, 대화와 헌신에 취약한 존재라 고 얘기할지도 모릅니다. 상담 시간에 만나는 남자들은 실제로 그런 문제를 가지고 온 사람들이니까요. 하지만 모든 남자들이 이런 문제를 겪는 것은 아닙니다.

남자들이 다 내 이성 친구들 같은 것은 아닙니다. 그렇지만 그들과 완전히 다르지도 않습니다. 말하자면 여자가 전구 가는 걸 원치않는 남자들이 내 '깨인' 이성친구들보다 더 '남성'을 대 표한다고 할 수는 없습니다. 그런 남자들은 우리 집단이 지어 낸 허구일 가능성이 높습니다. 연애지침서 저자들이 우리를 위 한답시고 서로의 생각을 멋대로 가져다가 지어낸 것이 아닐까 요. 어느 저자가 자신의 통찰을 단언하면 다른 이들이 즉시 그 전례를 따르게 되지 않던가요. 이들은 핼러윈 날 캔디를 나눠 주듯 성차별적인 혹평을 함부로 떠벌립니다. 하지만 이 사탕을 꿀꺽 삼키는 것은 바로 우리들이죠. 연애지침서라는 나쁜 식습

관에 관한 한 우리의 최대 적은 바로 우리 자신입니다.

이런 함정에 깊이 빠져들수록 여성은 자신이 만든 감옥을 철옹성으로 만들 수 있습니다. 힘없는 척하는 것이 연애에서 더 유리할 거라고 생각할지도 모르지만 오히려 그것은 평등주의를 지향하는 남자들을 밀어내는 꼴이 되고 맙니다. 연애에서는 뭐든 남자가 먼저 시작하게 돼야 한다는 생각을 잘 살펴봅시다. 이런 생각은 자신이 받아들여질지 자신이 없는(지극히 인간적인 모습이죠!) 남자들을 곧장 배제시킵니다. 남은 남자라고는 여자를 지배하기 좋아하는 공격적인 사내들뿐입니다. 사냥감을 뒤쫓는 스릴을 즐기는 거만한 마초들 말입니다. 아니면 동네 선술집에서 아무 여자나 걸려들길 기대하는 플레이보이거나요. '대시'를 잘한다고 해서 정서적이고 복잡미묘한 관계를 잘 맺는 사람은 아닙니다. 어쩌면 가장 주의해야 하는 남자들이 그들일 수도 있습니다.

4

주도하길 좋아하는 남자들이 있는 건 사실입니다. 하지만 독립적인 여성과 마주할 수 있는 남자라면 여자가 좀 따라다닌다 해도 괘념치 않을 것입니다. 반대로 내게 관심이 있는 남자라고 해서 그들이 다 온갖 역경을 물리치고 내게 관심을 표명하는 것은 아닙니다.『그는 당신에게 반하지 않았다』에서는 내게 먼저 전화 걸지 않는 남자, 내 전화번호를 알아내려고 전화번호부를 이 잡듯 뒤지지 않는 남자, 나를 성적으로 유혹하지 않거나 저녁식사를 계산하지 않거나 몇 달 안에 불멸의 사랑을 고백하지 않는 남자는 내게 그다지 '관심'이 없는 거라고 합니다. 남자가 일 때문에 바쁘다고? 내게 관심 없음. 급하게 마감해야 하는 일이 있다고? 내게 관심 없음. 이제 막 헤어진 뒤라 천천히 진도를 나가야 한다고? 내게 관심 없음. 만나기 전에 해결해야 할 문제가 있다고? 내게 관심 없음. 청혼에 뜸을 들인다고? 내게 절대 관심 없음. 할머니가 돌아가셔서 일요일에 내게 전화하는 걸 까먹었다고? 대체 난 뭘 기다리고 있는 거지? 그 밥맛없는 자식하고는 당장 끝내라구!

물론 맞는 말도 있어요. 그가 내 전화를 씹고 먼저 연락하는 법이 없거나 다른 여자랑 자는 걸 더 좋아하거나 길에서 나를 본 순간 반대 방향으로 튄다면 내게 별로 관심이 없는 거겠죠. 나를 우선순위에 놓지 않은 남자에게 에너지를 쏟고 싶지 않은 건 자연스러운 일입니다. 그리고 남자가 내게 그리 관심이 없다는 걸 알게 됐다면 그의 마음을 얻는 데 에너지를 낭비할 필요가 없다는 얘기에도 동의합니다.

어떤 관계가 끝났다면 그 이유를 찾느라 머리를 쥐어짤 필요가 없다는 말도 맞습니다. 내가 어떻게 행동했더라면 상황이 좀 달라졌을까, 남자의 '문제'가 뭐였을까 계속 고민할 필요는 없습니다. 물론 남자가 나란 사람에게 깊이 들어오지도 않은 채 다음 단계로 곧장 넘어갔다는 건 분명 불편한 진실일 뿐만 아니라 내 자존심에 혹독한 상처를 입힙니다. 그렉의 이 모든 주장에 대해 나도 동감하는 바입니다. 하지만 그 얘기를 할 때 남녀에 관한 지긋지긋한 통념을 좀 배제할 수는 없었을까요?

그렉의 우주에서는 남자가 행동하고 여자가 반응하기만 하면 모든 게 행복해집니다. 남자들은 여자를 놓고 경쟁하고 여자는 남자가 '획득'하는 트로피입니다. 남자는 부상을 당하고 여자는 상처를 입습니다. 남자는 권력과 결정권을 가집니다. 여자는 고분고분(설령 답답해 죽더라도) 남자의 결정을 기다립니다. 남자는 감정적이지 않습니다. 여성은 감정적입니다.

『그는 당신에게 반하지 않았다』에 따르면 여자가 할 수 있는 최악의 수는 먼저 행동하는 것입니다. 아니, 조금만 적극적인 기미를 보여도 그 기억이 평생을 간다는 겁니다. 먼저 전화를 걸어오지 않았던 남자와 어리석게 결혼까지 한다면 그 여자는 이혼할 날을 받아놓은 것이나 다름없다는 거죠. 먼저 전화했어야 하는 사람은 난데, 하고 언젠가 남자가 가슴을 칠 날이 올 것이기 때문이래요.

영화 〈그는 당신에게 반하지 않았다〉를 보면 결혼에 대한 깊은 회의감에 빠지게 됩니다. 이 영화에서는 극중 부부인 브래들리 쿠퍼와 제니퍼 코널리가 파경에 이른 이유가 연애 초기에 제니퍼가 브래들리를 쫓아다녔기 때문이라고 믿게 합니다. 브래들리가 스칼릿 조핸슨의 매력에 빠지는 것은 십 년도 더 전에 제니퍼가 먼저 대시를 했기 때문이라고요. 결혼 생활의 열정이 사라진 것도, 스칼릿의 매력적인 외모도, 파경과는 관계가 없고 그 옛날 연애 초창기에 브래들리가 남자답게 먼저 대시할 기회를 갖지 못했기 때문이라는 거죠. 이게 말이 되는 소린가요?

하지만 원작과 달리 영화 〈그는 당신에게 반하지 않았다〉를 보면 이야기가 달라집니다. 제 짝을 만나게 되면 구애 과정에서 누가 무엇을 해야 한다는 기대 자체가 다 부질없는 것임을 (책과는 다른 방식으로) 강조하고 있습니다. 영화는 자만심으로 가득 찬 저스틴 롱이 자신에게 그다지 관심이 없는 남자들을 쫓아다니며 조롱거리가 되었던 제니퍼 굿윈이야말로 자신의 진정한 사랑임을 인정하는 장면으로 끝이 납니다. 그는 영화 내

내 그녀에게 남자 다루는 '올바른' 방법을 지도하다가 결국 남자가 한 여자를 정말로 좋아하면 책에 나오는 규칙(섹스를 먼저 시작하는 것을 포함하여) 따위는 전혀 문제가 되지 않는다는 걸 인정하고 맙니다.

5

여러분이 꿈에 그리던 남자는 연애지침서에서는 발견하지 못할 겁니다. 그곳은 원시시대의 사냥꾼들이 모이는 곳이거든요. 참 이상하게도 이런 책의 저자들은 우리를 유인원급 사내들과 사귀게 하려고 작정한 듯합니다. 도무지 이해할 수 없지만 우리가 마초들과 사귀는 걸 기쁘게 생각해야 한다고 말하죠. 남자들이 차를 멈추고 길을 물어보기를 거부하거나 자신이 통제권을 쥐어야 한다고 고집하거나 우리가 감정에 관해 이야기하려는 걸 불만스러워 할 때도 우리는 좋아해야 한다는 것입니다. 혹시 이런 저자들은 세상에는 이런 종류의 남자밖에 없다고, 우리에겐 다른 선택이 없다고 생각하는 걸까요? 내가 원시인이라고 부르는 남자들이 그들에게는 그저 평균적인 남자인 걸까요? 그렇다면 나는 그들과 다른 우주에 살고 있는 게 틀림없습니다.

전통적인 남성상에 들어맞는 남자들은 평등주의를 지향하는 남성보다 여성을 이용해먹을 가능성이 훨씬 더 높다는 게 내 지론입니다. 참 단순하게도 이들은 자기에게 그럴 권리가 있다고 생각하기 때문입니다. 나 같으면 초행길에 길을 물어보지 않는 남자보다는 기꺼이 길을 물어보는 남자와 사귀겠다는 것도 바로 그 때문입니다. 길을 물어보는 남자들은 자신의 방향 감각이 절대적인 것이 아니며 첫 시도에 성공하지 못할 수도 있다는 걸 압니다. 또한 이들은 제일 가까운 주유소에 들러 묻기를 두려워하지 않기 때문에 길을 알아볼 생각도 하지 않고 막무가내로 계속 달리는 남자들보다는 길을 찾을 가능성이 훨씬 더 높습니다. 늘 그렇듯이, 될 대로 되라는 식의 방랑자들은 여러분을 지치게 할 뿐이죠(여러분은 "이제 그만 좀 하지!" 하고 소리를 지르고 싶어지겠죠). 반대로 모른다는 것을 인정하고 지나가는 사람들에게 길을 묻는 남자들은 대체로 영리한 사람들입니다. 이들은 한 번 헷갈렸던 교차로에 들어서면 이번에는 뭔가가 개선되길 원할 것입니다. 길을 묻는 남자였다면 벌써 목적지에 몇 번이나 들어갔을 시간이 돼서야 마초 사내는 슬슬 지도를 꺼내볼 생각을 할 것입니다.

운전대를 꺾어야 할 때를 놓친 걸 인정하지 못하는 자존심

강한 남자와, 주유소 간판을 두려워하지 않는 남자 중에 한 사람을 선택하라면 주저하지 말고 후자를 택하세요. 자신이 어디로 가고 있는지도 모르면서 주도할 권리를 타고났다고 믿는 남자보다는 길을 묻는 남자가 여러분을 실망시킬 가능성이 훨씬 낮으니까요.

Lies

거짓   연애의 열쇠는 진화생물학에 있다.

Truth

진실   셰익스피어의 소네트가
           침팬지의 언어와 다르듯
           인간의 사랑은
           동물의 교미와 다르다.

3강

진화생물학은 사랑에 대해
아무것도 말해주지 않는다

1

많은 이들이 남녀가 다르게 태어났다고 믿습니다. 이들은 남녀 행동의 열쇠는 생물학에 있다고 주장하며 꼭 진화생물학을 들고 나오죠. 셰리 아곱은 남자를 알려면 〈동물의 왕국〉을 틀어보라고 퉁명스럽게 주장합니다. 과학자, 사회학자, 심리학자들이 남자들 간의 차이(그리고 여자들 간의 차이)가 남녀 차이보다 더 클 수 있다는 보고서를 꾸준히 발표하는데도 연애지침서 저자들은 남자들이 수컷 침팬지에 가깝다는 믿음을 떨쳐내지 못합니다. 하지만 생물학적으로 남자는 여자를 사냥하도록 타고났다고 주장하는 이들에게 알려주고 싶은 정보가 있습니다. 수컷 표범은 먹을 것을 찾아 사냥에 나설 때 암표범을 사냥하지 않습니다. 얼룩말, 가젤, 영양, 물소 따위를 쫓죠. 짝짓기 대상이 될지도 모를 암표범을 쫓을 만큼 멍청하지 않습니다.

진화생물학적 연애 모델을 한번 살펴볼까요. 최근에 나는 시카고 공항 서점에서 레일 라운즈의 야심작 『누구라도 당신과 사랑에 빠지게 하는 법』을 발견했습니다. 이 책에서는 데이트 과정을 단계별로 세세히 설명해놓았습니다. 눈을 크게 뜨는 법부터 시작해서 목소리 톤을 조절하는 법, 부드러운 몸짓으로 남자의 성적인 판타지를 '조종'하는 방법을 일러줍니다. 남자들을 겨냥해서는 다음과 같이 조언합니다. "여자가 손바닥을 위로 들어올린다면 그것은 아주 좋은 신호다. 사냥꾼들이여, 여자가 당신을 향해 손바닥을 보인다면 그건 그녀가 당신을 좋아한다는 뜻이다. 그녀는 매우 여리며 더 친밀한 관계를 환영할 것이다. 손바닥을 들어올리는 것은 고전적으로 '항복한다'는 뜻이다." 여성을 겨냥하여 라운즈는 이렇게 덧붙입니다. "당신의 사냥꾼이 뭔가를 강조하기 위해 검지를 들어 보이는가? 그렇다면 그 손가락을 흥분을 드러내는 작은 발기라고 생각하라. 그의 손가락을 힌트 삼아 그의 의견에 성심성의껏 동의를 표시하라."

지금이 대체 몇 세기던가요? 이 책은 구식 통념을 '과학적인'

사실로 둔갑시킨 연애지침서의 극단적 예입니다. 이런 책은 남녀에 대한 우리의 닳고닳은 태도가 '객관적'으로 유효한 것이라고 입증하려 합니다. 문제는 조금만 손을 보면 거의 모든 것을 '과학'으로 둔갑시킬 수 있다는 데 있죠. 과학을 인간의 관습적 신념에 신뢰도를 부여하기 위한 편리한 방편으로 여기는 것 같습니다. 이런 신념이 모두 그릇된 것은 아니지만 남녀에 관한 통념에 관해서라면 그 신뢰성을 재고해보는 게 현명합니다.

사랑과 연애에 관한 '과학적' 접근을 대중화한 사람으로는 헬렌 피셔가 독보적입니다. 피셔는 뛰어난 학술적 성과를 이룩한 인류학자입니다. 그녀의 1992년작 『왜 사람은 바람을 피우고 싶어할까』는 이 분야의 고전입니다. 그녀의 최신작들 또한 연애를 바라보는 시각에 엄청난 영향을 끼쳤습니다. 피셔의 저작들은 남녀의 '타고난' 차이에 대해 널리 알려진 오해들 가운데 최악의 것을 규명하고 있습니다. 그녀는 상당수의 동물 집단에서 암컷이 사냥을 나간다는 사실을 지적합니다. 또한 동물 사회에서 암컷들은 그렇게 수동적이지 않습니다. 가령 암컷 침팬지의 85퍼센트가 먼저 섹스를 시작합니다. 그리고 한번 발동이 걸리면 여러 수컷과 교미를 합니다. 남자는 여자를 유혹하고 먼저 섹스를 시작하도록 타고났다는 생각에 위배되는 현상이죠. 난교亂交는 여성보다는 남성에게 더 '자연스럽다'는 생각도 마찬가지입니다.

여자는 일부일처제와 정절을 지키도록 타고났으며 남자는 태어나면서부터 바람을 피울 권리를 지녔다고 믿는 남자들에게 찬물을 끼얹기는 싫지만 사실이 그렇습니다. 진화생물학을 믿을수록 여자는 남자만큼이나 바람 피울 가능성이 많다는 점을 인정할 수밖에 없습니다. 피셔는 남자는 바람을 피워도 되고 여자는 안 되는 이런 이중 잣대가 비교적 최근에 생겨났다고 보고 있습니다. 농경사회와 함께 나타난 현상이라고 말입니다. 사유물 교환 체제가 확립된 농경사회에서 여성이 볼모가 되어버린 것인데요, 이런 체제에서 여성의 가치는 순결에 좌우되며 그것은 여성의 성性이 엄격한 관찰의 대상이 됐다는 뜻입니다. 이 견해에 따르면 여성의 성적 '수줍음'은 자연적 본능과는 아무런 상관이 없습니다. 사회가 날조한 것에 불과하죠.

2

피셔는 우리에게 깊이 각인된 통념을 깨부수는 데 큰 역할을 했습니다. 그러나 이 정도로는 성에 차지 않죠. 나는 인간의 연애 행동을 생물학적 모델에 입각해 설명하려는 모든 시도가 의

심스럽습니다. 이런 시각은 남녀 불평등이 '자연스러운 일'이라고 우리를 설득하는 데 주로 활용돼 왔습니다. 나는 실은 호르몬만큼이나 뇌의 화학물질이 중요하다는 사실을 잘 알고 있습니다. 그리고 강렬한 감정을 경험할 때마다 우리가 생리적인 변화를 겪는다는 점도 알고 있습니다. 나는 그저 과학자들이 "인류는 백만 년 전 강둑에서 하늘을 바라보며 쉴 때부터 남녀의 매력에 대해 논의해왔다"고 주장하는 게 좀 놀라울 따름입니다. 나는 과학자는 아니지만 이 점에서만큼은 과학과 공상과학 사이의 경계가 매우 모호하다는 사실을 확실히 알고 있습니다. 그도 아니라면 피셔의 통찰에 한번 귀를 기울여볼까요?

첫눈에 반한 사랑. 인간이 만나자마자 다른 인간을 흠모할 수 있는 이런 능력은 자연에서 비롯됐을까? 내 생각에는 그런 것 같다. 아니, 첫눈에 반한 사랑은 동물들이 가진 중요한 적응 기능adaptive function인지도 모른다. 가령 암컷 다람쥐는 교미 시기에 번식을 해야만 한다. 고슴도치와 교미해봐야 도움이 안 된다. 하지만 건강한 수컷 다람쥐를 발견하면 더 이상의 시간 낭비는 하지 않는 게 좋다. 암컷은 수컷을 가늠해본다. 그리고 적당해 보인다면 교미할 기회를 놓치지 말아야 한다. 어쩌면 첫눈에 반한 사랑이란 짝짓기를 앞당기기 위한 본능일 뿐인지도 모른다. 그다음에 동물적인 끌림이었던 것이 우리 인간의 조상들 사이에서 첫눈에 반하는 감정으로 진화했는지도 모른다.

여기서 우리가 얻는 교훈은, 아이를 원하면 고슴도치와 섹스를 해서는 안 되지만 적당한 남자이기만 하다면 아무하고나 자도 괜찮다는 것입니다. 물론 '열등한' 유전자를 가진 남자들은 가려내야 하겠지만 그래도 쓸 만한 목표물은 상당히 많이 있을 것입니다. 지금 지하철을 탄다면 같은 칸에 탄 남자 중에 같이 자고 싶은 남자를 적어도 스무 명은 찾아낼 수 있다는 말입니다. 그러나 현실은 그렇지가 않습니다. 6개월이 지나도 자고 싶어 죽겠는 남자를 만날 수 없을지도 모릅니다.

이런 사실은 또 어떤가요? 나는 섹스를 할 때마다 아기를 갖지 않으려고 갖은 애를 씁니다. 진화생물학에서 말하듯 섹스를 하고 싶은 열망이 아기를 갖고 싶은 본능에서 우러나온다면 나는 왜 아이가 생기지 않도록 이다지도 애쓰는 걸까요? 생각해보면 내가 괜찮은 남자와의 섹스를 거부한 경우는 아기가 생기지 않으리라 보장할 수 없을 때뿐이었습니다. 나는 머리가 아프다거나 너무 피곤하다거나 스트레스가 쌓였다고 해서 섹스를 거부하지는 않거든요. 내가 괜찮은 남자와의 섹스를 거부하는 두 가지 경우는 식중독과 원치 않는 임신 가능성뿐입니다!

인간의 욕망은 동물의 본능과는 완전히 다릅니다. 그리고 인간의 성은 생식과도 별 관련이 없습니다. 사람이 생식을 위해 섹스를 할 때도 있지만 섹스와 아기는 별개인 경우가 많습니다. 동물은 주로 임신을 위해 섹스를 하지만 인간은 다양한 이유로 섹스를 합니다. 사랑을 표현하기 위해서, 친밀해지기 위해서, 쾌락을 경험(심지어는 초월)하기 위해서죠. 여성들은 또 임신을 했음에도 불구하고(또는 아이를 갖기에는 너무 나이가 많은데도) 섹스를 합니다. 또한 아이를 가지려는 사람들도 임신에 필요한 것보다 훨씬 더 많이 섹스를 합니다. 생물학적 관점에서라면 시기를 잘 맞추고 임신에 문제가 없을 때 아이 다섯을 원한다면 평생 다섯 번만 섹스를 하면 됩니다. 하지만 우리들이 그런 식으로 섹스하지 않다는 사실은 생식이 인간의 성性의 일부분이긴 하지만 상대적으로 작은 부분을 차지한다는 사실을 보여줍니다. 심지어 생식을 섹스의 일부로 치지 않는 사람들도 있죠.

『왜 사람은 바람을 피우고 싶어할까』에서 내가 제일 좋아하는 부분은 여성이 생식과 상관 없이 섹스를 하며 여자가 남자만큼이나 난잡할 가능성이 높다는 사실을 피셔가 진화론적으로 해명하는 부분입니다. 남자의 난교는 진화론적 관점에서 말이 됩니다. 남자는 최대한 널리 씨를 퍼뜨리도록 타고났잖아요. 그럼 여자는요? 여자가 방황하는 이유는 뭐죠? 누가 뭐래도 여자는 아이를 한 번에 하나(많아야 몇 명)밖에 못 가지는데 말입니다.

피셔는 여성이 여러 남자를 전전하는 것은 가능한 한 많은 남자들에게 호의를 얻기 위해서라고 설명합니다. 여성이 암침팬지와 조금이라도 비슷하다면 여자들은 아버지를 헷갈리게 해서 이 사회의 모든 남자들이 자신과 아이들에게 잘 대해주도록 하려는 것이라고 합니다. 그리고 여자는 남자가 제 아이를 죽이지 못하도록 남자를 자기 편으로 만들려 한다는 것입니다. 이런 논리대로라면 내가 극성 엄마일 경우 우리 동네 남자들 절반쯤은 나하고 잠자리를 같이해야 합니다. 그들이 내 아이들을 죽이지 못하게 해야 하니까요!

내가 피셔를 일부러 오해한 측면이 없지는 않습니다. 그녀가 암침팬지와 인간 여성이 직접적인 관계가 있다고 주장했던 건 아니니까요. 그보다 피셔는, 그런 행동을 하도록 침팬지를 유도한 생식이라는 지상명령이 진화과정에서 여성에게 '각인'되어 있다고 주장합니다. 글쎄요, 믿거나 말거나죠. 하지만 내 생각은 좀 다릅니다.

내가 피셔의 각인론을 믿지 않는 이유는, 이런 각인이 존재한다 해도 우리의 성과 연애 행동을 결정하는 모든 사회적 영향력으로부터 이를 따로 분리해낼 재간이 없기 때문입니다. 우리에게 주입된 문화 메시지로부터 생물학적 각인을 분리시킬 방법이 없다는 거죠. 성역할에 관한 세뇌 작업은 우리가 자궁에서 빠져나오기 훨씬 전부터 시작됩니다. 태어날 아기가 여자라는 걸 알게 되면 부모는 아기 방을 분홍색으로 단장합니다. 좀 '현대적'인 부모라면 다른 색깔을 선택할 수도 있겠지만 하늘색을 선택할 가능성은 적습니다. 그리고 친구와 친척들은 프릴 달린 원피스며 귀여운 작은 인형, 사랑스러운 동물인형이나 소꿉장난 세트를 선물로 사옵니다. 기차라든지 소방차, 군인이나 과학실험 세트 장난감 같은 건 아예 선물 목록에서 제껴두죠. 그러다가 병원의 예측이 빗나가서 남자아이가 나온다면 정말이지 난감하지 않을까요? 아기 방은 다른 색으로 칠해야 하고 선물도 다 환불받아야 할 테니까요.

내가 가르치는 대학원생 크리스티나 코넥니 Christina Konecny 는 유아원의 인테리어 배치가 어떻게 남아와 여아를 사회화하는지에 관해 뛰어난 소논문을 쓴 적이 있습니다. 유아원에 '가정'

코너란 게 있는 모양입니다. 이 코너에는 인형, 아기 침대, 이불, 유모차, 빗자루, 쓰레받기, 소형 가전제품, 스펀지, 식품 상자, 요리책, 접시, 그리고 개수대와 가스레인지, 냉장고가 있는 작은 주방이 있습니다. 정서 함양 놀이를 지향하는 이 코너는 정서 발달에 필수라는 칭찬을 종종 듣습니다. 여기에서 주로 노는 아이들은 여아들이라고 합니다.

반면 남아들은 '블록'이라는 곳에 몰립니다. 이곳에는 장난감 자동차, 트럭, 건설 자재, 게임, 퍼즐, 소방관이나 경찰관 모자 등이 비치되어 있습니다. 가정 코너가 여자아이들이 정서와 모성, 대인관계를 배우는 유아원 내의 '사적' 공간이라면 블록 코너는 남자아이들이 공간, 개념, 조직, (공통의 목표를 달성하기 위해 타인을 이끄는 능력 같은) 관리 능력과 더불어 단체행동의 규칙을 배우는 '공적' 공간입니다. 어린이들은 자기들이 놀고 싶은 공간을 자유롭게 선택할 수 있다고 생각하겠지만 가정 코너는 '여자'의 공간으로 통하기 때문에 그곳에서 노는 남아들은 거의 없습니다.

나는 이 사실에 무척 놀랐습니다. 하지만 유아원은 남녀 성역할의 사회화gender socialization 과정에서 작은 부분을 차지할 뿐입니다. 부모가 자녀들에 대해 어떻게 얘기하는지 생각해보세요. 요즘에는 딸이 성공한 의사나 변호사, 교수, 경영인이 될 거라는 희망을 아무렇지도 않게 품지만 아들이 발레나 바느질이나 레이스 달린 커튼, 제인 오스틴이나 아름다운 석양을 즐긴다고 하면 여전히 탐탁지 않게 생각합니다. 물론 부모들이 의식적으로 자녀를 세뇌시키려는 것은 아니겠죠. 그저 성별에 따른 지침이 우리 문화에 너무 만연해 있어서 어느 누구도 이를 피해가지 못하는 것뿐입니다.

프랑스의 철학자 시몬 보부아르는 "여자로 태어나는 것이 아니라 여자로 만들어지는 것이다."라는 유명한 말을 남겼습니다. 우리 중 누구도 여자가 된다는 것이 어떤 의미인지를 이해한 채로 세상에 태어나지는 않는다는 뜻이죠. 우리는 남녀를 특정한 관점으로 바라보는 문화에 살면서 서서히 이런 이해를 갖게 됩니다. 우리는 말을 배우기도 훨씬 전에 우리의 성역할을 올바로 '수행하는' 법을 배우기 시작합니다. 청소년기가 되면 '적절한 여자'의 코드가 너무 깊이 박혀서 이를 타고난 것으로 착각하게 됩니다. 문화적인 것으로 이해하는 것이 아니라 '천성'의 정확한 반영이라고, 그것이 우리의 '본성'이라고 받아들이게 됩니다.

문화적 구성물이란 대단한 강제성을 띕니다. 뭔가가 사회적으로 만들어졌다는 것은 그것이 현실로 느껴지지 않는다거나 쉽게 바꿀 수 없다는 뜻입니다. 사회적 메시지는 우리 안에 너무도 깊이 내면화된 나머지 우리 정신에 새겨져버립니다. 처음에는 외부세계에서 들어왔던 것이 우리 정체성의 일부로 작용합니다. 시간이 좀 지나면 우리는 사회적으로 만들어진 개념을 명백한 사실로 여기게 됩니다. 그래서 이런 개념들이 시간을 초월하는 진실이 아니라 수백 년에 걸쳐 진화해온 집단적 가치관이라는 사실을 망각하게 됩니다.

남녀에 관한 통념은 이런 문화적 허구 가운데 가장 강력한 것이어서, 생물학에서 또는 생물학자들이 생물학을 연구하는 방식에서 이런 통념을 가려낼 방법이 없는 것입니다. 진화론에 입각한 피셔의 설명도 마찬가지입니다. 그녀의 어떤 견해는 생물학과 문화의 경계가 너무 불분명해서 도저히 지지하기가 어렵습니다.

4

우리는 만 8세 정도에 매우 특정한 '애정의 지도'를 형성합니다. 애정의 지도는 가족이나 친구, 교육자 및 다른 환경의 영향에 부응하여 형성됩니다. 이 지도는 생물학적으로 결정되는 것이 아니라 어떤 인간의 특징과 기질을 다른 것보다 더 좋아하게 만드는 사회적 상호작용에 의해 형성됩니다. 시간이 흐르면서 이 지도는 무의식적인 그림으로 굳어지게 됩니다. '내 완벽한 짝, 내가 매혹되는 환경, 나를 흥분시키는 대화와 에로틱한 행동'에 관한 그림이 그것입니다. 한 남자와 사랑에 빠졌을 때 여러분은 이 지도를 그에게 투사해봅니다. 후천적으로 내가 원하게 된 특징들을 그에게서 일부 발견합니다. 이것이 사실이라면 생물학 어쩌고 하는 말이 다 무슨 소용이란 말인가요?

매혹(매료)의 패턴을 설명하면서 피셔는 미美와 섹스어필의 기준이 사회마다 다르긴 해도 어떤 보편성이 존재한다고 주장합니다. 후세의 생산이라는 진화론적 명령이 항상 존재하기 때문에 남성은 바람직한 후손을 낳아줄 수 있는 여성에게 끌린다고 합니다. 반짝이는 치아, 피부, 눈, 머리칼을 지닌 젊은 여성에게 끌린다는 것이죠. 한편 여성은 돈과 권력, 재산, 명예 등 좋은 것을 줄 수 있는 남자를 찾는다고 합니다. 그뿐만 아니라 '유사 결합positive assortive mating'이라는 것 때문에 우리는 인종과 교육의 측면에서 자신과 비슷한 사람과 결혼하는 경향이 있다고 합니다.

이 모든 것은 물론 '생물학적'이라고 합니다. 나는 아이비리그 출신에 지능지수가 높고 말 잘하는 남자를 타깃으로 삼아야 한다는 걸 처음부터 다 알고 세상에 태어났다고 해요. 이런 남자에게 끌리는 것은 내가 이런 스타일의 남자들과 교류하면서 15년을 보냈다는 사실이나, 지금도 매일 이런 남자들에 둘러싸여 산다는 사실과는 하등 상관이 없다는 것입니다. 피셔는 내가 태곳적부터 내려오는 어떤 진화론적 각인 때문에 '부드럽고 서정적인 목수'보다는 성공 지향적이고 다소 신경증적인 아이비리그 출신의 남자와 교제할 가능성이 더 크다고 믿게 할 것입니다. 내 생각에는 그동안 살면서 그런 서정적인 목수를 단 한 번밖에 못 만나봤기 때문이 아닌가 싶은데 말이죠. 안타깝게도 그는 이미 짝이 있었습니다. 반면 나는 성공 지향적이고 신경증적인 아이비리그 출신의 남자들을 피하기가 어렵습니다. 학회에 갈 때마다 주구장창 만나는 게 이런 남자들이니까요.

부와 명예가 매력적일 수 있다는 점은 인정합니다. 그리고 빛나는 눈과 피부결이 호감을 불러일으킬 수 있다는 점도 인정합니다. 하지만 남자들이 돈 많은 여자를 좋아할 수 없을 것처럼 혹은 여자들이 머릿결 좋은 남자를 좋아할 수 없을 것처럼 사실을 왜곡해서는 안 됩니다. 여자가 (일부) 남자들만큼이나 돈과 권력을 가지게 된다면 월스트리트의 투자전문가보다는 가난한 가수를 더 좋아하게 될지도 모릅니다. 우리 문화가 더 이상 젊음과 미모를 숭배하지 않게 된다면(가능성은 별로 없지만 뭐 꿈꾸는 데 돈 드는 거 아니니까요) 남자들은 당장에 나이가 좀 있고 덜 반짝이는 여성을 고르기 시작할 수도 있습니다.

물론 우리 사회에는 남녀 성역할이 분명 존재합니다. 여자보다는 남자들이 스트립클럽에 더 많이 가고 공공장소에서 아기를 어르는 사람은 여자인 경우가 더 많습니다(남자들이 자기 집에서 그러는 것은 별개의 문제입니다). 그러나 이런 차이에 꼭 생물학적 근거가 있는 것은 아닙니다. 인간은 복잡미묘한 문화, 윤리, 정치, 언어 체계를 가지고 있습니다. 그리고 인간에겐 자의식이 있습니다. 더 중요하게는 우리의 과거 경험이 기록되어 있는 무의식이 있고 말이죠.

그러나 많은 사람들이 이런 '과학'에 현혹됩니다. 과학이 우리가 이미 믿고 있는 것(이들이 믿도록 문화적으로 조건지어진 것)을 재확인시켜주기 때문입니다. 진화론 모델이 우리 문화의 단단한 토대를 이루고 있는 듯 보이기 때문에 사람들은 진화론 모델을 잘 받아들입니다. 진화론 모델은 현재의 모습이 원래 그래야 하는 모습이라고 안심시킴으로써 우리네 삶에 안정을 가져옵니다.

'위기의 주부들'이 떼를 지어 스트립클럽에 간다거나 정장차림의 남자들이 길 가던 유모차를 멈춰 세우고 아기를 어를 때 이에 뒤따를 문화적 혼돈을 생각해보세요. 생물학적 모델은 이런 일이 일어나지 않을 거라는 확신을 줌으로써 우리를 안심시킵니다. 이런 모델은 질서가 잡힌 모습을 보여줌으로써 우리의 삶을 단순하게 만들어줍니다. 그러나 이런 질서는 엄청난 대가를 요구합니다. 그것은 우리 인간이 가진 복잡미묘함을 획일화해버립니다. 이런 제약은 남자로 대우받으려면 감정과 감수성을 억눌러야 한다는 메시지를 남성에게 보냅니다. 그것은 길거리에서 지나다니는 여자들의 젖가슴을 보고 흥분하지 않으면 뭔가 문제가 있는 거라고 남성에게 말합니다. 때문에 남녀에 관한 고정관념을 느슨하게 하는 일은 여성뿐 아니라 남성도 자유롭게 만들 것입니다.

5

남녀에 관한 집단적 통념은 남녀를 이편과 저편으로 갈라놓습니다. 이는 한쪽이 다른 쪽보다 더 낫다는 전제를 내포하죠. 그리고 둘의 관계를 본디 적대적인 것으로, 즉 내가 '이기기' 위해서는 상대가 어떻게든 '져줘야' 한다고 느끼게 합니다. 게다가 엄청난 노력만이 둘의 차이를 좁힐 수 있다고 암시합니다. 우리는 평생 동안 서로의 의도를 이해하지 못하도록 운명지어져 있다고 말입니다. 이것은 맞는 말일 수도 있습니다. 그러나 그것이 정녕 남녀만의 문제일까요? 두 여성이 서로 사귄다면 두 사람은 서로를 완벽하게 꿰뚫어 볼 수 있을까요? 단지 두 사람이 성별이 같다는 이유로요? 여자 커플은 애정에서 생겨나는 문제들을 자동적으로 비켜가게 될까요? 나는 그렇지 않다고 생각합니다.

나는 남녀가 서로 다른 범주의 인간이라는 견해에 반대합니다. 이런 견해들로 인해 우리는 사랑의 미묘한 변화를 감지하지 못하게 됩니다. 융통성 있는 접근법이 더 나은 결과를 낳을 수 있을 때에도 진부한 연애 전략에 호소하게 만듭니다. 사랑하는 사람의 인간적 완성도를 알아보지 못하게 만듭니다. 남녀를 엄격하게 구분할수록 한 개인을, 연인을 있는 그대로 아끼기 어려워지니까요.

내 말은 남녀가 똑같다는 것이 아니라 각 개인이 그만큼 고유하다는 의미입니다. 남녀가 만나 사랑에 빠질 때 이 관계에 깃든 복잡미묘한 현실은 남녀가 어떠해야 한다는 통념을 훌쩍 뛰어넘습니다. 물론 이런 통념에 가까운 상대에게 끌리는 사람도 있습니다. 그러나 이런 통념에 도전하는 이에게 끌리는 사람도 있습니다. 사실 후자에 속하는 사람이 점점 더 늘어나고 있죠. 이런 통념이 우리가 원하는 다면적인 관계에 방해가 된다는 걸 점점 더 많은 사람들이 깨닫고 있기 때문입니다. 우리의 관계가 통념에 가까워질수록 개인으로서 연인으로서 느낄수 있는 생생한 감정이 줄어들기 때문입니다. 감정을 많이 표현하면 남성성이 줄어든다고 생각하는 남자라든가 DVD 플레이어를 스스로 설치할 수 있는 여자에게 위협을 느끼는 남자보다 더 재미없는 사람이 있을까요?

남녀가 다르게 타고났다고 믿을 경우 변화를 위해 우리가 할수 있는 일은 아무것도 없습니다. 하지만 남성성과 여성성의 많은 부분이 문화의 영향력 때문이라는 사실을 믿을 경우 우리는 서로를 이해하기 위한 노력을 함께 시작할 수 있습니다. 우리는 남녀가 자기 존재의 모든 측면을 자유롭게 표현할 수 있는, 보다 민주적인 성역할 체계를 만들 수 있습니다. 또한 새로운 연애 모델을 세울 수 있습니다. 더 창의적으로, 더 열정적으로 사랑할 수 있게 하는 그런 모델을요.

나도 침팬지를 무척 좋아하는 사람입니다. 하지만 더 잘 사랑하는 법을 배우기 위해 침팬지들의 사랑을 참고하고 싶지는 않습니다. 침팬지 사회가 갈릴레오 갈릴레이나 아인슈타인이나 퀴리 부인을 배출한다면, 아니 하다못해 승강기 하나라도 발명해낼 수 있다면 모를까요. 하지만 그런 시절이 오기 전까지는 우리가 모르는 것은 침팬지도 알 길이 없다고 주장할 작정입니다.

왜 우리는 진화론적 과거를 초월하려 하지 않고 이에 기대 연애의 현주소를 설명하려고 하는 걸까요? 연애의 이상을 찾는데 왜 동물 사회를 뒤적거려야 하는 걸까요? 왜 인간의 상상력을 들여다보지는 않는 걸까요? 이 상상력은 한 번도 생물학에 규제를 당한 적이 없었습니다. 인간의 상상력은 전통 앞에서 고개를 숙인 적이 없는데 왜 이제 와서 그래야 하는 거죠? 왜 사회의 다른 부분은 앞서가는데 사랑은 뒤처져 있어야 하는 걸까요?

Lies

거짓   TV 드라마는 우리를
지진아로 만드는
무개념 오락물이다.

Truth

진실   연애에 관한
가장 진보적인 사고방식은
TV 드라마 속에 있다.

더 나은 연애 상담을 원한다면
차라리 드라마를 시청하라

1

이 말은 과장이 아닙니다. 진화생물학적 연애 모델과 네이트 아치볼드 가운데서 하나를 선택하라면 나는 주저없이 네이트를 택하겠습니다. 네이트가 누군지 모르신다면 TV 드라마 〈가십걸〉을 한번 보세요. 눈부신 치아와 피부와 눈매와 머리칼을 가진 남자가 바로 네이트입니다. 눈이 부셔도 너무 부시죠! 헬렌 피셔라면 이런 것은 내가 중요하게 생각해서는 안 되는 '여성적' 특징이라고 말하겠죠. 그의 부와 지위에 이끌려야 마땅하다고요.

내가 네이트에게 끌리는 진짜 이유는 그가 진부한 원시인 스타일이 아니어서입니다. 그는 마초 타입의 공격적인 남자가 아닙니다. 그건 그 드라마의 다른 남자들도 마찬가지죠. 척 배스는 마초처럼 보이고 싶어 안달하지만 생각처럼 잘 되지 않습니다. 그의 화려한 넥타이와 옷깃 장식은 원시인보다는 오스카 와일드 같은 인상을 줍니다. 〈가십 걸〉의 남자 주인공들은 유인원에서 인간 남성에 이르는 진화의 스펙트럼 어디에도 속하지 않습니다.

〈가십 걸〉〈길모어 걸스〉〈디 오씨〉〈글리〉〈90210〉〈원 트리 힐〉〈스몰 빌〉 등 최근 히트작들은 전통적인 남녀상을 따르지 않는 인물들의 엄청난 카리스마를 십분 활용합니다. 이런 드라마들에는 강력하고 똑똑하고 야심차고 자신감 넘치고 역량 있는 여자 주인공들이 넘쳐납니다. 그리고 더 놀라운 것은 남자 주인공들 역시 연애지침서에 등장하는 정서 결핍 남성과는 거리가 멉니다. 그들은 온유하고 사려 깊으며 떠난 사랑에 가슴 아파하는, 사랑에 대한 갈망을 품은 남자들입니다.

무엇보다 이 남자들은 소통할 줄 압니다! 이 남자들은 자신의 감정을 표현할 줄 알죠. 이들은 인생의 의미와 사랑의 의미, 상실의 의미, 그리고 놓아준다는 것의 의미에 대해 말합니다. 책과 시에 대해서도 말합니다. 이들은 또한 아버지를 비롯한 다른 남자들과도 대화합니다. 특히 엄마와 여자 형제, 이성

친구, 여자친구 들과도 대화를 나눕니다. 이런 드라마들은 남자가 할 수 있는 최악의 일은 감정을 마음속에만 담아두는 것이라고 말합니다. 마음속에 감정을 숨길 때마다 큰일이 벌어지죠. 바에서 싸움에 휘말리거나 가족의 재산을 날리거나 절친이 차 사고를 당하게 됩니다. 여자친구에게 버림받거나, 누군가 죽기도 합니다. 각 에피소드와 시즌에서 우리가 배우게 되는 것은 소통이 삶의 핵심이라는 점입니다. '동굴 속 남자' 모델은 별로 성공적이지 못하다는 거죠.

그렇다고 오해는 마세요. 내가 말하는 드라마들은 막장의 요소를 골고루 갖추고 있습니다. 백치스러운 금발 미녀 하며 교활한 악녀, 못 말리는 허당남, 배려도 눈치도 없는 짐승남, 한심한 오타쿠가 꼭 한 명씩은 있죠. 이들 드라마의 주인공은 죄다 말쑥한 백인들로, 짜증이 날 정도로 한 인종에 편중되어 있기는 합니다. 케케묵은 이상형을 재현해놓은 주인공들은 남녀에 관한 진부한 표현을 재탕하기도 합니다. 하지만 인물들의 매력은 대체로 전통적인 남녀 성역할을 거부하는 모습에서 나옵니다. 〈가십 걸〉에서는 여주인공 블레어 월도프의 사악한 음모나 세리나의 섹스어필만큼이나 세 매력남이 겪는 연애의 고충이 드라마를 이끌고 나갑니다. 〈원 트리 힐〉에는 감성이 풍부한 작가 지망생 루카스가, 〈90210〉에는 말할 수 없이 자상한 네이비드가, 〈글리〉에는 따뜻한 심장을 가진 미식축구 선수 핀이, 〈디 오씨〉에는 오타쿠 같지만 사랑스러운 세스가 있습니다. 전설적인 슈퍼맨을 리메이크한 인기 드라마 〈스몰 빌〉에는 실연에 늘 가슴 아파하고 절망 속에서 갈등하는 십 대 슈퍼맨 클라크 켄트가 있고요. 오늘날의 백마 탄 왕자는 정서적으로 상처받을 수 있다는 사실 때문에 매혹적입니다.

〈가십 걸〉의 자칭 플레이보이 척을 한번 보세요. 나쁜 남자로서의 척의 매력을 빼놓을 수 없겠지만 사실 그의 매력은 권투선수 '록키' 쪽보다는 메트로섹슈얼에 더 가깝습니다. 그는 표준적인 남성미를 반영하는 남자라기보다는 21세기형 댄디 가이입니다. 그리고 우리의 마음을 사로잡는 것은 블레어로부터 여러 차례 외면을 당한 뒤 척의 얼굴에 보이던 고통스러운 표정입니다. 우리가 이 인물에 공감하는 이유는 그의 허세 이면에 자신의 잘못에 의구심을 품고 사랑과 수용을 갈망하는 가슴이 있기 때문입니다. 마찬가지로 〈스몰 빌〉의 클라크 켄트는 자신의 약점을 드러낼 때 소심해지거나, 상대방의 감정을 확신할 수 없어서 여자의 마음을 얻지 못할 때 가장 흥미롭습니다.

이런 드라마의 남자 주인공들이 연애에서 보여주는 가장 흔한 태도가 망설임과 나약함이라는 사실은 결코 우연이 아닙니다.

이 인물들은 현대적 연애의 이상에 대해 말해주는 것이 많습니다. 이들은 연애의 '규칙'이 20년 전과는 많이 달라졌음을 보여줍니다. 나는 여성들의 소망만이 이런 변화를 설명해준다고 생각지는 않습니다. 젊은 여자뿐 아니라 젊은 남자들도 이런 드라마를 보기 때문이죠. 남자 주인공들이 느끼는 불안감은 우리 시대의 젊은 남성들에 대해 시사하는 바가 있습니다.

풋볼을 잘하는 것만큼이나 사랑의 발라드도 잘 부르는 〈글리〉의 핀에게 남녀 시청자 모두가 열광한다는 건 무엇을 뜻할까요? 〈가십 걸〉에서 터프한 사업가(척의 냉담한 아버지)인 바트 배스보다는 소박한 아침식사를 직접 요리하며 감성이 무엇인지 잘 알고 있는 루퍼스 험프리가 십 대들의 이상적인 아버지로 등장하는 것은 어떻게 이해해야 할까요?

〈가십 걸〉에는 남성성에 대한 이 드라마의 관점을 압축적으로 보여주는 장면이 나옵니다. 바트가 사망하고 난 뒤 맞이한 첫 기일이었습니다. 척은 아버지가 기대했던 아들이 되지 못했다는 사실을 인정하려고 애씁니다. 척은 성공한 사업가이지만 아버지만큼 무자비한 사업가가 되지는 못했습니다. 척은 고급 아파트로 리모델링할 건물에서 노숙자들을 쫓아내지 못하는 자신을 아버지가 비웃는 듯한 환상에 시달립니다. 바트는 척이 블레어에게 마음을 연 뒤로 유약해졌다고, 그리고 다정한 남자친구로 살아가겠다고 고집하는 한 성공적인 사업가는 될 수 없다고 아들을 훈계합니다.

이 에피소드의 클라이맥스는 척이 아버지가 돌아가신 후 병원을 다시 찾아가는 장면입니다. 블레어가 복도에 주저앉아 부들부들 떨고 있는 척을 발견했을 때 두 사람은 이런 대화를 나눕니다.

척: 아버지는 언제나 내가 나약하다고 여기셨어. 그리고 가장 중요한 순간에 나는 정말로 나약하게 굴었어. 아버지가 돌아가셨을 때 난 자리를 박차고 나가버렸지. 난 아버지가 틀렸다는 걸 증명하기 위해서 부단히 애썼어. 그러면서 널 밀어내려 하고 있어.

블레어: 난 네가 죽음을 지켜볼 수 없어서 도망쳤다고 생각하지 않아. 넌 감정을 주체할 수 없었던 거야. 하지만 넌 더 이상 나약하지 않아. 아주 강해졌어. 넌 사람들을 챙기잖아. 나를 챙

기고. 아버지와는 전혀 다른 남자가 되어가고 있는 거야.

  메시지는 이보다 더 분명할 수 없습니다. 척이 변했다는 블
레어의 말은 맞습니다. 그는 더 이상 피도 눈물도 없는 플레이
보이가 아닙니다. 하지만 그를 강하게 만든 것도 바로 이 점입
니다. 그가 이제는 감정에 대처할 수 있다는 것이 척을 그의 아
버지보다 훨씬 더 큰 사내로 만들었습니다. 블레어의 말은 남
성성과 감정, 힘의 방정식을 보여줍니다. 이 방정식은 현대적
인 남성성이 무엇으로 이뤄져 있는지를 보여줍니다. 셰리 아곱
이 말하는 벌레 죽이는 타잔보다 이런 남성성이 다른 이들을
훨씬 더 효과적으로 보살피고 챙깁니다. 여성에게 다행스러운
소식은, 세상의 바트 배스들이 점차 과거의 유물이 돼가고 있
다는 사실입니다. 이들은 자연사박물관의 공룡들 옆에 전시돼
야 마땅한지도 모르겠습니다.
  그렇다면 이 드라마의 여자 주인공들은 어떨까요? 그녀들에
게도 분명 고통이 있습니다. 그리고 이들은 주기적으로 쓰린
가슴을 추스릅니다. 하지만 그들은 대개 건방지고 재능 있고
똑똑하며 동기가 뚜렷하고 때로는 속이 빤히 들여다보일 정도
로 경쟁심이 강합니다. 이들은 모두를 능가하고 싶어합니다.
이들은 연애를 희생하는 한이 있어도 목표를 향해 질주합니다.

그리고 영혼이 멍들 만큼 실연의 구렁텅이에서 비참하게 허우적거릴 때 그런 그녀를 일으켜세우는 친구들이 늘 곁에 있습니다.

이 여주인공들의 빼어난 점은 이들이 지성과 야망을 지녔다는 점이 아니라 바로 그 점 때문에 신비로운 매력을 유지할 수 있다는 것입니다. 만일 〈스몰 빌〉의 로이스가 씩씩하고 독립적인 자세 없이 S자 몸매의 소유자이기만 했다면 우리는 그녀를 지금처럼 좋아하지 않았을 겁니다. 현대의 남성들도 마찬가지입니다. 자신감 넘치는 관능미, 신체적인 강인함, 예리함, 뼈 있는 농담, 고집스러운 독립심을 조합한 로이스의 매력 앞에서 바니걸(플레이보이 클럽에서 토끼 모양 머리띠를 쓰고 토끼 꼬리가 붙어 있는 섹시한 의상을 입은 채 고객의 시중을 드는 여성 – 옮긴이)은 명함도 못 내밀 것입니다.

할리우드는 터프하면서도 섹시한 여성의 매력을 오래전부터 인정해왔습니다. 〈툼레이더〉의 앤젤리나 졸리부터 〈24〉〈CSI〉〈로 앤 오더〉〈클로저〉〈본즈〉〈크리미널 마인드〉의 여주인공에 이르기까지 연예계는 미모는 물론 힘까지 갖춘 매력적인 여성 캐릭터를 창조해내고 있습니다. 우리는 여성성과 남성성의 문화적 좌표를 재설정해나가고 있는 것입니다.

〈본즈〉를 예로 들어볼까요. 여주인공 템퍼런스 본즈 브레넌은 의욕이 넘치는 명석한 법의학자로, 결점이 있다면 사교술이 떨어지고 다른 사람들의 감정을 제대로 읽을 줄 모른다는 것입니다. 그녀와 그녀의 절친 앤절라는 둘 다 성욕이 남다릅니다. 그리고 두 여자는 연인이 너무 가까이 다가올 때마다 헌신에 대한 두려움을 느낍니다. 그녀들과는 대조적으로 브레넌의 FBI 파트너인 부스는 따뜻하고 연민이 넘치며 감성지수가 높은 남자입니다. 그는 헌신적인 미혼부이자 감정을 잘 해석할 줄 아는 남자죠. 이렇듯 드라마의 성공은 전통적인 남녀의 성역할을 능수능란하게 뒤바꾼 데 있습니다.

3

흥미롭게도 내가 언급한 많은 드라마 속 인물들은 자신이 사회적으로 기대되는 남녀상과 잘 맞지않는다는 점 때문에 힘들어합니다. 가령 〈글리〉의 레이철은 남자들이 자신의 야망에 겁을 집어먹을 수도 있다는 걸 알고 있습니다. 이 드라마는 그녀를 전통적인 미녀 치어리더 퀸과 경쟁시키면서 전통에 순응하지 않아서 치르게 되는 대가를 강조합니다. 한편 이 드라마에서 남자 주인공 핀은 합창단에 가입하기로 한 결정 때문에 사회적 지위를 박탈당해야 하는 상황에 처합니다. 마찬가지로 〈스몰 빌〉에서는 TV에 등장하는 가장 똑똑한 여자 클로이 설리번이 연애에서만큼은 화려한 로이스의 그늘에 번번이 가려집니다. 클로이는 충분히 터프하지 못하기 때문에 클라크의 파트너가 될 수 없다는 걸 시청자들은 잘 알고 있습니다. 우리는 클로이가 실패한 지점에서 로이스가 성공하리라는 걸 알고 있습니다. 뻔뻔스러울 만큼 대담한 로이스의 태도는 그녀를 슈퍼 히어로에 어울리는 짝으로 만들어줍니다.

어떤 드라마들은 뒤바뀐 남녀 역할에 포커스를 맞추기도 합니다. 초기의 예로는 1990년대 청춘 드라마 〈도슨의 청춘일기〉가 있습니다. 이 드라마에서 명석한 말괄량이 소녀로 분했던 케이티 홈즈는 여성스럽지 못한 자신에 대해 번민합니다. 좀더 최근의 예로는 〈섹스 앤 더 시티〉의 작가 캔디스 부슈널의 소설을 각색한 〈립스틱 정글〉이 있습니다. 좀 더 높은 연령대를 겨냥한 이 드라마에서는 뉴욕에 사는 유능한 세 여자의 삶과 사랑이 펼쳐집니다. 첫 에피소드에서 영화사 중역 웬디(브룩 실즈 분)는 자신보다 더 성공한 아내를 남편이 잘 견디지 못한다는 사실을 알게 됩니다. 한편 편집장 니코(킴 레이버 분)의 상사는 니코가 승진할 자격이 충분한데도 그녀를 승진시켜주지 않습니다. 남녀는 다르게 '타고났기' 때문에 여자는 경쟁이 치열한 출판계에는 적합하지 않다고 생각하기 때문입니다. 드라마 초반에서 우리는 존 그레이의 '화성남-금성녀' 모델이 전문직 여성에게 불러일으킬 수 있는 복잡한 문제를 목도하게 됩니다. 그녀들은 '금성녀'가 아님을, '여자답게' 타고나지 않았음을 끊임없이 증명해야만 합니다. 남자와 다르게 타고났다는 것이 어떻게 여성을 고위직에서 밀어내는 구실이 될 수 있는지 보여줍니다. 실제로 그것은 여성을 구속합니다. 금성녀를 자처하는 여성들은 강인함이 부족하여 제거당하고 맙니다. 금성녀이기를 거부하고 강인함을 입증하기 위해 싸우는 여성들도 제거당하기는 마찬가지죠. 이들은 진짜 여자가 아니라 자연이 낳은 괴물이라는 것입니다.

〈스타터 와이프〉도 비슷한 우려를 전면에 내세우고 있습니다. 이 드라마는 영화제작자의 전처인 사십 대의 몰리가 젊은 여자 때문에 난데없이 자신을 차버린 남편을 뒤로하고 스스로를 다잡아세우려는 배꼽 빠지는(그러나 감동적인) 안간힘을 그리고 있습니다. 첫 시즌에는 결혼생활 12년 동안 유지해왔던 '다이어트'를 때려치우고 다시 먹기 시작함으로써 감정도 옷도 터뜨리고 마는 몰리가 나옵니다. 몰리는 결혼과 동시에 남편을 내조하겠다며 창창했던 작가의 길을 포기했습니다. 이혼하기까지 그녀의 인생은 할리우드 영화제작자의 완벽한 아내가 되기 위한 노력으로 점철돼 있었습니다. 가정을 말끔하게 꾸리고 파티에 가서 좋은 아내 역할을 다하고 남편의 갖은 변덕에 장단을 맞춰야 했던 것입니다. 그녀는 남편의 잘나가는 손님들을 접대하는 일만큼이나 그의 양말짝을 찾는 일도 잘했습니다. 그녀의 인생은 그가 만족하는 한 의미가 있었죠.

〈스타터 와이프〉의 플롯은 사실 아주 뻔합니다. 남편에게 버림받은 뒤 자기연민과 수치심을 떨치고 일과 사랑에서 영웅적인 성공을 쟁취하는 여자의 이야기보다 더 상투적인 것은 없습니다. 거기에 알코올 중독자인 절친 하나와 연기 잘하는 흑인 조연 배우 두엇, 미스터리한 연애 구도로 양념을 좀 쳐주기만 하면 영락없는 할리우드 로맨틱 코미디가 됩니다. 대본도 잘 쓰였지만 탄탄한 조연 배우들의 연기는 드라마의 상투성을 가차없이 조롱합니다. 하지만 더 중요한 것은 남녀에 관한 집단적인 믿음의 근간을 건드리는 능력입니다.

일과 사랑 모두에서 성공하고픈 현대 여성이 된다는 것이 어떤 의미인지를 묻는 몰리는 문화적 변혁의 소용돌이 속에 놓인 여성들에게 호소력을 갖습니다. 이런 변화는 남성을 포함하여 이와 관련된 모든 사람들을 혼란스럽게 만듭니다. 첫 시즌이 몰리가 섹시한 소설가 애인인 잭과 결별하는 장면으로 끝난다는 점은 꽤나 의미심장합니다. 그녀는 잭이 원하는 여자는 남자를 위해 자신의 야망을 기꺼이 희생했던 '옛날의 몰리'이기 때문에 둘의 관계에 앞날이 없음을 깨달았다고 잭에게 말합니다. '새로운 몰리'는 더 이상 그렇게 할 수 없으니까요. 사랑에 대한 기대치가 달랐던 두 사람은 관계를 끝냅니다. 몰리에게 그는 너무 구식이었거든요. 그녀는 남자의 일만큼이나 자신의 커리어를 존중해줄 남자를 원합니다. 시청자들은 그녀가 결국 그런 사랑을 쟁취하리라는 걸 압니다. 그녀가 그토록 사랑하는 남자와 다정한 모습으로 시리즈의 대미를 장식하리라는 걸 말이죠.

4

그뿐만 아니라 이런 드라마들은 우리에게 순수한 열정을 가지고 사랑하라고 촉구합니다. 그리고 연애를 할 때는 기꺼이 위험을 감수하라고 말합니다. 내가 순진한 소리를 하고 있다고요? TV와 영화의 판타지가 현실과 다르다는 걸 나도 압니다. 사실 그런 뜨거운 사랑은 보통 사람들이 가닿을 수 있는 수준이 아니죠. 드라마는 매우 이상적인 남녀상을 제시하고 있습니다. 극적인 효과를 위해 이들의 감정 상태라든지 개인적인 다

툼, 관계에서 느끼는 딜레마나 실망까지 아주 강렬하게 표현합니다. 이것은 내 대중문화 강좌의 학생들이 자주 지적하는 바이기도 합니다. 텔레비전을 많이 보는 사람들은 종종 제일 좋아하는 드라마의 판타지를 좇아 행동하게 된다고요. 자기 자신과 드라마 속 인물을 너무 동일시하다보니 말하는 패턴이나 어휘를 따라하게 된다는 것입니다. 남자친구가 눈치 없는 말을 하면 〈90210〉의 실버처럼 히스테리를 부리거나 〈글리〉의 배우들처럼 과장된 제스처를 사용하게 된다나요. 이런 드라마들은 자기 자신의 마음을 표현하도록 부추깁니다. 또한 잠자고 있는 나의 열정을 일깨우는 힘이 되기도 합니다.

우리가 시선을 뗄 수 없는 것은 이런 드라마들이 이상적인 연애를 바라는 우리의 소망에 말을 걸기 때문입니다. 이런 드라마들은 실생활에서 우리가 잃어버릴 수도 있는 그 무엇에 대한 열망을 일깨웁니다. 우리가 본 책들은 사랑은 안전해야만 한다는 생각을 퍼뜨립니다. 사랑에는 뚜렷한 각본과 분명한 목표가 있어야 한다는 것이죠. 열두 단계만 올바로 밟으면 결혼이 성사될 것이므로, 조금이라도 모호해 보이는 것들은 뭐든 하지 않는 게 좋다고 합니다. "상처받을 것 같으면 물러서라, 위험해 보이면 바쳤던 애정을 철회하라, 나중에 후회하느니 안전한 게 낫다."라고 말입니다. 회복하기 어려울 만큼 깊이 빠져들지 말라고, 최악의 경우란 자제력을 잃는 것이라고 말합니다. 열정이라는 기만적인 구름에 휩쓸리지 않을수록 여러분이 차지할 수 있는 사랑의 파이가 더 커질 거라고도 합니다. 또한 어떤 상황에서도 받은 것보다 더 많이 주지는 말라고, 조금 더 인색해지라고 그리고 상대로 하여금 사랑을 입증하게 하라고 합니다. 사랑을 시험하고 또 시험하라고, 그리고 신뢰를 가지게 되더라도 혹시 모르니 상대에게 장애물을 몇 개 더 넘게 하라면서 말입니다. 조심해서 나쁠 것은 없으니까요. 계산적이어서 손해날 것 없으니까요. 여러분의 마음이 걸린 문제니까요.

이런 태도는 물불을 가리지 않고 사랑에 뛰어드는 사람을 문제 있는 사람으로 만들어버립니다. 과감하고 애정 표현이 많은 사람이라면 내가 뭔가 잘못된 게 아닐까 걱정하게 만듭니다. 하지만 TV 드라마들은 우리를 반대쪽으로 데려갑니다. 실생활에서는 자신에게 이런 열정을 허락하지 못하기에 드라마 속 판타지로 향하게 됩니다. 직접 열정을 불태우며 사는 대신에 열정을 연기하는 허구의 인물들을 보면서 기쁨을 느낀다는 것이 어쩐지 불편하기는 합니다. 하지만 드라마 속 판타지는 적어도 사랑이 혼돈스럽고 관리가 불가능한 감정이라는 사실을 일깨워줍니다. 또 이런 드라마들은 우리가 사랑을 하다가 상처를 받더라도 그것이 누구의 잘못도 아니라는 걸 확인시켜줄 때도 있습니다. 그것은 상대방이 내게 상처를 줄 계획을 세웠기 때문도 아니고 내가 뭔가를 잘못했기 때문도 아닙니다. 그것은 사랑이란 본래 혼란스럽고 예측 불가능하기 때문이며 사람들이 온전히 사랑만 할 수 없는 복잡한 삶을 살고 있기 때문입니다. 소파에서 애인과 밀어를 나누기 전에 먼저 지구를 구하러 출동해야 할 때도 있고(클라크 켄트의 딜레마), 어떤 여자에게 깊이 빠져 다른 사랑을 할 수 없을 때도 있고(세스 코언의 딜레마), 내가 가장 원하는 사람이 하필 내가 도저히 용인할 수 없는 사람일 때도 있기 때문입니다(척 배스의 딜레마).

TV 드라마들은 사랑의 양면성을 강조합니다. 욕망과 배신의 복잡한 거미줄은 사람의 감정이 단순명료하지 않다는 사실을 여실히 보여줍니다. 행동해야 할 때 주저하는 경우도 있고 행동을 했으되 너무 앞서가버린 경우도 있습니다. 때로 여러분은 인연이 아닌 사람을 만나기도 하고 제 짝을 만났지만 시기가 맞지 않을 때도 있습니다. 기회가 전혀 오지 않을 때도 있고 말이죠. 짝사랑이 문제가 될 때도 있고 해피엔딩으로 끝날 때도 있습니다. TV에서 일어나지 않는 일이 딱 한 가지 있다면 그것은 절친과 앉아서 연애의 안전망에 대해 상의하는 것입니다. 드라마에서는 사랑이 안전하리라는 기대를 애초에 품지 않습니다. 오히려 사랑에 목숨을 걸지요. 여주인공은 한창 키스를 하다가 별안간 사라지기 일쑤인 슈퍼히어로에게 푹 빠지고 맙니다. 슈퍼히어로 남친은 무장 강도나 기차 사고를 당한 사람을 구하기 위해 뛰쳐나갑니다. 이 사실을 모르는 여자는 아무런 해명도 없이 달아난 남자 때문에 상처를 받습니다. 그러나여자는 나중에 남자를 다그치거나 그를 차버릴지언정 자신이뭔가를 잘못했기 때문이라며 자책하는 실수는 저지르지 않습니다. 남자에게 시간을 너무 많이 내줬다거나 자존감이 떨어진다며 스스로를 야단치지도 않습니다. 여러분이 이렇게 행동하고 있다면 여러분은 자존감이 있는 것입니다. 또한 사랑의 실수는 피할 수 없는 인생의 일부라는 점도 알고 있는 것입니다.

5

한편 남자들 역시 마음을 다 걸 의향이 있습니다. 〈가십 걸〉의 남자 주인공들이 맘에 드는 이유는 이들이 필사적으로 사랑에 헌신하기 때문입니다. 그 과정 중에 외도를 하기는 하지만그것은 극의 진전을 위한 장치일 뿐입니다. 정말로 사랑할 때는 여주인공들만큼이나 사랑에 모든 걸 걸죠.

첫 번째 에피소드에서 우리는 여친인 블레어와 섹스를 거부하는 네이트를 만나게 됩니다. 은밀히 세리나를 사랑하게 됐으니까요. 시즌 2에서 척은 블레어를 마음에서 떨쳐버릴 수 없어 돈을 주고 산 여자와 섹스조차 제대로 못합니다. 시즌 3에서 댄은 자신이 바네사를 사랑한다는 걸 깨닫고 매력적인 영화학도와의 잠자리를 박차고 나옵니다. 이 모든 대목들을 눈여겨보세요. 사실 연애지침서에 나오는 남자들은 섹스를 거부하는 법이 없다고 하지 않던가요. 뜨거운 피가 흐르는 남자라면 길에서 마주치는 어떤 매력녀와도 잠자리를 같이 할 거라고요.

이 점에서 나는 〈가십 걸〉에 동의하지 않을 수 없습니다. 내이성친구들을 보면 어떤 여자를 원하거나 이별의 상처를 극복하려 할 때 결코 다른 여자에게 눈을 돌리지 않습니다. 새로운 물건에 대한 욕망을 다른 물건으로 옮겨가기 어려운 것처럼 여자에 대한 갈망도 마찬가지입니다. 정말로 어떤 여자에게 빠져있다면 섹시한 여자들을 트럭으로 갖다준다 해도 소용이 없습니다. 이 친구들은 사랑을 배신하느니 술병을 끼고 사는 편을 택할 것입니다.

〈가십 걸〉에서 댄은 현대 남성의 '선택'을 이렇게 정리합니다. 사랑하는 여자 앞에서 끝없이 약해지거나 혹은 전혀 모르는 여자와 자거나. 세상에는 후자를 여러 번 선택하는 남자도 있을 것입니다. 이런 남자 중 일부는 전통적인 마초입니다. 하지만 나머지 남자들은 상처 입을까봐 두려워합니다. 댄 역시 두려움을 느끼지만 그는 사랑을 선택하지요. 네이트도 마찬가지고요. 네이트는 3년 동안이나 그녀를 사랑해왔노라고 세리나에게 고백합니다. 더 근사한 것도 있어요. 마침내 연인으로 발전할 때도 두 사람은 책에서 권하는 '밀당 게임'으로는 연애가 잘 되지 않는다는 걸 깨닫게 됩니다. 네이트에게서 질투를 유발하려던 세리나의 시도는 역효과만 내고 맙니다. 자신의 강렬한 감정을 숨기겠다는 네이트의 결심은 세리나를 밀어내죠. 결국 오해만 쌓이게 됩니다. 두 사람이 게임을 그만두기로 할 때까지 말이에요. 그러니 어떻게 이 드라마를 좋아하지 않을 수 있겠어요?

오늘날의 남성은 한 여자를 갈망하는 법을 알고 있습니다. 사실 남자들은 오래전부터 연모의 감정이 불러오는 고통을 잘 알고 있었습니다. 역사적으로 유명한 커플들을 생각해보면 이들 중 많은 남자가 엄청나게 로맨틱한 사람들이지요. 트리스탄과 이졸데, 단테와 베아트리체, 로미오와 줄리엣, 베르테르와 로테만 봐도 알겠잖아요? 사랑하는 여자를 위해 무엇이든(결코 잘했다고는 말할 수 없지만 자살마저도) 할 남자들이라는 걸요. 아무하고나 자고 다닌다는 건 말도 안 되는 얘기죠.

갈망은 '여성적인' 것이고 손쉬운 섹스를 찾아다니는 것은

'남성적'이라는 생각은 비교적 최근에야 나타난 현상입니다. 하지만 요즘의 TV 드라마들은 남자도 여자만큼이나 아파한다는 걸 보여줍니다. 〈스몰 빌〉의 슈퍼맨 또한 평범한 남자만큼이나 아파합니다. 그는 크립토나이트에 감염된 걸 알면서도 여자친구에게 키스를 건넵니다. 그녀에게 다가가기만 해도 녹색 크립토나이트의 통증이 온몸을 찌르는데도 말이죠.

이러한 강렬함은 희화화되기 쉽지만, 남자도 여자만큼이나 정서적으로 연약한 존재라는 메시지를 전하는 것이라면 나는 환영하겠습니다. 또 한 사람만 열렬히 사랑한다는 생각도 환영하겠습니다. 생각은 나중에 하고 우선 자신을 내던져도 좋습니다. 과도하게 조심스러운 문화에서, 거대한 사랑과 거대한 상실의 이야기를 강조하는 TV 드라마들은 우리에게 도움이 됩니다. 물론 이런 드라마들은 분명 감상주의를 주입하기도 하지만 우리가 감정에 인색하기보다는 더 너그러울 필요가 있다는 점을 일깨워주기도 합니다. 이런 드라마에 끌린다면 그것은 우리 삶에 뭔가가 빠져 있다는 걸 우리가 가슴 깊이 감지하고 있기 때문입니다. 우리는 더 큰 무엇을 원합니다. 우리에게 감탄을 불러일으키고 우리의 정신을 일깨우는 뭔가를 갈망합니다.

역사에는 언제나 신화가 존재했습니다. 엄청난 시련 그리고 그보다 더 큰 승리에 관한 영웅담이 있었습니다. 그리스인에게는 『일리아드』와 『오딧세이』가, 중세에는 단테가, 르네상스 시대에는 셰익스피어의 비극이 있었습니다. 낭만주의 시대에는 괴테와 바이런이, 빅토리아 시대의 영국에는 샬롯 브론테가 있었습니다. 그리고 우리에겐 〈가십 걸〉이 있습니다. 이 말이 한심하게 들릴지도 모르겠습니다. 그러나 강력한 경쟁자가 없는 상황에서 나는 감정을 놓치지 않는 이 드라마의 힘을 과소평가하지 않겠습니다. 나는 〈가십 걸〉과 이와 유사한 다른 드라마들이 우리 눈앞에 매주 펼쳐 보여주는 무한한 열정을 비웃지 않으렵니다.

Lies

거짓   남자의 마음을 얻는 최고의
방법은 '바람직한 여성'이라는
판타지에 자신을
끼워 맞추는 것이다.

Truth

진실   판타지에 자신을
끼워 맞추는 것이야말로
제일 버림받기 좋은 방법이다.

5강

왕자는 신데렐라의
본모습을 알고도
사랑을 포기하지 않는다.

1

내가 강력히 만류하고 싶은 연애 시나리오가 하나 있습니다. 연애가 진행 중이거나 파국으로 치닫고 있을 때도 상처를 주는 관계는 피하는 게 좋습니다. 연애에서 위험을 감수하는 것과 비참한 연애에 자신을 방치하는 것은 큰 차이가 있습니다. 고통스러운 실연에서 자신을 보호할 방법은 없지만 끝나지 않는 나쁜 연애는 반드시 피해야만 합니다.

남자가 상습적으로 따귀를 때린다거나 소리를 지른다거나 모욕을 준다거나 공개적으로 비난한다면 자신이 학대의 대상이 되었다는 걸 스스로도 분명히 알 수 있습니다. 그러나 너무

미묘하고 은근해서 오랜 시간이 흐르고나서야 뭔가가 잘못됐음을 깨닫게 되는 학대도 있습니다. 그런 학대 가운데서도 가장 위험한 것은 자아도취에 빠졌거나 자기만 아는 남자로부터 오는 학대입니다. 이런 남자들은 그라인더로 커피콩을 가는 것보다 더 빨리 여러분의 자존감을 분쇄해버릴 수 있습니다. 이런 남자들은 관계의 모든 위기가 여러분의 결함 때문에 생겨났다고 주장합니다. 여러분 자신이 문제의 원인이 아니었음을 깨닫기 시작할 무렵이면 여러분의 자존감은 이미 엉망이 돼버려서 관계를 끝낼 때는 자신감이 바닥을 치고 있을지도 모릅니다. 바로 이런 이유 때문에 예쁜 신데렐라의 유리구두를 신기 전에 왕자님의 무도회 너머를 볼 줄 아는 것이 매우 중요합니다.

「모래 사나이」라는 단편소설은 자기도취형 사랑에 관한 가장 훌륭한 알레고리를 보여줍니다. 집착과 호기심에 관한 이 이야기는 19세기 독일 작가 E. T. A. 호프만이 쓴 단편입니다. 이 단편에서 나타나엘이라는 청년은 신비에 싸인 아름다운 여인 올림피아 때문에 약혼녀인 클라라를 버립니다. 나타나엘이 이웃 건물에서 올림피아를 몰래 훔쳐보는 동안 그녀는 늘 자기 방에 가만히 앉아 시간을 보냅니다(히치콕 영화 같은 냄새가 난다면 곧 그 예감이 들어맞았다는 걸 알게 될 것입니다). 올림피아는 열의는 없지만 매우 정확하게 피아노를 치고 춤을 춥니다. 그녀는 또 "아, 아!" 하는 작은 감탄사로 나타나엘의 말에 맞장구를 치기도 합니다. 독자는 읽으면서 마음이 점점 불편해지지만 올림피아가 나타나엘의 물리 선생인 스팔란짜니와 망원경 제작자 코폴라가 만든 인형이라는 사실이 밝혀지는 순간 의구심은 해소됩니다. 그녀의 반짝이는 눈은 유리로 만들어졌고 그녀의 정확한 동작은 날씬한 몸에 내장된 시계장치에 의해 통제됩니다. 그리고 "아, 아!"는 그녀가 말할 수 있도록 프로그램된 유일한 소리였습니다. 단편 말미에 스스로 움직일 수 없는 올림피아의 몸뚱이를 놓고 스팔란짜니와 코폴라가 싸우는 바람에 올림피아는 결국 파괴되고 맙니다.

호프만의 단편은 자아도취형 애정의 구조를 강조합니다. 이야기는 올림피아의 개성 없는 아름다움과 개성 넘치는 클라라를 대조시키며 나타나엘이 올림피아에게서 가장 흠모했던 점은 알고 보면 그녀에게 투사된 자기 모습이었음을 보여줍니다. 나타니엘은 올림피아의 아름다운 눈에 비친 자신의 모습을 사랑했습니다. 그녀가 내던 "아, 아!" 하는 감탄사는 그가 하는 말이 다 맞다는 확인이었습니다. 나타나엘은 자신의 영혼을 올림피아에게 쏟아붓습니다. 그녀가 그의 말에 맞장구를 칠수록 그의 자신감은 점점 더 커졌습니다. 올림피아가 그의 영혼을 그대로 담아낼 수 있었던 것은 그녀에게 영혼이 없기 때문임을 그는 깨닫지 못했습니다. 또한 올림피아가 나타나엘의 생각을 똑같이 따라할 수 있었던 것은 그녀 스스로 생각할 수 없었기 때문입니다. 나타나엘은 클라라를 버리고 올림피아를 선택합니다. 개성이 없는 올림피아는 그의 자기중심적 투사를 위한 이상적인 화면이 되어주기 때문입니다. 그녀는 완벽한 여인이자 궁극적인 판타지의 대상이었습니다.

2

안타깝게도 세상에는 나타나엘 같은 남자들이 꽤 많습니다. 언젠가 나는 이선이라는 남자를 알게 됐는데, 그는 자신의 이상형이 갖춰야 할 자질을 마음속에 새겨넣고 다니는 남자였습니다. 그는 미래를 아주 구체적으로 계획하길 좋아했습니다. 또한 그의 연애도 인생의 다른 부분처럼 논리적으로 전개되길 원했습니다. 하지만 그의 '목록'이란 알고 보면 자신을 떠받들어줄 여자를 찾는 자아도취형 소망으로 이뤄진 것이었습니다.

상당한 부와 사회적 지위를 가진 이선은 자기의 기준을 충족시켜줄 파트너를 만날 권리가 있다고 생각했습니다. 연애의 '시장 가격' 이론을 믿었던 그는 자신이 관심을 가지는 여자는

눈에 보이는 '자산'을 가져와야만 한다고 여겼습니다. 그의 잣
대는 외모, 부், 지성, 세련된 사교술, 이 네 가지였습니다. 이
중 한 가지 기준을 충족할 수 없는 여자라면 다른 기준이 나머
지를 충분히 상쇄할 수 있어야 했습니다. 게다가 그는 신체적
특징에 있어서도 세세한 기준을 가지고 있었습니다. 체형, 키,
머리 색깔, 연령, 임신 능력 등등 말이죠.

사귀었던 여자친구들이 그를 점차 멀리한 것은 어쩌면 당연
한 일인지도 모릅니다. 그는 자신을 버린 여자의 흠을 잡는 것
으로 결별을 정당화했습니다. 그를 떠난 여자들은 하나같이 독
립적이지 못하거나 나약하거나 심리가 불안정하거나 심지어
사이코라는 것이었습니다. 모두들 어떤 문제가 있어 건강한 관
계를 맺을 수 없다는 것이었습니다. 또한 그녀들 모두가 이런
저런 이유로 그를 배반했다고 했습니다. 결별에 대해 이야기할
때마다 그의 목소리는 너무나 슬프고 처량해서 그가 상처 입은
쪽이라고 믿게 할 정도였습니다. 하지만 여자들이 그가 줄 수
있는 편안한 삶을 포기했던 이유는 그가 여자들의 자존심에 상
처를 냈기 때문임을 우리는 소문을 통해 알고 있었습니다. 도
저히 닿을 수 없는 이상형에 비교당하는 걸 좋아할 사람은 아
무도 없습니다. 외부에서 강요되는 기준에 못 미칠 때 따라오
는 더러운 기분을 좋아할 사람은 없습니다. 그뿐인가요? 이선

은 상대방이 그의 생활방식에 맞춰주기를 바랐습니다. 그는 여자와 함께 미래를 만들어나가는 데는 관심이 없었습니다. 그는 그가 만들어놓은 생활 속으로 상대방이 들어오기를 원했습니다. 이렇게 되면 일에 욕심을 가진 여자는 모두 배제되고 맙니다. 또 개성이 강한 여자도 밀쳐지게 될 것입니다.

결국 이선과 결혼한 여자는 자기가 들어가 살 집의 가구를 고르는 순간조차 아무런 발언권을 행사할 수 없었습니다. 그는 집은 '내 것'이라고 말했습니다. 집은 그가 지었으며 그녀는 그 집에서 살 특권을 누리게 된 것뿐이라고 말이죠. 그는 심시어 그녀가 집안일과 정원일이라도 해서 자신의 생활비를 벌어야 한다는 투로 말하기까지 했습니다. 그는 아내가 결혼반지 값에 해당하는 노동을 해주기를 기대했습니다. 그녀가 밖에 나가서 일자리를 구해보겠다고 하자 그건 돈의 문제가 아니라 원칙의 문제라고 했습니다. 아내란 남편이 가진 인생의 비전을 지지하는 사람이라면서요. 결혼식을 올리고 1년도 안 되어 그녀가 이선을 떠났을 때 놀라는 사람은 아무도 없었습니다.

이선에게서 멀어진 여자들은 그가 그토록 치명적인 이유는 여자를 홀대할 사람이라고는 상상할 수 없을 정도로 섬세한 남자 행세를 했기 때문이라고 입을 모았습니다. 평화를 사랑하는 환경보호론자였던 그는 여자를 학대하는 남자들을 혐오한다고 누차 강조했던 그런 사람입니다. 그는 대중심리서도 여러 권 갖고 있었는데, 여자친구가 둘 사이의 문제를 이야기하려고 다가올 때마다 심리학적 지식으로 응수하기 위해 세심히 골라놓은 책들이었습니다. 그는 언제나 세상에서 가장 이성적인 남자처럼 차분한 목소리로 말했습니다. 가령 "합리적인 것과 불합리한 것 사이에는 뚜렷한 차이가 없어" "남녀관계에서는 어떤 요구도 하지 말아야 해" "우린 똑같이 상처 입은 사람들이지" "아무도 당신의 동의 없이 당신에게 상처를 입힐 순 없어" "당신의 자신감을 뒤흔들 수 있는 사람은 당신 자신뿐이야" "다른 사람들이 어떻게 하는지는 중요하지않아, 당신이 어떻게 반응하는지가 중요하지" 같은 근사한 말들을 구사했습니다.

이선은 여자친구들이 폭발할 때까지 '신사적으로' 그녀들을 몰아붙였습니다. 그러고는 학대하는 사람은 다름아닌 그녀들이라고 했습니다. 언성을 높인 것도, 아무 이유 없이 자제력을 잃은 것도 다 그녀들이었다고요. 그는 어떤 것도 그의 잘못이라고 얘기하지 못할 만큼 자신이 한 일을 너무나 잘 숨겼고 여자들은 그런 그에게 질려 분노를 머금은 채 그를 떠났습니다. 자신은 아무것도 잘못한 게 없다고 확신하는 남자를 비난할 수는 없는 노릇이었을 테니까요.

언젠가 그가 아주 희한한 말을 한 적이 있습니다. "여자들은 내 앞에만 서면 작아지는 모양이에요." 나는 그의 말에 충격을 받았습니다. 그는 자신과 교제했던 여자들이 알아서 스스로를 깎아내렸다는 듯이 그리고 그 자신은 여자들이 자초한 감정의 관찰자였을 뿐이라는 듯이 말했습니다. 여자가 느끼는 감정적 동요와 자신은 아무런 관계가 없다고 생각했던 것입니다. 그는 그런 감정의 소용돌이에 아무런 책임도 느끼지 않았습니다. 여자들은 그가 오만하고 명령조로 말하며 억압적이고 모든 호의를 너무 당연히 여기는 자기중심적인 인간이라고 그에게 누차 얘기했습니다. 하지만 그는 여자들이 자신감이 없거나 제정신이 아니어서 이런 식으로 자신을 판단하고 있는 거라고 스스로를 안심시켰습니다. 여성들이 스스로를 비하했다면 그것은 자존감이 부족하기 때문이라는 거죠. 그는 자신의 관계 패턴 탓이라는 걸 받아들이지 못했습니다.

이선 같은 남자와 교제한 적이 있는 사람이라면 어떤 노력으로도 그의 요구를 채워줄 수 없다는 걸 깨달았을 겁니다. 그는 자기 인생을 완성해줄 여자를 열심히 찾고 있지만 그런 여자는 그의 상상 속에서만 존재할 뿐 현실의 어떤 여성도 그를 결코 만족시키지 못할 것이기 때문입니다. 그는 처음에는 여러분의 간절한 기도에 응답이라도 하듯 여러분을 추앙할 것입니다. 그러나 여러분이 개성을 드러내는 순간 그의 환상은 깨질 것입니다. 그가 가지고 있던 이미지와 불일치하는 욕망을 드러내는 순간, 그는 여러분에게 반감을 갖게 될 것입니다. 여자들은 이런 상황이 되면 내가 뭘 잘못하고 있는 게 아닐까 자책합니다. 심지어 자신을 뜯어고칠 생각까지 하게 되죠. 그러나 할 수 있는 일은 별로 없습니다. 이 상황을 타개해줄 열쇠는 바로 이 자아도취적인 남자가 쥐고 있기 때문입니다. 그는 인형 역할에 만족하는 여자를 찾고 있는 것입니다. 여러분이 독립적인 사람일수록 그는 더욱더 무자비하게 여러분의 개성을 짓밟으려 할 것입니다. 여러분이 그 관계에서 빠져나올 기운조차 남아 있지 않을 때까지요. 또한 어떤 여자도 그가 원하는 것을 줄 수 없기에 그는 여러 여자를 전전할 것입니다. 그를 진정으로 이해할 여자가 '어딘가에' 분명 존재할 거라고 확신하면서요.

자아도취형 남자들은 현재 가진 것을 소중히 여기지 않는 경향이 있습니다. 언젠가 다가올(또는 그래야 '마땅한') 것에 초점을 맞추기 때문이죠. 이들은 결코 실현되지 않을 환상에 기대고 있기 때문에 현재의 순간 속으로 완전히 들어서지 않습니다. 일부 남성들이 가진 '헌신에 대한 공포'는 자아도취형 사랑의 또 다른 얼굴입니다. 자아도취형 남자들은 그래야만 완벽한 여자가 나타날 '가능성에 대비할' 수 있으니까요. 그뿐 아니라 이들은 가질 수 없는 여자들을 쫓아다닐 가능성이 높습니다. 잡을 수 없는 여자는 이들이 환상을 무한히 유지할 수 있게 해주니까요. 그런 여자는 반짝반짝 빛나는 이상형으로 남습니다. 현실에서 테스트해볼 필요 없이 자신의 모든 희망을 걸 수 있는 대상이기 때문입니다. 여자가 멀리서 애를 태울수록 남자는 더더욱 고집스럽게 그녀를 쫓습니다. 물론 그것은 그녀가 '잡혀줄' 때까지만이죠. 그러면 자아도취형 남자의 관심은 다시 다음 대상으로 옮겨갑니다. 하지만 남자는 떠나기 전에 괜히 시간 낭비만 했다며 그녀를 벌할 가능성이 높습니다. 그는 여자를 고통스럽게 만들고는 코 푼 휴지처럼 내버릴 것입니다.

3

많은 할리우드 스릴러들이 이런 자아도취형 집착을 잘 활용하고 있습니다. 히치콕 영화가 대표적인 예죠. 그의 영화 〈현기증〉을 한번 볼까요. 이 영화에는 스코티가 매들린이라는 신비로운 여성을 은밀한 시선으로 따라다니는 장면이 많이 나옵니다. 스코티는 매들린의 남편이 그녀의 비밀을 알아내기 위해 고용한 사람입니다. 매들린은 비밀에 싸여 있습니다. 플롯이 무르익어가면서 우리는 무심한 듯한 매들린에게 점점 매료

되는 스코티의 모습을 보게 됩니다. 영화 중반에 매들린이 죽자 그는 슬픔에 압도된 나머지 정신병원에 갇히게 됩니다. 그는 넋이 나가서 친한 친구인 미지도 못 알아봅니다. 미지는 판타지의 대상인 매들린과는 경쟁 상대조차 되지 못합니다. 스코티에 대한 미지의 사랑도 매들린의 영향력을 넘어서지는 못합니다. 하지만 스코티가 매들린에 대해 아는 것은 거의 없습니다. 히치콕은 매들린이 수수께끼로 남아 있기에 스코티에게 그토록 엄청난 힘을 휘두를 수 있었다는 점을 관객이 이해하도록 영화를 만들었습니다.

하지만 히치콕은 여기서 그치지 않습니다. 그는 여성을 판타지의 대상으로 만드는 일이 얼마나 잔혹한지를 천재적인 감각으로 보여주었습니다. 영화의 전환점에서 우리는 우아한 상류층 여성 매들린이 사실은 주디라는 이름의 노동계급 여성이란 걸 알게 됩니다. 주디는 남편에 의해 무참히 살해된 진짜 매들린을 대신하도록 고용됩니다. 스코티가 목격한 매들린의 '사망'은 주디가 매들린 노릇에서 해방되기 위해 죽은 척 연기를 한 것이었습니다. 스코티가 온 힘을 다해 애도해왔던 대상인 매들린이 진짜 매들린이 아니라 주디가 그를 위해 연기했던 판타지였을 뿐입니다. 정신병원에서 나온 뒤 스코티는 거리에서 주디를 발견합니다. 그는 두 여자의 닮은 점을 곧바로 알아챕니다. 문제는 주디가 더 이상 매들린이 아니라는 점입니다. 옷차림은 너무 칙칙하고 머리색도 이상합니다. 화장도 천박합니다. 스코티는 어떻게 할까요? 그는 주디를 다시 세련된 매들린으로 되돌려놓기 시작합니다.

매들린이 신던 킬힐을 마지못해 꿰어 신고 매들린이 입던 고급 양장을 입고 마지막으로 금발로 염색한 머리칼을 매만지는 주디의 모습을 보면 등줄기가 오싹해집니다. 자신이 스코티의 판타지에 집어삼켜지는 모습을 주디는 한마디로 요약했습니다. "이제 '나'는 어찌 되든 상관없어." 하지만 이 정도로는 충분하지 않았습니다. 올림피아가 그랬듯 영화 말미에 주디 역시도 파괴되고 맙니다. 마지막으로 매들린을 연기하려던 차에 그녀는 다시 한번 죽습니다. 이번에는 진짜로 죽은 거죠. 판타지의 대상은 교정이 불가능해지는 순간(주디는 꿈에 그리던 매들린이 될 수 없다는 걸 스코티가 깨닫게 되는 순간) 제거돼야만 하고 여자는 판타지를 구현할 수 있을 때만 가치가 있습니다.

이것이 바로 이선과 같은 자아도취형 남자들의 심리입니다. 여자가 자신의 이상형에서 벗어났을 때 이런 남자들이 종종 복수를 하는 것도 같은 이유에서입니다. 이들은 이해할 수 없을 정도로 냉담해집니다. 자기 판타지가 무너지는 것을 견딜 수 없기 때문이죠. 아니, 이들은 자신과 끝났는데도 여자가 잘 살아갈 수 있다는 사실조차 견디지 못합니다. 히치콕은 이 점을 누구보다 잘 알고 있었죠.

히치콕이 영화에서 '매들린'을 세 번이나 죽게 만드는 것은 판타지가 갖는 끈질긴 매력을 보여주기 위해서입니다. 판타지에 사로잡힌 남자는 거짓 껍데기에 불과한 존재와의 관계라 해도(클라라가 아니라 올림피아에게 구애를 해야 하더라도) 어떻게든 이 판타지를 되살리려 합니다. 불행히도 여자들은 신비로운 판타지 대상을 연기하도록 배워왔고요.

파티에서 매혹적인 남자를 발견했을 때 여자들이 어떻게 하는지를 생각해보면 간단합니다. 여러분은 그에게 그냥 다가가서 "안녕하세요? 제 이름은 ○○○예요. 이 파티에는 어떻게 오셨어요?"라고 인사하나요, 아니면 그의 눈에 띄는 곳에 서서 그가 여러분에게 다가오기를 기다리나요? 남자는 욕망의 주체가 되고, 여자는 그 욕망의 대상이 되는 문화 속에서 우리는 살고 있습니다. 남자들은 여자를 바라보면서 욕망할 수 있는 반면, 여자의 임무는 남자의 눈에 최대한 유혹적으로(하지만 무심하게) 보이는 것입니다. 남자가 완벽한 욕망의 객체를 얻는 환상을 갖는다면 여자는 그 객체가 되는 환상을 품습니다. 많은 여성들이 남자를 쫓기보다는 쫓김당하는 걸 더 좋아하는 것도 이런 이유에서입니다. 또한 여자가 남자를 쫓는다 해도 대시하는 것만큼은 남자가 하게끔 유도하는 것도 이런 이유 때문입니다.

연애지침서들은 여성에게 자신을 완벽한(갖기 어려운) 대상으로 만들라고 가르치죠. 이런 책들은 여성이 원하는 바를 표현하지 못하게 합니다. 자신을 남자가 욕망하는 대상으로 여기는 사람은 자신이 원하는 바를 세상에 적극적으로 이야기하기 어렵습니다. 자신을 욕망의 주체로 바라보기 어려운 것입니다.

연애에서 남자들은 여전히 여성을 대상화하기 쉽습니다. 여성들 또한 그런 남자들의 대상화를 고맙게 생각하기 쉽습니다. 환상이 깨지고 잔혹한 상황이 시작되기 전까지는 말이죠.

4

그렇다면 우리는 매력을 가꾸는 노력을 포기해야 할까요? 물론 그렇지 않습니다! 욕망은 구애에서 가장 멋진 부분입니다. 유혹은 인생에서 가장 큰 기쁨 가운데 하나죠. 그리고 거기에는 이런저런 판타지가 포함되어 있습니다. 중요한 건 스스로 만들어내는 환상을 얼마나 진지하게 생각하고 있는가입니다. 상대의 판타지를 모방할 수 있을 때에만 자신이 매력적일 수 있다고 생각한다면 그건 제 발등을 찍는 꼴입니다. 잘 매만진 헤어스타일, 몸매를 드러내는 드레스, 킬힐, 달콤한 향수가 나의 개성 넘치는 영혼보다 더 중요하다고 믿는다면 자신을 잃어버릴 위험이 있습니다. 하지만 나의 판타지가 어디서 끝나고 나의 정체성이 어디에서 시작되는지를 정확히 알고 있다면 주디(또는 올림피아)에게 일어났던 끔찍한 일은 피할 수 있습니다.

이 시점에서 신데렐라가 우리에게 도움을 줄 수 있을 것 같네요. 신데렐라는 요정 할머니의 도움으로 반짝이는 드레스를 입고 왕자가 마련한 호화 무도회에 참석하게 됩니다. 왕자가 그녀의 남다른 영혼에 반했다고 주장하기는 어렵겠죠. 왕자가 사랑에 빠진 건 레드 카펫에 어울리는 그녀의 화려한 변신 때문이었는지 모릅니다.

하지만 왕자는 신데렐라의 화려한 외모가 사라졌을 때도 그녀에게 혐오감을 드러내거나 등 돌리지 않았습니다. 그가 청혼한 사람은 누더기를 입은 재투성이 아가씨였습니다. 그녀가 강인하고 재능은 있으나 부당하게 혹사당한 아가씨라는 걸 왕자가 어떻게든 직감했겠죠. 잠자는 숲속의 미녀나 백설공주와 달리 신데렐라는 진정한 진취성을 보여줍니다. 왕자가 이런 점을 어떻게 알아챘는지는 여전히 알 길이 없지만, 요술봉과 못된 이복언니들이 등장하는 허구의 세계에서 그 쯤은 별로 문제가 되지 않습니다. 진짜로 중요한 것은 신데렐라가 잘됐을 때 우리가 그녀의 성공을 함께 기뻐한다는 사실입니다. 또한 우리는 왕자가 올바른 이유로 신데렐라와 결혼했다고 믿고 있습니다. 왕자가 자신의 판타지를 깨고 진짜인 그녀를 알아본 거라고요.

요즘의 로맨틱 코미디들도 이런 신나는 변신 장면과 여주인공의 지성과 독립성을 보여주는 스토리라인을 십분 활용하고 있습니다. 창녀에서 숙녀로 변신하는 〈귀여운 여인〉의 줄리아 로버츠나 FBI 요원에서 절세미녀로 거듭나는 〈미스 에이전트〉의 샌드라 불럭을 떠올려보세요. 고분고분한 호텔 메이드에서 상류사회의 미녀로 변하는 〈러브 인 맨하탄〉의 제니퍼 로페즈, 촌스런 여고생에서 우아한 공주로 변신하는 〈프린세스 다이어리〉의 앤 해서웨이는 또 어떤가요. 이런 변신 장면은 여자들에게 감각적인 기쁨을 줍니다. 여자들이 이런 것을 좋아하는 이유는 우리도 조금만 노력하면 완벽한 판타지의 대상이 될 수 있다는 암시를 주기 때문이죠. 하지만 이런 영화들은 화려한 성장盛裝 뒤에 숨겨진 여주인공들의 진짜 모습을 남자가 더 사랑하게 되리란 사실을 반드시 강조합니다.

이런 영화는 여자는 남자 손에 쥐어진 흙덩어리에 불과하다는 생각을 재탕한 것뿐이라고 맞받아치는 사람도 있을 것입니다. 샌드라 불럭과 앤 해서웨이에게 미모 가꾸는 기술을 전수하는 남자 전문가들의 손바닥 위에서 이들이 보여주는 우스꽝

스런 시행착오는 이런 주장을 뒷받침합니다. 또한 〈귀여운 여인〉에서 줄리아 로버츠를 껌이나 씹는 창녀에서 폴로 경기와 오페라를 즐기는 세련된 여인으로 변신시킨 것은 리처드 기어의 신용카드와 여성 패션과 보석에 대한 그의 뛰어난 감각인지 모릅니다. 리처드 기어가 붉은 드레스를 입은 줄리아 로버츠를 에스코트할 때 경탄에 찬 사람들의 시선은 전부 그녀를 향합니다. 이 장면이 건네는 메시지는 분명합니다. 그녀는 판타지의 대상이 되는 데 성공했으며 그녀가 진짜로 감사를 바쳐야할 사람은 리처드 기어라는 것을요. 하지만 세상 일이 이렇게 단순하게 돌아간다면 영화는 여성들 사이에서 인기를 끌지 못했을 것입니다. 줄리아 로버츠를 리처드 기어의 가지런한 손에 놓인 찰흙덩어리로만 보여줬더라면 사람들은 이 영화를 좋아하지 않았을 것입니다.

〈현기증〉과 〈귀여운 여인〉의 정서적인 영향을 한번 비교해볼까요? 두 영화 모두 남자 주인공이 자신의 여자를 쇼핑에 데려가 그의 품격에 걸맞은 옷과 액세서리를 여자에게 골라줍니다. 〈귀여운 여인〉에서 리처드 기어는 〈현기증〉의 스코티가 주디에게 하는 것처럼 줄리아 로버츠의 변신을 위해 돈을 씁니다. 하지만 우리는 스코티와는 달리 리처드 기어에게는 환멸을 느끼지 않습니다. 주디가 매들린으로 변신하는 과정은 기쁨을 주기도 하지만 대체로는 불편한 마음이 더 큽니다. 주디라는 개인이 짓밟히고 있다는 걸 알고 있으니까요. 고통스러워하는 그녀와 함께 우리도 고통을 느낍니다. 하지만 〈귀여운 여인〉은 그런 불편함을 주지 않습니다. 왜 그럴까요?

우리는 줄리아 로버츠의 변신이 시작되기 훨씬 전부터 그녀의 개성을 보았기 때문입니다. 우리는 그녀가 꿈은 크지만 그 꿈보다 더 큰 돈 문제를 안고 있는 촌여자라는 걸 알고 있습니다. 그녀는 우정을 소중히 여깁니다. 그녀는 못 말리는 음치이고 자신의 의견을 말하는 것을 두려워하지 않습니다. 리처드 기어는 평생 가도 운전 못할 수동 기어 자동차를 능숙하게 다룹니다. 그녀의 외모와 태도가 얼마나 변하든 우리는 그 겉모습 아래 숨어 있는 여인을 잊지 않습니다. 매들린과는 달리 오늘날의 여주인공들은 남주인공이 품고 있는 판타지와 완벽하게 들어맞는 법이 없습니다. 이런 영화들은 여주인공의 판타지적 측면이 인간미로 상쇄될 수 있도록 만전을 기했기 때문이죠.

5

신데렐라 이야기는 우리 시대의 가장 강력한 몽상을 집약해놓았습니다. 최초의 동화도 현대판 신데렐라 이야기도 누구나 역경을 딛고 승리할 수 있다고 말합니다. 가난한 집안에서 태어나 결국 아이비리그 대학교에 들어가는 소녀, 고군분투하다가 베스트셀러로 대박을 터뜨리는 작가, 외골수로 살다가 마이크로소프트를 만들어 억만장자가 되는 소년, 줄리아드음악학교 입학 심사위원들을 매료시킨 빈민가 출신의 소녀, 자라서 대통령이 되는 깡마른 흑인 소년의 연애담 버전이 신데렐라 이야기입니다. 아무것도 아니다가 '특별한 사람'이 되는 사람들에 대한 미담의 연애 버전인 셈이죠. 이것은 호박 마차나 12시에 울리는 종소리만큼이나 매력적입니다.

지금껏 이야기했던 로맨틱 코미디에는 또 한 번의 반전이 기다리고 있습니다. 여주인공이 원하는 남자를 얻는 것입니다. 말씨나 걸음걸이, 아름다운 드레스도 물론 남자를 얻는 데 도움이 됩니다. 하지만 여주인공이 워낙 자신의 개성에 충실하다 보니 남자 주인공들도 결국엔 정신을 차리게 됩니다.

리처드 기어가 하얀 리무진을 타고 줄리아 로버츠의 집을 찾아갔을 때 그녀는 청바지 차림으로 고향에 돌아갈 결심을 하고 있었습니다. "당신 내가 예쁘다고 생각하잖아. 나한테 키스하고 싶으면서"라는 샌드라 불럭의 말에 매슈스 요원(벤자민 브랫)이 그렇다고 대답했을 때 그녀는 터프한 FBI 요원의 모습으로 돌아와 있었습니다. 랠프 파인스가 마침내 제니퍼 로페즈를 찾아냈을 때 그녀는 호텔 주방에 돌아가 있었습니다. 또 무도회에서 앤 해서웨이와 춤을 추게 된 사람은 공주가 되기 전부터 그녀를 줄곧 좋아해왔던 남자였습니다. 이런 이야기들은 여성은 남자의 판타지를 넘어 자기 자신으로서 사랑받아야 한다는 교훈을 남깁니다.

이선 같은 자아도취형 남성들이 아직 배우지 못한 교훈이죠. 이런 남자들은 여러분이 찬란한 드레스를 입겠다고 할 때만 여러분을 사랑할 것입니다. 12시의 괘종소리와 함께 여러분이 평범한 여자로 돌아가고나면 절대 여러분에게 청혼하지 않을 테고요. 구두의 주인을 찾아 왕국 곳곳을 헤매지도 않을 겁니다. 오히려 여러분의 인간적인 모습이 드러날 때마다 여러분을 경멸할 것입니다. 또한 여러분을 사랑한다는 것은 그들의 삶에 여러분을 위한 공간을 마련하는 일이라는 것조차 이해하지 못할 것입니다. 이런 남자들이 생각하는 여자의 역할은 그의 인생을 반영하는 거울입니다. 여러분, 그런 거울이 되지 마세요. 얼른 운동화를 신고 그 남자의 무도회에서 빠져나오세요. 여러분이 할 수 있는 최악의 일은 이들의 판타지를 충족시켜주는 것입니다. 여러분은 그럴 수도 없거니와 설령 그럴 수 있다 해도 오래가지는 못할 테니까요.

또 밀당 전략은 이들이 여러분을 대상화하도록 만들 뿐입니다. 나는 새로운 관계를 시작할 때마다 일부러 평소보다 더 많은 시간을 그 남자에게 내주고 그가 어떻게 나오는지를 지켜봅니다. 남자가 뒷걸음질 친다면 세 가지 이유 중 하나일 것입니다. 남자가 나에게 그다지 관심이 없거나, 여자를 쫓아다녀야 남자답다고 느끼거나, 아니면 나와는 상관없는 판타지를 찾아 헤매는 자아도취형 남자일 것입니다. 나는 이들 중 그 어떤 남자에게도 관심이 없습니다. 이런 남자를 잃는다 해도 큰 손해는 아닙니다. 나는 내 상대가 신데렐라 이야기의 중요한 메시지, 즉 공주의 옷차림 뒤에는 평민 아가씨가 있다는 사실을 이해했으면 합니다. 무도회가 끝난 이후에도 뒤치다꺼리가 필요한 생활이 있다는 걸, 그리고 아무리 소소한 판타지라 해도 인생은 그에 미치지 못하리라는 걸 그가 알았으면 합니다.

Lies

거짓   밀고 당겨야 여자의 몸값이 올라간다.

Truth

진실   밀당은 전략이 아니라
자신의 가치를 확신하지 못할 때
하는 행동이다.

밀당이 통하지
않는 이유

1

만약 밀당 전략이 통한다면 그것은 상대가 장기적으로 만나봐야 하등 좋을 게 없는 사람이거나 상대가 여러분을 만나는 데 별 관심이 없기 때문입니다. 지금부터는 괜찮은 남자들한테는 왜 밀당 전략이 통하지 않는지를 살펴보겠습니다.

어느 정도의 신비주의는 매력이 될 수 있습니다. 하지만 이것은 남자에게 사냥꾼 기질이 있어서가 아닙니다. 사람들은 대체로 미지의 세계에 매료되기 때문입니다. 여성은 남성과 마찬가지로 자신을 피하는 남성에게 호기심을 갖게 마련입니다. 남자와 마찬가지로 여자도 쉽게 얻을 수 없는 것에 더 관심을 기울입니다. 상대방이 너무 들이대면 남자든 여자든 매력이 떨어질 수 있습니다. 우리는 조금은 도전이 되는 사람에게 반응을 보일 가능성이 높습니다. 장애를 만났을 때 더욱 강렬해지는 것이 욕망의 본성입니다. 욕망은 불확실성을 좋아합니다. 약간의 두려움은 좋아하는 마음을 키워줍니다. 욕망과 기대가 미약한 불씨에 불을 붙일 것입니다. 하지만 이것은 성별에 좌우되는 게 아닙니다. 상대방이 마음을 정하기까지 기다리는 것은 남녀 모두에게 고통스러운 일입니다. 상대방과 뜨거운 정사를 나눠도 시원찮을 판에 마냥 손 놓고 기다리기란 쉽지가 않습니다. 기다리는 일이 여자에게는 덜 힘들다는 얘기는 하지 맙시다.

사람들은 본래가 불투명합니다. 우리는 이 점을 별로 깊이 생각하지 않지만요. 우리는 버스에서 옆자리에 앉은 여자나 직장 동료가, 친구나 부모나 이웃사람들이 무슨 생각을 하는지 알 필요가 없습니다. 하지만 연인(또는 연인이 될 사람)에 관해서라면 가장 깊은 속내까지 알고 싶어합니다. 이들이 아무것도 감추지 않아야 안심이 되기 때문이죠. 또 불쾌한 일을 나중에서야 알아차리는 일만큼은 피하고 싶기 때문입니다. 하지만 그것은 또한 사랑하는 사람을 속속들이 알면 알수록 관계가 더 친밀해진다고 배웠기 때문이기도 합니다. 더 많이 알게 되면

'함께하는' 영역을 열어야 합니다. 상대를 더 많이 알고 싶은 마음은 대상을 정복하느냐 마느냐의 문제가 아닙니다. 나 혼자서는 성취할 수 없는 만족감이나 초월감을 상대가 나에게 줄 수 있다는 확신의 문제죠. 그 때문에 알 수 없는 연인의 속마음은 우리에게 초미의 관심사가 될 수밖에 없습니다.

하지만 너무 지나친 관심 때문에 선을 넘어버리는 것은 아닐까 염려하기도 합니다. 메시지나 이메일을 너무 많이 보내서 나를 무례하고 집요한 사람으로 보지나 않을까 걱정합니다. 그럴 때 답변이 없으면 대개는 뒤로 물러나죠. 답변이 너무 늦게 오거나 너무 짧아도 별 생각이 다 듭니다. 밀당 전략이 괜찮은 남자들에게 통하지 않는 이유가 바로 이것입니다. 이들도 여러분과 마찬가지 생각을 하니까요. 남자들도 자기를 썩 내켜하지 않는 여자는 따라다니고 싶지 않을 것이고 상대 여자에게 무례한 남자로 비쳐지고 싶지 않을 것입니다. 자기에게 관심없는 여자를 따라다니면서 괜한 창피를 당하고 싶지는 않은 거죠. 남자들을 사냥꾼이라고 생각한다면 이 점을 간과하기 쉽습니다. 하지만 대부분의 남자들이 여러분과 비슷하다는 사실을 기억한다면 정신이 멀쩡한 남자들이 오케이 신호도 떨어지지 않았는데 여러분을 쫓아다닐 이유가 없다는 사실을 금세 알게 될 것입니다.

관심과 스토킹이 엄연히 다르다는 걸 남자들도 잘 알고 있습니다. 관심이 스토킹으로 비쳐질까 염려가 되면 즉각 뒤로 물러나겠죠. 침묵으로 일관하면서 용기를 꺾어놓아도 여전히 상대를 쫓아다니는 공격적인 남자들도 있긴 하지만 그런 남자들은 여러분의 교제 상대가 아니겠죠. 계속 무시하는데도 포기할줄 모르는 남자를 한 번쯤 겪어본 적 있으시죠? 이런 남자는 어떻게 해도 별 수가 없잖아요. 시간이 갈수록 점점 더 짜증만 나고요. 그가 보낸 이메일을 향해 눈을 부라려도 봤겠죠? 선량한 남자들은 이 점을 잘 알고 있습니다. 이들은 미친 스토커로치부되느니 차라리 조심하는 편을 택합니다. 어떤 미친놈이 날가만히 내버려두지 않아, 라는 말을 이성 친구로부터 들을 때마다 이들은 어떤 여자에게도 그런 말을 듣는 일은 하지 않겠다고 속으로 다짐하죠.

2

까다롭게 굴기 전략이 통하지 않는 이유는 그것이 냉정한 척하려는 시도이기 때문입니다. 사람들은 자기 위주로 세상을 움직이는 사람보다는 자기 인생에 책임을 지는 사람을 더 사랑합니다. 인간은 누군가에게 애착을 느끼더라도 늘 자유롭고 싶어하는 묘한 동물입니다. 사랑하는 사람을 망가뜨릴 수 있는 힘이 자신에게 있다고 생각하면 사람들은 그 힘을 사용할 기회가 생기기 전에 뒤로 물러서곤 합니다. 이것은 애정이 없다거나 구속을 두려워해서만은 아닙니다. 많은 사람들이 다른 이의 안녕을 지켜줘야 한다는 사실에 큰 부담을 느껴서 덜컥 겁을 집어먹게 되죠.

교제하는 남자가 네가 떠난다면 내 인생은 무너져버릴 거라고 고백했다고 합시다. 여러분은 일이 너무 커지지 않도록 즉각 행동에 들어갈 것입니다. 교제를 계속한다 해도 언젠가 큰 난리가 나겠구나, 싶은 불안을 떨치지 못할 것입니다. 물론 좀더 공고한 관계라면 여러분이 상대방을 엄청난 힘으로 사로잡고 있다고 느낄 테지요. '헌신commitment'이란 사실 그런 것이기도 하잖아요. 하지만 교제를 갓 시작한 사람이라면 상대방을 망가뜨릴 수도 있다는 공포 때문에 교제 자체를 꺼릴 수도 있습니다. 남자도 마찬가지입니다. 남자는 자신이 여자의 세계를 망가뜨릴지도 모른다는 불안을 느낄 때보다는 그 여자가 남자 없이도 잘 살아갈 수 있다고 느낄 때 달아날 가능성이 적다고 책들은 말하고 있습니다. 여자는 자고로 밀고 당겨야 맛이라는 주장은 이런 이유 때문에 가능합니다. 연애지침서들은 여러분이 그런 냉정하고 침착한 모습을 보이기를 바라죠. 심지어 남자친구가 미래를 이야기하거나 결혼을 입에 올리거든 하품을 하고 계속 시계를 보라고 충고할 것입니다. 하지만 대부분의 남자들은 이런 책략에 쉽게 넘어오지 않습니다. 남자는 여러분이 독립적인 여자인 척할 뿐이라는 걸 압니다. 전략은 기껏해야 단기적인 '해결책'일 뿐입니다. 남자와 연애를 하려면 어차피 언젠가는 그에게 시간을 내줘야 하니까요.

진정한 독립성은 경탄을 자아냅니다. 사람들은 자기 인생을 충만하게 사는 이를 원합니다. 자신의 개성을 발산하는 여성은 사랑스럽습니다. 스스로에게 만족하는 여성은 섹시합니다. 이런 것은 있는 척할 수 없습니다. 독립성은 전화를 받아줄 적당한 때를 계산하거나 의도적으로 남자를 애태우는 것과 거리가 멉니다. 그것은 마음에 독립의 여유를 갖는 것입니다. 이런 평정심은 그 자리에서 지어낼 수 있는 게 아닙니다. 밀당 게임은 평정심의 품위를 떨어뜨릴 뿐입니다. 평정심이란 있든지 없든지 둘 중 하나입니다. 괜찮은 남자라면 위조품과 진품을 알아보겠죠. 그 즉시 알아보지 못할 수도 있지만 오래 걸리지는 않을 것입니다. 또한 가짜라는 사실을 눈치 챘을 때는 미련 없이 떠날 것입니다. 여러분과 마찬가지로 남자도 진품을 원하니까요.

반쯤 죽은 생쥐를 괴롭히는 고양이처럼 남자는 몇 번 관심을 주는 척하다가 떠날 수도 있습니다. 하지만 괜찮은 남자라면 그런 관심조차 주지 않을 것입니다. 반쯤 죽은 생쥐 노릇을 할 생각이 있는 여자에게는 별 관심을 갖지 못할 테니까요.

여성들은 남자를 힘들게 해야 자신의 가치가 올라간다고 알고 있습니다. 하지만 지속적인 관심을 얻기 위해 남자를 조종해야 한다고 여기는 것만큼 자신감 부족을 드러내는 일은 없지요. 괜찮은 남자에게라면 기꺼이 마음을 열 수 있고, 남자의 마음을 끌기 위해 억지로 가장할 필요가 없음을 아는 것이 바로 진정한 독립성입니다. 밀당은 약한 여자의 전략입니다. 내 모습 그대로 충분하다는 확신이 없을 때 기대는 전략입니다. 자신의 가치를 확신한다면 내가 있는 그대로 충분한 사람이란 점도 알고 있을 테죠. 목표의식과 긍정적인 에너지로 충만한 사람이라면 자신이 괜찮은 여자임을 알 것입니다. 또한 남자 역시 자신을 그렇게 생각해줬으면 하는 마음에서 속임수를 쓰지도 않을 것입니다. 여러분이 진정 자기 삶의 주인이라면 정정당당히 자신을 내보이기를 두려워하지 않을 것입니다. 마찬가지로 괜찮은 남자가 나타날 때까지 기꺼이 솔로 생활을 감내할 것입니다.

하지만 독립적인 여자가 되기란 말처럼 쉽지가 않습니다. 우리 문화가 싱글인 사람들을 불안하게 만들기 때문입니다. 백화점이나 엘리베이터에서 흘러나오는 노래는 싱글로 사는 것이 최악의 비극인 것처럼 떠들어댑니다. '과학적이라는' 연구들에서도 싱글인 여자들은 외롭고 우울하고 비참하다고 말합니다. 싱글은 거의 인간 이하의 취급을 받습니다. 어딘가 모자라고 미완인 인간인 것처럼 말이죠. 짝을 만난 여성도 정서적 배고픔을 느낄 수 있다거나, 많은 남녀관계가 답답하고 지루하다거나, 심지어 서로 상처만 주는 관계도 있다는 이야기는 절대 하지 않습니다. 아무리 그렇다 해도 싱글 생활은 어떻게든 청산해야 한다는 것입니다. 싱글이 되는 것이 두려워 우리는 그저 그런 관계에도 타협해버릴 때가 많습니다. 이런 경우 사랑은 싱글이라는 '비극'에서 빠져나오기 위한 방편에 불과합니다. 싱글의 장점이 뭐가 있을까 탐색해보는 대신 우리는 '사랑'에 명운을 겁니다. 그 '사랑'이 아무리 뜨뜻미지근해도 말이죠. 때로 우리는 이런 타협에 너무 익숙해져서 상처받는 관계를 이어가기도 합니다.

싱글 생활에도 장점이 있다는 걸 스스로 되새길 필요가 있습니다. 싱글 생활은 우선 자기 자신을 더 잘 알 수 있게 해줍니다. 다른 사람과 함께할 때는 안 보이던 자신의 면면들에 친숙해지게 됩니다. 미처 몰랐던 자신의 창의력을 발견할 수도 있습니다. 우리 사회에서 탁월함을 보여줬던 많은 이들이 오랜 기간 싱글로 살았습니다. 고독은 종종 성취의 전제조건이 됩니다. 관계의 가치를 과소평가하라는 게 아닙니다. 홀로 된다는 것에 대한 두려움이 혼자서 삶을 꾸려나가려는 의지보다 더 강해지면 자신의 잠재력을 위협할 수도 있다는 것입니다. 싱글로 있는 시간이 여러분의 힘을 앗아가는 일은 별로 없습니다. 교제를 하면서 너무 많은 요구로 인해 지쳤다면 그 기간은 재충전의 시간이 됩니다. 심지어 더 깊은 인간관계를 다루는 능력을 재충전할 수도 있습니다. 사랑의 소용돌이에 휘말렸을 때 필요한 생기를 미리 축적하는 데 도움이 될 수도 있습니다.

3

싱글 기간을 참고 기다리는 것과 좋은 남녀관계는 동전의 양면이라 할 수 있습니다. 혼자 되는 위험을 무릅쓰지 않고 온전한 사랑을 하기란 불가능합니다. 모든 것을 내건다는 것은 아무것도 걸지 않았을 때보다 더 높은 곳에서 떨어질 준비를 한다는 것입니다. 아찔한 낙하 후에는 다시 혼자가 되겠죠. 그러니 존재를 뒤흔드는 정열을 품고 사랑을 하고 싶다면 가장 먼저 극복해야 하는 것이 홀로서기에 대한 두려움입니다. 남녀관계를 큐피드의 변덕으로부터 안전하게 지킬 수 있는 방법은 없습니다. 사건은 늘 예상치 못한 순간에 벌어집니다. 폭풍우가 다가오는지조차 모를 때도 있죠. 먹구름이 아주 오랫동안 깔리고나서야 폭풍우가 몰아칠 때도 있습니다. 몰아친 폭풍우로부터 몸을 피할 곳을 찾지 못할 수도 있습니다. 그런 식으로 여러분은 난관을 헤쳐나가는 것입니다. 혼자서 좋은 날을 기다리는 것입니다.

혼자 살아나갈 힘이 있다고 해서 사랑이 더 쉬워지는 것은 아닙니다. 하지만 그것은 연인의 존중을 불러올 것입니다. 또한 여러분이 사랑이라는 높이뛰기의 허들을 높이 걸게 해줄 것입니다. 여러분이 대충 타협하지 않게 해줄 것입니다. 여러분을 갖기 어렵게 만드는 것이죠. 기준을 높게 잡으면 여러분은 밀고 당기는 척하는 것이 아니라 진정으로 갖기 어려운 사람이 됩니다. 남자들이 최고의 노력을 바쳐야 한다는 의미에서요. 여러분은 남자들이 갖고 싶은 여자가 되기 위해 의도적으로 밀고 당기는 척하는 게 아닙니다. 오히려 진정으로 갖기 어렵다는 점에서 여러분은 갖고 싶은 사람이 됩니다. 이것은 게임이 아닙니다. 만족스럽지 않은 관계보다는 차라리 혼자인 편을 택하겠다는 결단입니다.

어떻게 보면 '밀당'과 '타협하지 않는 것'은 같은 목표를 지니고 있습니다. 전자는 자신감 결여에서 비롯된 것인 반면 후자는 진정한 독립성의 표시라는 점이 다를 뿐입니다. 독립성은 때로 이기심과 혼동되기도 합니다. 하지만 이기심은 이상적인 여성성과는 상관이 없습니다. 오히려 여성은 자신을 죽이고 기대를 낮추며 요구는 적게 하고 가능한 한 다른 사람들에게 양보하라고 배워왔습니다. 다른 사람들의 필요를 자신의 필요보다 우선시하라고 배워왔죠.

요구가 많거나 목표가 원대한 것은 여성스럽지 못한 일이다, 남자들은 연약한 여자를 좋아한다는 얘기를 들어왔습니다. 남자의 애정을 얻으려면 좀 약한 척해야 한다는 것입니다. 하지만 '여성스러운' 의존성을 함부로 드러냈다간 남자의 마음이 떠날 수 있다고도 배워왔습니다. 이 말은 여자들은 정서적인 불안정성을 드러내서는 안 된다는 뜻으로 받아들여질 때가 많습니다. 하지만 이는 모순이 아닌가요?

여자의 의존성은 남자에게 매력적으로 보이지만 정서적인 필요는 남자를 밀어낸다는 건가요? 왜 남자는 여자가 울적한 기미를 띠면 달아나고, 여자가 액자를 걸지 못해 쩔쩔맬 때만 다가오는 걸까요? 이 질문에 대해, 남자들은 감정에 관해서 어쩔 줄 몰라하기 때문이라고 합니다. 하지만 나는 현대 남성 대부분이 여자들만큼이나 감정에 잘 대처한다고 생각합니다. 그렇지 않다고 주장하는 것은 남자들에게는 정서적인 반응을 기대해서는 안 된다고 여성을 설득하려는 구실에 불과합니다.

이런 설득에 넘어가지 마세요. 여자들을 이해 못하거나 이해하려고 노력하지 않는 남자와 교제할 이유는 없습니다. '나에겐 많은 걸 요구할 권리가 없어'라는 생각으로 자신을 헐값에 넘겨버리지 마세요. 하지만 자신의 필요가 충족되지 않을 때도 있다는 걸 인정합시다. 틀림없이 어려운 시기가 있을 테죠. 하지만 장기적으로 보면 높이뛰기 허들을 높게 걸어둘 때 괜찮은 남자를 만날 가능성이 훨씬 더 많아집니다.

남자가 그 기준에 못 미칠 때는 두 가지 선택권이 있습니다. 하나는 허들의 높이를 낮추는 것이고 다른 하나는 허들을 다른 곳으로 옮기는 것입니다. 나는 다른 매력적인 남자에게로 허들을 옮기라고 권유하고 싶습니다. 이렇게 하면 여러분이 원하는 것을 얻을 수 있을 뿐만 아니라 가질 수 없는 사람에게 애걸하는 굴욕도 면할 수가 있습니다. 또한 성에 차지 않는 관계에 머물면서 겪게 될 고통에서도 벗어날 것입니다.

한 가지는 분명히 해둡시다. 밀고 당기지 말라는 얘기가 내게 별 관심이 없는 남자에게 나를 내던져야 한다는 뜻은 아닙니다. 태도가 애매하고 나에게 무심해 보이는 사람을 따라다니며 노력해야 한다는 게 아니에요. 남자가 중간지점까지 다가와서 여러분을 맞이하지 않는다면 상황을 재점검해봐야 합니다. 남자가 여러분을 존중하지 않을 때도 마찬가지입니다. 나의 사랑을 받기만 하는 사람을 따라다닐 필요가 있나요? 나를 좀 사랑해달라고 조를 수는 없잖아요. 그냥 패배를 인정하고 다음 단계로 나아가는 게 제일 좋겠죠.

그건 분명 힘겨운 일일 겁니다. 특히 상대가 장래성 있는 남자라면 더 그렇겠지요. 하지만 다시 생각해보면 이것은 희소식입니다. 여러분을 원치 않는 남자는 여러분에게 관심받을 가치가 없습니다. 가치가 있는 남자라면 여러분의 사랑을 받기 위해 최선을 다할 것입니다. 여러분이 먼저 숙이고 들어가 밀당 게임에 뛰어들 필요는 없습니다. 여러분에게 필요한 것은 남자와의 관계에서 여러분이 무엇을 원하는지 정확히 아는 것뿐입니다.

결혼반지를 원하나요? 그렇다면 여러분이 요구해야 할 것은 바로 그것입니다. 어떤 상황에서도 여러분에게 귀 기울일 상대가 필요한가요? 그렇다면 그렇게 하면 됩니다. 중요한 것은 여러분이 원하는 것이 무엇인지를 정확히 아는 것입니다. 사랑하고 사랑받는 방법에 정답이란 없습니다. 둘 사이에 어떤 관계를 만들기로 했는지가 중요할 뿐입니다. 누가 먼저 전화를 하고 누가 저녁을 준비하고 누가 먼저 섹스를 시작할지는 중요하지 않습니다.

관계는 굴러가거나 안 굴러가거나 둘 중 하나입니다. 잘 안 되면 잘되는 연애를 찾아야 합니다.

이렇게 보니 간단하죠? 남자는 내가 걸어둔 높이뛰기 허들을 넘든가, 아니면 그 허들을 넘으려고 애쓸 정도로는 나를 좋아하지 않든가 둘 중 하나입니다.

나를 그다지 좋아하지 않는다면 밀당 게임 같은 것으로 그의 관심을 살 수 있을지도 모릅니다. 하지만 그 관심은 곧 흔들릴 것입니다. 그 관심은 나보다 그 게임을 더 잘하거나 나보다 허들을 더 낮은 곳에 걸어둔 여자에게로 옮겨가겠죠. 그 허들을 들고 다른 곳으로 갈 힘이 오만 가지 게임의 룰을 익히는 것보다 훨씬 더 값진 이유도 바로 여기 있습니다. 다시 말하지만 허들을 옮기기란 쉽지 않습니다. 엄청난 자신감이 필요하죠. 미래에 대해 너무 두려워해서도 안 됩니다. 인생에서 가장 시급한 임무는 자신감과 용기를 한껏 그러모으는 것임을 깨닫기까지 오랜 시간이 걸릴 수도 있죠. 반성의 시간이나 구체적인 희생이 필요할 수도 있습니다. 더 나은 직업을 얻기 위해 공부에 몇 년 더 투자하든지, 소득을 더 불리든지, 자기만의 방을 얻는다든지 하는 것 말이죠.

나는 사실 가난하게 자랐습니다. 부모님은 초등학교밖에 못 나온 분들이시죠. 열여덟 살에 브라운대학교에 입학했을 때 나는 주눅이 들어 있었습니다. 명문 사립학교를 나온 아이들과 경쟁해야 하다니, 나는 첫 학기부터 낙제생이 될 거라고 생각했습니다. 꽤 많은 장학금을 받았는데도 빚은 쌓여만 갔습니다. 하버드에 입학하자 학자금 대출 금액이 세 배로 뛰었습니다. 나는 돈 걱정에 늘 전전긍긍하며 살았습니다. 연애가 끝날 때마다 상대방 남자는 내가 너무 자신감이 없다고 말하곤 했습니다. 나는 오랫동안 내게 심리적인 문제가 있다고 생각했습니다. 몇 년이나 심리치료를 받으면서 문제를 해결하려 했죠. 좋은 직장을 얻고 소득이 늘어나고 책을 두어 권 내고 종신교수로 자리를 잡고 집을 사게 되자 나란 사람도 달라졌습니다. 기적 같았죠. 남자와의 교제 패턴도 달라졌습니다. 더 이상 약자의 입장에서 거래하는 것 같지 않았죠. 연애가 잘 안 됐을 때도 결코 내 자신감이 부족해서가 아니었습니다.

돈이나 사회적 지위 같은 요인들은 한 사람의 자존감과 자신감에 엄청난 영향을 줄 수 있습니다. 그것은 여러분이 남녀관계에서 무엇을 기대해야 하는지를 결정하기도 합니다. 자신이 소득이나 성취면에서 남자친구에 못 미친다고 생각되면 상황이 꼬일 수 있습니다.

내 친구 크리스털은 대형 백화점에서 일했습니다. 최근 들어 그녀는 연봉이 60만 달러나 되는 벤처캐피털리스트 남자를 사귀게 됐습니다. 그는 자신이 모든 데이트 비용을 부담하겠다고 내 친구를 설득했습니다. 크리스털은 남자의 제안에 동의했는데, 남자가 소득 차이가 큰 그녀와 교제하기 위해 사신의 라이프스타일을 바꾸지는 않겠다고 했기 때문이었습니다. 그가 비싼 레스토랑에 가자고 해도 그녀는 불평하지 않았습니다. 또 200달러짜리 와인을 주문해도 다투지 않았습니다. 하지만 크리스털은 어쩐지 그에게 신세를 지고 있는 듯한 기분이었습니다. 둘 사이에 의견이 맞지 않을 때에도 부채감 때문에 크리스털은 맘 놓고 따질 수가 없었습니다. 어떤 정서적인 요구도 하기가 어려웠죠. 남자가 너무 많이 베풀기 때문에 자신에게는 다른 어떤 것도 요구할 권리가 없는 것 같았습니다. 두 사람 사이의 불균형 때문에 관계는 결국 깨지고 말았습니다.

평등을 고집하는 건 연애의 가능성을 죽이는 일이라고들 합니다. 하지만 나는 남녀 간의 차이가 너무 심할 때 관계는 오히려 더 실패하기 쉽다고 생각합니다. 몇십 년 전에는 고학력의 부유한 남성이 능력이 떨어지는 가난한 여성과 결혼하는 일이 흔했지만 지금은 상황이 달라졌습니다. 여자의 학력이나 사회적 지위가 반드시 남자친구와 비슷해야만 관계가 성공적일 수 있다고 말하는 것은 아니지만, 신세진 듯한 기분 때문에 계속 남자에게 양보만 한다면 그 관계도 오래가지는 못할 것입니다.

5

여자보다 돈을 더 많이 벌거나 더 큰 집을 갖고 있기 때문에 여자에게 주인 노릇을 할 자격이 있다고 믿는 남자들도 있습니다. 앞에서 언급한 이선이 그런 남자죠. 아시다시피 그는 아내에게 밥값을 요구했습니다. 여자가 남자만큼 벌지 못한다면 집안일이나 순종적 태도나 미모 등으로 밥값을 대신해야 한다고 생각하는 남자들이 있다니 정말 놀랍지 않은가요?

이런 남자를 만났을 때 당장 떠날 수 있다면 여러분의 자신감은 한층 더 확고해질 것입니다. 내게 해로운 것을 거부할 줄 아는 것만큼 자존감에 도움이 되는 것은 없습니다. 여러분을 이등시민 취급하는 남자에게서 등을 돌릴 때 여러분은 더 독립적인 여자가 됩니다. 문제가 많은 남자들을 걸러낸다면 괜찮은 남자를 위한 공간이 저절로 확보되겠죠.

무엇보다도 여러분은 문제 있는 남자와 괜찮은 남자를 가려내는 효과적인 방법을 습득하게 됩니다. 괜찮은 남자에게는 밀고 당길 필요가 전혀 없습니다. 이 사람이다 싶으면 먼저 전화를 거세요. 그가 정말 내 남자라면 여러분이 걸어온 전화를 거부할 만큼 멍청하지 않을 것입니다.

'괜찮은 남자' 하나로 그간의 잘못된 만남을 만회할 수는 없겠지만 여러분의 인생에서 잘못된 시작을 밀어냄으로써 마음의 평안을 얻게 될 것입니다. 곁에 남자가 없어도 잘 지낼 수 있다는 걸 알게 될 것입니다. 처음에는 나는 왜 이렇게 재수가 없을까 싶은 생각이 들 수도 있습니다. 하지만 너는 돈이 없으니까 걸레질이나 하라는 남자 때문에 비참해지느니 혼자서 즐겁게 사는 게 더 낫지 않을까요?

사람들이 여러분을 멋지지 않다거나 섹시하지 않다거나 여성스럽지 않다거나 예쁘지 않다고 생각하지만 않는다면 여러분은 스스로에 대해 만족하기 시작할 것입니다. 아무도 여러분을 외적인 잣대로 판단하지 않을 때 여러분은 자기만의 가치관을 정립할 수 있습니다. 그리고 비로소 지금의 나와 내가 바라는 나의 간극을 좁히려고 노력하게 될 것입니다. 그 차이를 완전히 좁힐 수는 없겠지만 그래도 괜찮습니다. 우리는 어차피 올림픽에 출전한 선수가 아니니까요. 완벽한 내가 될 수는 없지만 우리가 직접 기준을 세운다면 뭔가를 향해 좀 더 노력할 수 있습니다.

연애에서 '여기까지는 되고 여기서부턴 안 돼'라고 선을 긋는 것만큼 위험한 건 없습니다. 누군가와 사귈 때 여러분의 개성이 사라진다거나 부적절하다는 기분을 떨칠 수 없다면 그 선을 넘지는 않았는지 재점검해봐야 합니다.

여성의 독립성이란 남자에게 자신의 가치를 증명하기 위해 밀고 당기기를 한다고 해서 지켜지는 게 아닙니다. 그것은 오히려 품위를 떨어뜨리는 관계를 택하느니 차라리 싱글을 택할 만큼 충분히 자기를 신뢰할 때 지켜지지요. 괜찮은 남자라면 이 점을 높이 살 것입니다. 이런 자기 확신이 진정한 내면의 힘이라는 걸 알기 때문입니다. 여러분이 자신의 인생에 그를 붙잡아두기로 했다면, 그건 여러분이 그와 함께하는 걸 좋아하기 때문이란 걸 그 역시 알고 있을 거예요. 그리고 그 관계를 유지하기 위해 모든 노력을 기울일 것입니다. 그는 그렇게 하지 않으면 관계가 지속되지 못한다는 사실과 자신이 최고의 여자를 만났다는 사실을 알고 있기 때문에 여러분 못지않게 이 관계에 최선을 다할 것입니다.

The case for

아직도
사랑에 빠지는 걸
두려워하는
당신에게

Falling in Love

Lies

거짓 첫눈에 반한 사랑은 믿을 수 없다.
거기에는 언제나
오해와 배신이 뒤따른다.

Truth

진실 누군가에게 즉시 끌린다는 것은
관계의 가능성을 말해주는
가장 정확한 기준이 될 수 있다.

7강

‘그것’이
연애의
본질이다

1

누가 봐도 톰보다 잭이 더 섹시한데 나는 왜 잭보다 톰을 원하는 걸까요? 잭이 더 많은 돈과 권력과 명예를 가지고 있는데 말이죠. 프랑스의 정신분석학자 자크 라캉은 누군가에게 이끌릴 때 우리를 사로잡는 것은 그가 이룬 성취가 아니라 설명하기 힘든 ‘그것’ 때문이라고 했습니다. 그냥 이런저런 것(가령 오래된 구두랄지 값비싼 에메랄드 목걸이)이 아니라 특정한 ‘그것’이라는 점이 중요합니다. 라캉에 따르면 ‘그것’은 결코 충족될 수 없는 인간의 가장 깊은 욕망의 대상입니다.

돈이나 권력, 재산이나 명예를 중요하게 생각한다면 여러분에게는 이런 것들이 '그것'일 수도 있습니다. 하지만 '그것'은 뭐라 이름 붙일 수 없는 것일 때가 많습니다. 그러나 남자에게 '그것'이 있다면 우리는 금세 알아챌 수 있습니다. '그것'은 여러분을 자석처럼 끌어당기니까요. '그것'은 세상의 모든 것들에 우선합니다. 일단 '그것'을 찾기만 하면 여러분이 가진 모든 문제가 마법처럼 풀릴 거라고 (무의식적으로) 믿기 때문입니다. '그것'을 얻는다면 여러분의 모든 상처가 치유되고 다시 온전해질 거라고 믿습니다.

우리는 왜 상처받았다고 느끼는 걸까요? 라캉에 따르면 우리는 이러저러한 부분에서 늘 부족하다고 느낀다는 것입니다. 이유는 이렇습니다. 세상에 처음 태어났을 때 우리는 나와 세상의 차이를 보지 못합니다. 나와 어머니를 구별하지 못하듯이요. 오랜 시간이 흐르고나서야 세상은 우리가 몸담고 있는 현실보다 훨씬 더 크다는 걸, 그리고 우리는 거대한 대양에 떠다니는 조각배에 불과하다는 걸 깨닫게 됩니다. 게다가 세상의 중심이었던 우리가 거대한 파이의 미미한 부스러기로 전락할 때는 그만한 대가가 따릅니다. 우리 자신이 세상을 지배하는 주인이 아니라는 걸 깨닫게 되는 거죠. 어머니가 방 밖으로 걸어나가면 소리를 실컷 지를 수는 있어도 어머니를 돌아오게 할 수는 없습니다. 어머니에게 먹을 걸 달라거나 나를 향해 웃

어달라고 강요할 수도 없습니다. 다행히 마음씨 좋은 어머니라면 장난감을 주워주거나 우리에게 노래를 불러주겠지요. 하지만 우리가 어머니를 조종할 수는 없습니다. 우리가 만나게 되는 다른 사람들도 마찬가지입니다. 우리는 사탕을 나눠먹자고 어린 남동생을 어르는 법을 배울 수는 있지만, 주먹을 들이밀지 않는 한 사탕을 나눠 먹게 만들 수는 없습니다. 하지만 그런 강압적인 방식을 사용하게 되면 어머니는 더 이상 우리에게 미소 짓지 않을 것입니다. 이 과정에서 우리는 인생에서 가장 기본적인 교훈을 얻게 됩니다. 얻는 게 있으면 잃는 것도 있다는 걸, 우리는 전능한 존재가 아니라는 걸, 세상에 견줘 보면 우리는 상당히 하찮은 존재라는 걸 배우게 됩니다. 우리가 '결핍'을 느끼는 이유가 바로 여기 있습니다.

라캉은 성경의 플롯을 재활용합니다. 처음에 낙원이 있었고 곧 몰락이 찾아왔다는 거죠. 예쁜 사과를 한입 베어 물자 인간은 죄인이 됐습니다. 라캉과 성경의 차이가 있다면, 성경은 섹스를 피하라고 했겠지만 라캉은 인간이 평생 섹스를 따라다니게 될 거라고 주장한 데 있습니다. 여러분에게 낙원을 되돌려줄 힘이 섹스 속에 있다는 얘기죠. 하지만 그것도 잠시뿐입니다. 우리는 섹스의 낙원에 영원히 머무를 수 없습니다. 만유인력에 아무리 저항해도 여러분은 결국 세속의 한가운데로 패대

기처질 것입니다. 여러분의 실낙원은 되찾을 수 없는 채로 영원히 남겠죠. 소중한 뭔가를 빼앗긴 듯한 기분이 드는 것도 바로 그 때문입니다.

사춘기가 될 때쯤 우리는 '그것'이 결여되어 있다는 걸 깨닫게 됩니다. 인생은 불공평하며 자신이 결코 불굴의 존재가 아니라는 것도 알게 됩니다. 뭔가 완전하지 않은 듯한 이 느낌은 우리를 평생 따라다니고, 알 수 없는 불만감이 일상의 저변을 흐르게 됩니다. 그 강도는 줄어들기도 하고 세지기도 합니다. 그것을 거의 느끼지 못하고 살 때도 있지만 펄펄 끓는 용암이 되어 우리를 집어삼키기도 합니다. 하지만 우리들은 '그것'을 아주 잘 숨기고 삽니다. '그것'을 생각하지 않고도 오랜 시간 살 수 있습니다. 너무 바쁘게 살다보니 관심이 다른 곳에 쏠리는 거죠. 시끄러운 자녀들이 있거나 인생에서 다른 야심이 있다면 그것도 도움이 됩니다. 하지만 '그것'을 완전히 죽이지는 못합니다. '그것'에 사로잡히는 사람들은 만성적으로 슬픔에 젖어 살거나 자살 충동까지도 느낍니다. 이런 사람들은 작가나 심리상담사, 지식인이나 철학자가 되어 실존적 허무를 이해하는 일에 일생을 바치기도 합니다. 장 폴 사르트르는 이 공허함을 '무nothingness'라고 불렀고, 라캉은 '결핍lack'이라고 했습니다. 나는 이것을 '가슴 깊은 곳에서 북받치는 조용한 흐느낌'이라고 부릅니다. 이것을 부르는 표현은 저마다 다를지 모르지만 내가 무엇을 말하고 있는지 여러분은 정확히 알 수 있을 것입니다.

이런 내면의 공백에 대처하기 어려운 이유는 그 형태가 일정하지 않기 때문입니다. 그런 공백이 생기는 정확한 원인을 알지 못하기에 손볼 수도 없습니다. 설령 손볼 수 있다 해도 그 공백을 없앨 방도는 없습니다. 그것은 인간이라면 누구나 치르는 대가니까요. 우리가 할 수 있는 최선은 이를 상쇄할 방법을 찾는 것뿐입니다. 커리어를 쌓거나 가정을 일구거나 친구와의 운동을 중요하게 생각할 수도 있습니다. 책이나 잡지, 영화, 〈아메리칸 아이돌〉, 패션이나 골프, 인디 음악, 손뜨개, 도박 등에 재미를 붙일 수도 있습니다. 글을 쓰거나 그림을 그리거나 조각이나 춤, 음악, 사진, 원예에 관심을 기울이거나, 페이스북이나 트위터에서 사람들을 만날 수도 있습니다. 하루에 몇 시간이고 인터넷의 늪에 빠져 지낼 수도 있고 마약이나 고급 와인, 프렌치프라이, 초콜릿, 컴퓨터 게임, 베스트셀러 책에 빠져 지낼 수도 있습니다.

우리 존재 안에는 커다란 구멍이 있고 우리는 그 구멍을 채우려는 희망으로 뭔가를 하나씩 채워 넣고 있습니다. 명상 수행자나 불가의 지도자들은 이 공백에 정면 도전하기를 두려워하지 않지만 우리는 어떻게든 이 구멍을 덮으려고만 합니다.

물론 그게 꼭 나쁜 것은 아닙니다. 인류의 업적이란 알고 보면 이런 인간의 근본적 불안을 덜고자 하는 열망에서 시작된 것입니다. 침팬지가 엘리베이터를 발명하지 못한 이유는 침팬지에게는 이런 불안이 없기 때문인지도 모릅니다. 우리 인간은 창작하고 상상하고 만들고 수집하고 조직합니다. 잃어버린 '그것'(다시 온전해진 기분)을 대체할 뭔가를 찾고 있기 때문이죠. 하지만 그 어떤 것도 우리가 잃어버렸던 그 반쪽이 아님을 알기에 우리는 계속해서 새로운 사물을 창조해나갑니다. 새로운 목표와 바람을 계속 만들어내죠.

세상의 모든 사물은 우리가 잃어버린 '그것'의 희미한 반영일 뿐입니다. 우리는 우리가 진정으로 원하는 것의 희미한 자취만을 얻을 수 있을 뿐이죠. 그렇다고 그런 사물이 우리를 전혀 즐겁게 해주지 못한다는 것은 아닙니다. 다만 그 만족감이 완전하지 않기 때문에 늘 더 원하게 된다는 거죠. 내 몫의 디저트를 다 먹은 뒤에도 남의 아이스크림이 탐나듯이 오래된 욕망이 채워지면 새로운 욕망이 생기는 법입니다. 좋은 직장을 잡는 순간 더 나은 직장을 찾기 시작하고, 고대하던 토요타 자동차를 손에 넣는 순간 BMW를 꿈꾸듯이 말입니다. 남자친구가 내 생일에 나를 근사한 펜션에 데려가주면 내년에는 해외여행을 고대하게 되듯이 말입니다. 이렇듯 인간의 욕망에는 끝이 없습니다. 더 많이 가질수록 더 많이 바라게 됩니다. 영적인 깨달음을 원하는 이들이 소유물을 다 버리고 수도원에 칩거하게 되는 이유도 바로 이 때문입니다. 욕망을 죽이는 최선의 방법은, 욕망을 충족시켜주지 않는 것임을 잘 알기 때문이죠.

2

이것이 사랑과 무슨 관계가 있을까요? 네, 맞습니다. 사랑하는 사람만큼 우리 존재의 빈자리를 채워주는 것은 없습니다. 사랑하는 사람이야말로 우리의 불완전함을 잊게 해주는 최고의 방어막이죠. 많은 자아도취형 남자들이 이런 방어막을 얼마나 영리하게 악용하는지 지켜보지 않았던가요. 여러분은 사랑을 자아성취의 수단으로 사용하고 싶은 유혹을 느껴본 적 없나요?

물론 사람마다 정도의 차이는 있겠죠. 하지만 인간은 사랑에 미칠 때에야 비로소 온전함을 느끼는 존재입니다. 사랑에 빠지면 우리 안의 결핍은 즐거움과 생기와 가능성으로 다시 충만해집니다. 인생은 그제야 의미를 되찾죠. 일상의 스트레스와 짜증은 뒤로 물러납니다. 발걸음은 가뿐해지고 불안도 사라집니다. 말솜씨도 좋아져 말 속에 지혜가 넘쳐납니다. 우리는 더 이상 풍랑 이는 바다의 작은 조각배가 아닙니다. 외려 작은 연못의 큰 배가 되죠.

사랑에 빠지면 꿈에 그리던 '그것'을 얻은 것만 같습니다. 정신을 차리고 보면 문제가 많은 남자지만, 사랑에 빠졌을 때는 무결점으로 보이는 이 남자를 숭배하지 않을 수 없습니다. 라캉은 이런 사실에 대해, 우리는 사랑하는 사람에게 '그것의 권위'를 부여한 것이라고 표현했습니다. 남자에게 우리가 가장 탐내는 객체(대상)의 권위를 부여하는 것입니다. 이 딱한 남자는 무슨 일이 일어났는지도 모르는데 말이죠! 남자 역시도 여자를 급조한 제단에 올려놓고 숭배하기에 바쁩니다. 남자나 여자나 다 인생이라는 퍼즐을 완성시켜줄 마지막 조각 같은 그 사람을 숭배하고 싶어합니다. 우리를 다시 낙원으로 데려다주겠다는 사람인데 당연하지 않겠어요?

어쩌면 우리는 평범한 남자에게 그가 결코 해낼 수 없는 일을 요구하고 있는지도 모릅니다. 받아들이기는 어렵겠지만 그를 포함하여 어느 누구도 우리 존재를 온전하게 만들어줄 수는 없습니다.

그 이유는, 첫째, '그것'이라는 판타지가 실은 하잘것없는 것이기 때문입니다. 우리는 전능했던 적도 없거니와 애초에 낙원이란 존재하지 않기 때문입니다. 그 망할 '그것'인지 뭔지는 애초부터 우리에게 없었는데 마치 '그것'이 존재했던 것처럼 우리가 믿고 싶어하는 것입니다. 그런 의미에서 남자에게 '그것'을 구현해내라고 요구하는 것은 무더운 8월에 함박눈을 내려달라고 떼를 쓰는 것이나 다름없습니다. 처음부터 갖고 있지도 않았던 완전성을 여러분에게 되돌려줄 수 있는 남자는 세상에 없습니다.

3

인간이란 본디 불완전하다고 느끼는 존재입니다. 치유법은 없습니다. 밀당 게임이 매혹적인 이유는 진실을 외면하게 해주기 때문입니다. 그것은 평범한 내 남자가 나를 비참함에서 해방시켜주지 못한다는 진실을 잠깐이나마 감춰줍니다. 남자를 곁에 둘 수만 있다면 내가 그토록 갈구하던 '그것'을 그가 갖고 있다고 생각하며 자기를 기만할 수도 있습니다. 또한 서로의 감정을 가지고 노는 이 잔인한 게임은 그 남자도 나에 대해 똑같이 생각하도록 만들 수 있습니다. 그의 손아귀에 붙잡히지 않는 한 그 역시 나에 대해 엄청난 판타지를 품을 것입니다. 남자의 환상 속에서 나는 그의 숨겨진 천재성을 일깨워주는 뮤즈이자 세상의 모든 악을 없애주는 성모, 그의 가장 에로틱한 욕망을 채워주는 창녀이자 그의 근심을 덜어주는 어머니, 그리고 그의 '행복 추구'가 진지하게 받아들여지는 나라로 이끌 자유의 여신상이 되는 것입니다.

이런 어마어마한 기대치가 있으니 눈에서 콩깍지가 떨어졌을 때 문제가 불거지는 건 당연하지 않겠습니까? 그 기대를 충족시키려다 보면 세상에서 가장 생기발랄한 아가씨라도 나가떨어지게 마련입니다. 그리고 이런 역동을 견디는 것이 남자라고 해서 더 쉬운 것은 아닙니다.

남자를 '그것'의 위치에 올려놓을수록 우리는 남자의 실수를 용납 못하게 됩니다. 라캉은 이 점을 명석하게 분석해냈습니다. 남자가 우리에게 '그것'이 될 때마다 우리는 남자 그 이상以上을 원하게 된다고 말입니다. 우리의 욕망은 우리가 내 남자 속에 심어놓은 신비한 씨앗에 집착합니다. 내 남자가 이랬으면 좋겠다는 소망의 씨앗은 우리에게서 나온 것이기에 말 그대로 그 남자 '이상'입니다. 물론 우리는 이 점을 잘 깨닫지 못하죠. 우리는 남자가 지닌 매력이 그 남자가 하는 일이라 생각합니다. 남자가 섹시하거나 멋진 이유는 그가 다른 남자들보다 어딘지 더 낫기 때문이라고 생각하죠. 그를 꽃미남으로 만드는 것이 자신의 욕망이라는 걸 알지 못합니다.

여성들은 우리 문화가 심어놓은 바람직한 여성상에 자신을 맞추기가 얼마나 부담스러운 일인지 아느냐고 불평하곤 합니다. 피골이 상접한 모델들이 여기저기서 여신 대접을 받는 모습을 볼 때마다 기가 죽는다고요. 이런 이미지들은 우리의 자신감을 좀먹습니다.

남자친구가 어느 날 여러분에게 배우 매슈 매코너헤이의 여친처럼 보였으면 좋겠다며 미용실을 예약해뒀다고 한다면 어떨까요. 우선 여러분은 매슈 매코너헤이의 여자친구가 예뻐 보이는 건 포토샵 보정을 거쳤기 때문이며 매슈 매코너헤이의 여자친구 이름은 커밀라 아우베스라고 말해줄 것입니다. 그리고 커밀라 아우베스가 매력적인 것은 사실이지만 그녀의 복제인간이 되고 싶은 생각은 추호도 없다고 말할 것입니다.

남자를 '그것'으로 만들 때 여러분도 이와 비슷한 시나리오에 말려들 거라는 점을 명심해야 합니다. 여러분의 비교 대상은 커밀라 아우베스가 아니라 나도 모르는 내 욕망의 씨앗입니다. 나 자신도 이 씨앗을 해독하기가 어려우니 내 남자에게 그것을 기대하기는 어렵습니다. 변덕스러운 내 욕망에 맞춰 그의 존재를 개조하라고 요구하는 것은 어떤 경우든 불합리한 일입니다.

이런 소원 성취형 연애가 되지 않으려면 남자가 다면적인 존재란 걸 깨달아야 합니다. 그에게 여러분이 좋아할 만한 기본 자질(가령 정직성, 성실함, 책임감 등)이 우선은 있어야 합니다. 그렇다고 '그것'을 완전히 포기해야 한다는 뜻은 아닙니다. '그것'이 여러분과 남자 사이의 공간을 다 차지해버리지 않도록 자리를 잘 찾아줘야 한다는 얘기입니다. '그것'은 아무리 매혹적이라 해도 연애의 일면일 수밖에 없습니다. 그 일면이 두 사람이 함께하는 시간의 본질을 가려버려서는 안 됩니다. 그것은 여러분이 주문한 아이스크림에 얹어진 체리일 뿐입니다. 아이스크림을 화려하게 장식해줄 뿐이죠. 하지만 아이스크림 없이 체리만 먹는다면 그것도 만족스럽지는 않겠죠?

4

그런데 체리가 필요하긴 할까요? 체리는 겉치레에 불과하지 않은가요? '그것'이 그토록 문제가 된다면 없애버리면 그만이지 않을까요? 하지만 여러분은 그럴 수 없습니다. 이것은 단순히 의지의 문제가 아니니까요. 좀 더 복잡하게 답하자면 '그것'이야말로 사랑을 황홀한 것으로 만들어주기 때문입니다. 사람을 유혹하는 '그것'이 별로 중요하지 않다고 여겨질 수도 있지만 그렇지 않습니다. 열정은 바로 그렇게 직조된 것이며 바로 그 '알 수 없는 무엇' 때문에 그에게 끌리기 때문입니다. 그와의 관계에는 정직과 성실성, 책임감이 필요합니다. 하지만 '그것'의 아우라 또한 필요합니다.

우리가 갖지 못한 '그것'의 세속적 대체물들은 우리에게 엄청난 기쁨을 준다고 했습니다. 명품 드레스에서 못 한 봉지까지 '그것'의 결핍을 상쇄하는 사물을 통해 인생에서 조금은 보상받은 듯한 느낌이 듭니다. 남자가 '그것'을 줄 수 없다고 해서 그에게 없는 '그것'의 아우라를 여러분이 잘못 감지했다는 뜻은 아닙니다. '그것'은 원래 가지기 어렵다는 사실을, 내 남자가 이런 찬란한 빛의 원천이 아니란 사실을 순순히 인정한다고 해서 그 빛을 누릴 수 없는 것도 아닙니다. 바다는 달이 아니지만 달빛을 비출 수 있듯이, 남자는 '그것'이 아닐지라도 여러분의 판타지인 '그것'의 빛을 낼 수 있습니다.

하지만 남자를 '그것'과 동일하게 여겨서는 안 됩니다. 그렇다고 '그것'이 중요하지 않은 척한다면 그 또한 정직하지 않은 태도입니다. '그것'의 존재 유무에 연애의 사활이 달린 것도 아닙니다. '그것'은 특별한 경우에만 내어 쓰는 도자기 접시 같은 것입니다. 그런 귀한 접시를 식기세척기에 넣고 함부로 돌릴 수는 없습니다. 일상생활에서 이 도자기 접시를 쓸 일은 별로 없습니다. 그렇다고 그걸 버려야 하는 것은 아닙니다. 내구성 좋은 일상용 그릇으로 이 접시들 전부를 대체해버린다면 그건 어리석은 짓이겠죠.

이상형에 집착하는 남자들의 문제는 매일 쓰는 그릇이 소중한 도자기의 공간을 다 차지해버린다고 생각하는 데 있습니다. 사귀는 여자가 그의 이상형에서 벗어난 모습을 보이면 그녀에게 더 이상 '그것'이 없다고 생각하는 것입니다. 일상과 '그것'이 언제나 배타적이지만은 않다는 사실을 그는 이해하지 못했습니다. 여자는 불완전한 존재이면서 동시에 그가 꿈에 그리는 '그것'일 수도 있다는 사실을요. 이런 근시안적 태도 때문에 많은 남자들은 연애의 문턱을 넘어서지 못합니다.

여러분은 아무 남자한테나 공을 들이지 않습니다. 자신의 욕망을 특정 남자에게 투사하는 것은 여러분이지만 여러분의 선택에는 무의식의 논리가 작용합니다. 여러분은 아무 남자나 '그것'으로 만들려고 하지는 않습니다. 여러분의 호기심을 자극하는 뭔가가 그 남자에게 있어야 합니다. 분명치 않은 이것은 구체적인 특징이라기보다는 분위기 같은 것입니다. 하지만 때로는 사소한 디테일이 될 수도 있습니다. 눈썹의 곡선미라든가 손톱의 모양, 눈빛에서 반짝이는 유머, 섬세한 목덜미, 팔뚝에 붙거진 섹시한 힘줄일 수도 있습니다. 벌어진 치아나 조금 비뚤어진 콧등처럼 때로 그것은 어떤 결함인 경우도 있습니다. '그것'은 남자의 그 어떤 부분도 될 수 있습니다.

진화생물학자들은 남자의 은행 잔고나 직업에 대해서 말하기를 좋아하지만, 여러분은 남자의 고르지 못한 턱선이나 또 다른 '결점'에 이끌리는 경우도 많습니다. 자신의 결점을 없애려는 그의 노력은 그래서 실수가 되기도 합니다. 연인이 될지도 모르는 사람이 여러분에게 매력을 느끼는 것은 여러분의 결점 때문일 수도 있다는 걸 명심해야 합니다.

그렇다고 치과에 가는 걸 게을리하거나 운동을 빠지라는 건 아닙니다. 다른 사람들에게 거슬릴 것 같은 자신의 독특한 '단점'에 대해서 좀 너그러울 필요도 있다는 얘기죠. 나 자신은 싫을지 모르지만 괜찮은 남자를 매료시키는 데 내 단점은 오히려 장점이 될 수도 있으니까요.

욕망은 독특함을 지향한다고 했었죠? 섹시한 성공남 기십 명을 만나도 마음이 전혀 흔들리지 않을 수도 있습니다. 그러던 어느 날(이런 날은 꼭 머리가 엉망진창이죠) 스타벅스에서 마침내 운명의 그 남자를 만나는 것이죠! 전혀 모르는 사람에게서 어떤 느낌을 받았을 때 보통은 그냥 지나치고 맙니다. 손가락에 낀 반지를 발견했을 수도 있고 말을 걸 용기가 없을 수도 있겠죠.

남자에게 다가가서 "댁한테 나의 '그것'이 있어요."라고 말한다면 누가 여러분을 정상으로 보겠습니까? 스타벅스에서 만난 스토커와 사랑에 빠질 남자는 없을테죠.

하지만 행운이 여러분의 편일 때도 있어, 마침 나의 '그것'을 가진 사람에게 말을 걸 기회가 생길 수도 있습니다. 이럴 경우 집착은 가속화되죠. 이때야말로 조심해야 할 때입니다. 하지만 욕망과 '그것'의 상관관계를 이해한다면 이런 순간들은 대단한 인연으로 이어질 수도 있습니다.

5

'그것'을 포착하려는 여러분의 레이더는 상당히 민감합니다. 이 레이더는 거의 언제나 의미 있는 관계로 여러분을 이끕니다. 나 역시도 제일 좋아하는 남자를 이렇게 만난 적이 있습니다. 그는 회의실 밖에 서서 동료가 문을 열어주길 기다리고 있었습니다. 그를 흘낏 보자마자 나는 우리 둘이 곧 좋아하게 되리라는 걸 알았습니다. 매력적인 남자였지만 나를 매혹시킬 정도의 외모는 아니었습니다. 솔직히 내가 왜 그에게 끌렸는지 몰랐습니다. 하지만 그에게 '그것'이 있다는 건 첫눈에 알아차

렸죠. 서로를 더 잘 알게 되면서 그가 헤어진 여자친구에 대한 그리움 때문에 다른 여자를 만날 상황이 아니란 걸 알게 됐습니다. 하지만 서로 호감을 품었다는 사실만큼은 변하지 않았습니다. 그와 시간을 보낼수록 나는 그가 더 좋아졌습니다. 직감은 정확했죠. 그 찰나의 순간에 나는 특별한 관계의 가능성을 꿰뚫어 봤던 것입니다.

이런 특별한 관계의 가능성을 방해하는 복잡한 일들이 더러 있기도 합니다. 가령 내 맘에 드는 사람에게 이미 짝이 있다면 어쩔 수 없이 물러나야 할 때도 있습니다. 이런 이유로 마음에 드는 상대와의 관계는 겉돌기만 합니다. 그러나 모든 것이 맞아떨어지는 순간이 오면 이런 찰나적 유대감은 우리의 운명을 바꾸는 힘을 발휘하게 됩니다. 이런 관계는 몇 번의 평범한 연애를 합친 것보다 더 충만하죠. 관계가 끝난 뒤에도 우리는 그 힘을 오래도록, 심지어는 수십 년 넘게까지 느낄 수도 있습니다. 물론 지나간 연애를 늘 마음에 품고 사는 것은 아닐지라도 일단 회상에 빠지면 특별한 감흥에 젖게 됩니다. 이보다 더 우리의 마음을 휘저어놓는 것은 없죠.

'그것'을 떠올리게 하는 남자는 나의 가장 나약한 부분을 건드리기도 합니다. '그것'은 불완전함과 박탈감, 무력감, 부적절함이라는 형용할 수 없는 감정으로 이어진다는 점을 우리는 앞서 배웠습니다. 그것은 뭐라 이름 붙일 수 없는 상실과 연결되어 있습니다. 이름 붙일 수 없기에 상실에 대처하는 일은 더욱 힘겹습니다. 뭐라 꼭 집어 말할 수 없는 것에 대해 슬퍼하기란 어려우니까요. 애도mourning에는 두 종류가 있다고 했던 지그문트 프로이트의 언급은 이런 사실을 염두에 둔 말이었습니다. 첫 번째 종류의 애도는 사랑하는 대상을 잃었을 때 느끼는 정상적인 슬픔입니다. 우리가 잃은 것이 대단히 중요한 대상일 때 슬픔은 아주 오랫동안 지속되기도 합니다. 하지만 그러다가도 우리는 서서히 슬픔에서 빠져나올 궁리를 하게 되죠. 그리고 마침내 새로운 사물과 사람 들에게 관심을 가지게 되고 다시 사랑할 수 있게 됩니다. 두 번째 종류의 애도는 이와는 반대로 끝이 나질 않습니다. 우리는 영원히 상실에 집착합니다. 프로이트는 이런 종류의 끝모를 애도는 무엇을 잃어버렸는지 정확히 알지 못할 때 일어날 가능성이 높다고 했습니다. 그는 이런 종류의 슬픔을 '멜랑콜리아('우울증'으로도 번역되나 'depression'과의 구별을 위해 '멜랑콜리아'로 옮겼다 – 옮긴이)'라고 불렀죠.

'그것'은 멜랑콜리아, 즉 끝 모를 애도와 상관이 있습니다. 때문에 연인이 우리의 '그것'을 되살리면 그는 우리의 욕망을 자극할 뿐만 아니라 우리 존재의 감상적인 본질을 건드리게 됩니다. 처음에는 욕망의 강도(그리고 욕망에 따라오는 희열)가 멜랑콜리아를 압도하기 때문에 이런 사실을 깨닫지 못할 수도 있습니다. 하지만 멜랑콜리아는 언젠가 수면 위로 떠오르게 되어 있습니다. '그것'을 떠올리게 하는 남자는 우리 내면의 가장 감상적인 부분을 건드립니다. 그 이유는 최고의 기쁨과 최고의 고통이 '그것'을 중심으로 돌아가기 때문입니다. 잠자고 있는 우리의 '그것'을 일깨우는 남자가 때로는 자신도 알지 못할 만큼 큰 힘을 행사하는 것도 바로 이 때문입니다.

혹시 정신을 차릴 수 없을 정도로 남자에게 열중해본 적이 있나요? 일상생활을 못할 정도로 가슴이 찢어졌던 적이 있나요? 그렇다면 여러분은 그 남자가 여러분에게 '그것'을 안겨줄 거라 기대했기 때문입니다. 이런 연인이라면 정말로 소중하죠. 평범한 데이트 상대와 여러분의 '그것'을 일깨워줄 남자의 차이를 여러분은 머지않아 구별하게 될 것입니다.

첫인상에 좌우되어 연애를 시작하는 사람은 무모하며 이런 욕망은 믿을 수 없는 것으로 흔히 치부되곤 합니다. 그렇다고 '그것'의 끌림을 무시하라고 말하는 것은 욕망을 움직이는 결정적인 요인을 간과하는 것이나 다름없습니다. 인간에게 타고난 무언가가 있다면 이는 인간이 다른 이에게서 '그것'을 찾아내는 엄청나게 정확한 본성이니까요. 그것은 실낙원을 회복하려는 매우 인간적인 욕망과 관련이 있습니다. 이 욕망 때문에 우리는 '그것'의 주위를 배회하며 '그것'을 제대로 품은 남자를 마음에서 지우지 못합니다.

이 점은 우리가 이제껏 배워온 밀당 게임을 해서는 안 되는 이유이기도 합니다. 남자에게 여러분은 그들이 찾는 '그것'이 있거나 없거나 둘 중에 하나고, 여러분에게 남자들도 여러분이 찾는 '그것'이 있거나 없거나 둘 중에 하나입니다. 세상의 모든 책략을 다 동원한다고 해도 이 만고의 진리는 바뀌지 않습니다. '그것'이 없으면서 있는 척할 수는 없습니다(가장할 수 있다고 해도 마찬가지입니다. 그 역시 권할 만한 일은 아니지만요). 여러분이 필요에 따라 눈을 반짝일 수 있다고 해서 남자가 여러분과 사랑에 빠지는 것은 아닙니다. 외려 사랑은 남자의 '그것'과 여러분의 '그것'이 만났을 때 일어납니다. 무슨 19금 영화의 한 장면을 이야기하는 게 아닙니다. 성적인 불꽃은 누구하고든 일으킬 수 있습니다. 그러나 내가 말하는 '그것'은 세상 어느 누구도 구사할 수 없는 미지의 언어를 구사합니다. 그러므로 두 사람의 '그것'이 만나면 둘은 기뻐서 어쩔 줄을 모릅니다.

여러분의 말을 이해하지 못하는 사람만 만나다가 어느 날 여러분의 언어를 유창하게 구사하는 사람을 만났다고 생각해보세요. 사랑에 빠진다는 것은 그런 느낌입니다. 그 언어로 시를 쓸 수 있는 사람을 만난다면 싱글 생활은 마땅히 접어야겠죠.

어떤 이들은 소울메이트니 천생연분을 이야기하기도 합니다. 이런 표현들은 지극히 사랑스러운 비유입니다. 우리가 완전히 이해하지 못하는 것을 신비롭게 설명하는 방법이죠. 하지만 이 제 우리는 '그것'을 좀 더 이해하게 됐습니다. 바로 '그것'이 중요하다는 점을요.

Lies

거짓   분홍빛 유리를 통해 연인을 보면
          진정한 친밀함은 자라날 수 없다.

Truth

진실   연인의 숨은 면면을 빛내주는
          이상이야말로
          사랑을 오래 지속시켜준다.

평범에서
비범을 보다

1

나는 앞서 사랑이 지나치게 이상화 될 때 나타날 수 있는 문제점을 이야기했습니다. 남자가 여자를 판타지의 대상으로 만들 때 여자의 고유한 개성이 사라지는 것을 보았습니다. 남자는 여자가 자신의 이상형과 다르다는 걸 깨달으면 그녀를 파괴하려 할 수도 있습니다. 반대로 상대를 이상화하면 보고 싶은 부분만 보게 될 수도 있습니다. 우리는 좋은 의도로 연인을 제단에 올려놓기는 하지만 그것이 상대에게는 폭력이 될 수도 있습니다.

그렇다면 우리는 사랑하는 사람을 이상화하는 걸 멈춰야 할까요? 천만에요! 이상화란 연애에서 꼭 필요한 과정일 뿐만 아니라 욕망을 오랫동안 유지하는 데에도 도움이 됩니다. 두 사람의 관계에서 서로에 대한 갈망이 잦아들면 그것은 대개 이상화할 힘을 잃었기 때문입니다. 연인을 '그것'의 지위에 올려놓는 능력을 잃어버린 셈이죠. 그러므로 중요한 점은 연인을 그 자체로 존중하면서 이상화하는 법을 배우는 것입니다.

사랑이 처음 시작될 때는 이상화하는 일이 별로 어렵지 않습니다. 연인이 세상에서 제일 멋진 사람처럼 보이거든요. 그가 신이 직접 빚은 사람일지도 모른다는 생각이 들죠. 크립토나이트조차도 그가 발산하는 힘이나 광채를 바래게 만들지는 못합니다. 문제는 연인이 인간을 초월한 듯한 모습에서 벗어날 때마다 우리의 이상이 허물어진다는 데 있습니다. 낭만적 환상을 깨버리는 말이나 행동 하나에도 그 이상은 조금씩 허물어집니다. 촌스러운 스웨터나 넥타이 하나가 남녀관계에 얼마나 큰 영향을 미치는지 모릅니다. 또한 상대방과 가까워질수록 우리는 그를 특별한 대상에서 평범한 대상으로 끌어내리는 경향이 있습니다. 두어 달 전만 해도 지루한 일상에서 벗어나게 해주는 청량제였던 남자가 어느새 지루한 일상이 돼버립니다.

처음 만났을 때처럼 전율이 느껴지지 않는 이유가 뭐지 잘 모를 때가 많습니다. 욕망의 스러짐이란 욕망의 탄생만큼이나 그

원리가 오리무중이죠. 우리가 특정한 사람과 사랑에 빠지는 이유를 모른다면 우리가 사랑에서 빠져나오는 이유 또한 알 수 없습니다.

욕망이 지속되려면 더 이상 평범한 것과 특별한 것을 반대말로 봐서는 안 됩니다. 사랑하는 남자가 평범하면서 동시에 특별할 수 있다는 사실을 인정해야 합니다. 매일 사용하는 접시와 고급 차이나 접시가 서로 배타적이지 않다고 말했던 것은 바로 이런 뜻에서입니다. '그것'에만 바탕을 둔 관계는 '그것'을 잃는 즉시 죽음과도 같은 고통을 맞이하게 되겠지만, '그것'의 중요성을 부인하는 관계 또한 연애에서 가장 중요한 것을 억압하게 될 것입니다. 그렇다면 우리가 해야할 일은 산문 같은 평범함에 반짝이는 특별함을 섞어 넣는 것입니다. 오렌지색 포인트를 넣어 갈색 스웨터를 짜는 일 같은 거죠. 평범함 속의 특별함이란 천편일률적일 수 있는 갈색 바탕에 섞어 넣은 오렌지색 털실입니다. 오렌지색은 갈색과 자연스럽게 어울리면서도 충분히 돋보입니다. 너무 밋밋할 수 있는 스웨터에 멋을 더해주죠.

사랑에는 멋이 있어야 합니다. 이상과 현실이 갈마들어야 합니다. 여러분의 눈에는 연인이 굉장한 사람으로 보여야 합니다. 한동안만이라도 말이죠. 그는 군중 속에서도 돋보일 것입니다. 내 남자가 다른 남자와 똑같다면 사랑에 빠지는 게 무슨 의미가 있겠어요? 옆집 사는 남자와 그를 구별할 수 있는 점이 전혀 없다면 말이에요. 내 남자에게 특별한 것이 없다고 느낀다면, 그리고 찌릿함을 느낄 수 없는 사람을 참아주는 게 사랑이라고 여긴다면 스스로를 기만하는 일이 될 겁니다.

우리 문화는 불행히도 이런 게 '진정한' 사랑인 양 이야기합니다. 진정한 사랑이란 내 남자가 입을 열 때마다 하품이 나오는 걸 억지로 참는 거라고요. 진정한 사랑이란 희생과 타협을 배우고 썩 내키지 않을 때도 섹스를 해야 하며 불씨가 다 식어버린 뒤에도 욕망의 불을 지피는 거라고요. 진정한 사랑이란 엄청난 노력이 요구되는 일이라면서요.

나는 부부가 몇십 년을 살고도 첫 만남의 수줍음을 고스란히 간직해야 한다고 말하는 것이 아닙니다. 그렇다고 결혼이 극기 훈련이라고 생각하지도 않습니다.

이 문제를 해결하는 방법이 있습니다. 먼저 상대를 아무리 잘 안다 해도 그를 다 알고 있는 건 아니라는 점을 인정하는 것입니다. 그러면 그를 여전히 호기심을 자아내는 사람으로 바라볼 수 있게 됩니다. 나만의 정체성을 유지하는 일도 반드시 필요합니다. 사랑을 위해 자신의 모든 걸 희생한다면 우리는 내어줄 것이 아무것도 남지 않게 됩니다. 단순히 남자의 부속물이 되지 않도록 만전을 기할 필요가 있습니다. 그의 플러스 원이 되는 것이 삶의 목적이 될 수는 없잖아요? 그러나 뭐니뭐니 해도 연애가 무뎌지는 것을 막을 수 있는 가장 강력한 방책은 '이상화'입니다. 그것은 신문 배달부와 내 연인을 구별하지 못하는 지경에서 우리를 구원할 수 있습니다. 하지만 우리는 이것을 잘 '활용'하는 방법에 대해 너무 모르고 있습니다.

2

이상화하는 방법에는 두 가지가 있습니다. 첫 번째는 연인을 외부 기준에 맞춰 재단하는 것입니다. 광고 모델이라든지 아이돌 그룹의 리더, 톰 크루즈 같은 배우가 그 기준이 되는 것입니다. 손으로 만질 수 없는 것도 기준이 될 수 있습니다. 어려서부터 꿈꿔왔고 또 고집스럽게 지켜온 이상형 같은 것 말이죠.

지금쯤이면 여러분은 이것이 바람직하지 못한 이상화라는 걸 눈치 챘을 것입니다. 이런 이상화는 끊임없이 실망을 가져다줄 뿐이죠. 여러분이 남자에게 조니 뎁이나 주드 로가 되라고 한다면 남자는 당연히 싫어할 겁니다. 정신이 제대로 박힌 남자라면 너도 비욘세는 아니잖아, 라고 한마디 하고 여러분을 떠나버릴 것입니다.

그렇다면 이상화하는 '좋은' 방법이란 무엇일까요? 바로 연인의 매력을 찾아 그 점을 부각시키는 것입니다. 남자의 팔 근육에만 집착하지만 말고 그가 가진 사랑스럽고 매력적인 장점에 진정으로 감탄하라는 것입니다. 때로는 겉으로 드러나는 그의 개성, 가령 지성이나 친절, 유머 등을 강조할 수도 있고, 다른 사람들 모르게 꽁꽁 숨겨온 그의 어떤 면을 강조할 수도 있습니다. 너무 오랫동안 잠자고 있던, 억압되거나 간과되거나 개발되지 못한 장점에 생기를 불어넣는 것이죠.

사랑에 빠질 때 우리 자신이 어떤 감정이 되는가를 생각해보면 이것의 구체적인 의미가 쉽게 들어올 것입니다. 우리는 사랑에 빠질 때 엄청난 생기를 느끼며 자신의 가장 즉흥적인 면을 이해하게 됩니다. 연인에게 마음을 열면서 나도 몰랐던 나의 내면세계가 덩달아 열립니다. 우리는 수줍고 소심한 감정의 공간으로 그를 초대합니다. 불친절한 환경으로부터 우리를 지켜줄 보호막이 쳐집니다. 이것은 우리를 안도하게 합니다. 딱딱한 등껍질 속 부드러운 속살 같은 사랑이 주는 특유의 위안이 있습니다.

등껍질은 아픔으로부터 나 자신을 지켜주기에 필요합니다. 상처에 압도당하지 않게 해주죠. 하지만 등껍질은 우리를 가식적으로 보이게 할 수도 있습니다. 우리를 무감각하게 만들 수도 있고 나 자신으로부터 괴리감을 느끼게 할 수도 있습니다. 그래서인지 등껍질을 벗어던지면 이상한 흥분감이 올라옵니다. 강제로 억압당했던 존재의 일면과 다시 만날 수만 있다면 그보다 더 기분 좋은 일도 없죠. 우리가 가면 속의 얼굴을 드러낼 때 남자가 뒷걸음질하지 않으리라는 확신이 선다면 정말로 살맛이 나겠죠.

상대방도 똑같이 느낀다는 사실을 받아들이는 것이 '좋은' 이상화의 핵심입니다. 죽었거나 얼어붙었다고 여겼던 그의 내면에 훈풍을 불어넣는 힘이 우리에겐 있습니다. 우리는 바쁜 일상 때문에 어쩔 수 없이 뒤로 미뤄뒀던 그의 잠재력을 되살릴 수 있습니다. 지루한 법정 서류를 뒤지며 하루하루를 보내는 와중에도 그의 마음 한편에는 저널리스트의 꿈이 웅크리고 있는지도 모릅니다. 록스타를 꿈꿨던 남자라면 점잖은 음악 선생님의 모습 아래 록가수의 꿈이 잠자고 있을 것입니다. 다른 사람의 감정이나 주변의 아름다움에 대한 그의 감수성은 어떨까요? 그의 예민한 감수성은 남성성에 대한 이 사회의 혹독한 요구로 인해 분명 지하감옥으로 내쫓겼을 터입니다.

세상이 알지 못하게 꽁꽁 숨겨져 있던 연인의 특별함을 발견하는 것이 이상화의 출발점입니다. 방어막에 가려졌던 것들에 경탄을 보냄으로써 여러분은 연인을 신명 나게 할 수 있습니다. 다른 이들은 보지 못하는 면을 살짝 건드려줬을 뿐인데 말이죠.

3

사랑을 하면 눈이 먼다고들 하지만 나는 이 말을 믿지 않습니다. 사랑을 하면 오히려 시력이 정확해지고 감지력이 좋아지죠. 사랑은 우리를 섬세한 관찰자로 만듭니다. 연인의 모든 면이 우리의 호기심을 자극하고, 우리는 그의 모든 것에 관심을 가집니다. 우리의 눈길은 오래 머무르며 진실을 알아내려 합니다. 확대경으로 보듯이 대상을 강렬하게 바라봅니다. 정말로 매혹되면 다른 곳으로 눈을 돌리기가 어렵잖아요. 연인과 더 가까워질수록 우리는 남이 볼 수 없는 것을 볼 수 있는 특권을 얻게 됩니다. 사랑은 회의 시간에 집중하지 못하는 등 다른 기본적 능력을 앗아갈지 모르지만 우리를 눈멀게 하지는 않습니다. 오히려 그 반대죠.

보통 때 같으면 별 생각 없이 이 세상을 쓰윽 훑어보겠죠. 매일 보는 것들은 건성으로 지나칠 것입니다. 하지만 열정을 느끼는 남자에 대해서라면 완전히 다르겠죠. 벽난로 위에 거대한 조각상이 놓여 있었다는 걸 몇달이나 모르고 지나치는 일은 없을 겁니다. 사랑에 빠지면 우리는 주의를 기울입니다. 우리가 바라보는 것 중에는 우리의 환상이 투영된 것도 있겠지만 우리가 새로이 발견하게 된 것들도 상당합니다.

플라톤은 바로 이 점을 오래전에 인정했습니다. 그는 사랑의 광기는 예지자들의 혜안에 비견될 수 있다고 했습니다. 연인의 아름다움을 숭배하는 것은 초월로 가는 디딤돌이라고 생각했습니다. 그것은 우리의 영혼이 신들과 함께하기를 바란 표시였습니다. 연인의 사랑스러움은 신성한 진실의 사랑스러움을 예견해주는 소식 같은 것이었습니다. 플라톤이 위대한 철학자라고 해서 그 말을 꼭 믿을 필요는 없습니다. 사랑에 빠졌을 때 우리의 시선은 인간 생에서 가장 감동적인 영역을 향합니다. 우리는 평범함 속에서 특별함을 발견하게 되는 것이죠.

우리는 특별함을 원합니다. 사랑할 때의 들뜬 기분을 원하죠. 심지어 갈망과 불확실성까지도 원합니다.

사랑은 인생에 풍미를 더해줄 뿐 아니라 우리가 하는 다른 활동에도 의미를 부여합니다. 우리의 일상은 스트레스로 가득합니다. 자신의 생각에 귀 기울이기도 어려울 만큼 우리 삶의 속도는 너무나 빠릅니다. 우리는 또 우리의 감각과 반응을 둔감하게 만드는 반복적인 일을 요구받곤 합니다. 출퇴근을 위해

버스나 지하철을 타는 일마저도 힘을 빼놓습니다. 몸과 마음이 고갈된 듯한 기분이 들죠. 사랑에 빠지는 것이 그토록 좋은 이유는 이런 지겨움을 없애주기 때문입니다. 사랑은 우리의 원기를 회복시켜주고 일상에 충만함을 부여합니다. 사랑은 차디찬 냉소주의자마저도 걸려들게 하는 힘이 있습니다. 사랑의 그물에 걸려들었다 하면 자유까지도 포기하게 되죠. 우리는 몸을 기꺼이 내맡기는 포로가 됩니다. '그것'을 찾는 일이 대단히 즐거워집니다.

4

어떤 사람에게서 무엇을 보는지는 그것을 어떻게 찾느냐에 따라 달라집니다. 우리는 특별하고 고결하고 격조 높은 것에 초점을 맞출 수도 있고, 평범한 것을 고집할 수도 있습니다. 연인에게서 더는 특별한 것을 발견할 수 없다는 건 우리가 더 이상 그것을 열심히 찾고 있지 않다는 얘기인지도 모릅니다. 그냥 있는 그대로 만족하는 상태가 된 것이며, 마음의 눈이 무뎌지게 내버려둔 것입니다. 냉철한 실용주의가 더 성숙하고 현실적인 접근법이라고 생각하는 것일 수도 있습니다. 마침내 연인을 '있는 그대로' 바라보고 있는 거라고 주장할 수도 있습니다. 하지만 특별함을 볼 수 없게 되었다는 건 우리의 관심이 표면적인 것에 머물도록 방치해두었다는 신호입니다. 벽난로 위에 놓인 아름다운 조각상을 더는 보지 못하는 것이죠. 연애 초기에 다른 이들이 보지 못하는 것을 볼 수 있게 해준 우리의 놀라운 시력을 잃어버린 것입니다.

그것은 연애 초기의 욕망에서 장기적 차원의 헌신으로 넘어가는 과정일 뿐이라고 주장할 수도 있지만, 안타깝게도 상상력 결핍이라고 말할 수도 있습니다. 앞서 말했듯 연인이 어느 정도 불투명한 존재라면 당연히 여러 해석이 가능할 것입니다. 우리는 그를 여러 가지 방식으로 읽을 수 있겠죠. 그렇다면 이상화라는 것은 남자를 내 마음 가는 대로 바라보는 방식이 아닐까요?

연인이 가진 개성을 바탕으로 한 이상화는 연인이 스스로 펼쳐보이지 못한 존재의 면면을 드러내는 것입니다. 입장을 바꿔 그가 나를 그런 식으로 바라본다면 기분이 어떨까요? 특히 부정적인 말을 많이 들으며 자란 사람이라면(내가 그랬죠) 자신을 이상화하는 애정 어린 말들이 더 많이 필요하겠죠. 너는 자라서 아무것도 되지 못할 거란 얘기를 듣고 자란 사람이라면 자신을 깎아내리는 이런 소리를 내면화하고 있을 가능성이 큽니다. 나는 이 목소리를 '내 어깨 위의 원숭이'라 부르곤 했습니다. 그런 목소리는 너그러운 애인을 적어도 한두 명쯤 사귀어야 없어질지도 모릅니다. 그런 도움이 없다면 자기 의심의 미로에서 빠져나오지 못할 수도 있으니까요.

이상화는 말 그대로 인생을 바꿔놓을 수도 있습니다. 이상화는 남자의 내면을 지배하고 있는 부정적인 생각들을 씻어줍니다. 그의 잠재력을 북돋워주죠. 그렇다고 남자의 자존심을 살려줘야 할 책임이 여자에게 있다거나 여러분이 그 남자의 카운슬러가 되어야 하는 것은 아닙니다. 남에게 기대어 나 자신을 완성하거나 고통을 떨쳐버릴 수는 없으니까요. 그러나 모욕적인 말을 자주 들었던 사람은 균형을 잡기 위해서라도 이상화하는 말을 좀 들을 필요가 있습니다.

예전에 만났던 한 남자는 내가 별로 예쁘지 않다며 이별을 고했습니다. 더 어릴 때 그를 만났더라면 나는 깊은 상처를 입었을 것입니다. 내가 스무 살이 될 때까지 아버지에게 듣던 말을 그가 자꾸만 했으니까요. 하지만 다행스럽게도 나는 그 남자를 사귀기 전에 우리 아버지가 틀렸다고 얘기해준 남자친구 몇 명을 사귈 수 있었습니다. 그들은 어떻게든 '내 어깨 위의 원숭이'를 떨어뜨리려고 했죠. 그리고 그 노력은 성공을 거두었습니다. 헤어지자는 말을 들었을 때 내 마음속에서 올라온 것은 예전 남자친구들의 목소리였습니다. 내게 상처가 되는 평가는 그들이 입을 모아 들려줬던 긍정적 평가에 가려졌습니다. 이런 경험은 정말로 소중하죠.

내가 사랑하는 사람이라면 신비로운 광채와 분홍빛 포장지로 조금은 포장될 필요가 있습니다. 애인에게서 특별함을 발견한다는 것은 그의 결함을 무시한다는 뜻도, 나에게 함부로 하는 남자를 다 용서한다는 뜻도 아닙니다. 남과 구별되는 그의 모든 것을 호의적으로 바라본다는 뜻입니다. 여기서 중요한 것은 내가 그에게 있는 최고의 것을 본다는 사실입니다. 동시에 내 이상형에 좀 못 미쳐도 괜찮다는 걸 그에게 반드시 알려야 합니다. 나의 '그것'을 구현할 수 있을 때만 사랑받을 가치가 있다는 인상을 준다면 그건 정말 최악이죠. 이상화는 억압하기 위한 것이 아니라 힘을 주기 위한 것임을 전해야 합니다.

이런 이상은 우리가 만들어낸 것이라는 점 또한 잊어서는 안 됩니다. 이상은 연인의 현실과 결코 일치하지 않습니다. 이상은 너무 사용해서 닳고닳은 렌즈처럼 진실을 정확하게 반영하지 못할 수도 있습니다. 이상은 그를 이해하는 여러 방법 가운데 하나일 뿐입니다. 그러므로 그가 언제나 그 이상에 들어맞을 거라고 기대해서는 안 됩니다.

이상화는 현명하게 활용해야 합니다. 연인이 늘 이상에 충실하기를 기대한다면 그것은 결점을 지닐 남자의 권리를 앗아가는 셈입니다. 더 많은 걸 할 수 있다고 말해주는 것이 이상화의 긍정적 측면이라면, 조금이라도 부족한 면을 보이면 실망할지도 모른다는 인상을 심어주는 것은 이상화의 부정적 측면입니다. 이런 부정적 측면을 일깨운다면 우리의 이상은 너그러운 선물이 아니라 공포스런 무기가 될 것입니다. 실패하더라도 사랑이 남아 있으리란 걸 그가 믿을 때에만 이상은 건설적인 효과를 거둘 수 있습니다.

이상화를 잘 하면 우리는 평범함과 특별함 사이에서 균형을 유지할 수 있습니다. 연인이 평범한 사람이란 걸 잊지 않을 뿐만 아니라 그에게 짜증나는 버릇과 기벽이 있다는 사실도 인정할 수 있습니다. 나처럼 그에게도 초조함, 걱정, 의구심, 불안감, 우유부단함이 있다는 걸 받아들이게 됩니다. 그리고 다른 사람들처럼 그 역시 과거 때문에 중압감과 갈등에 시달린다는 것도 알게 됩니다. 그렇지만 그의 특별함도 여전히 잘 인식하고 있습니다. 어떤 놀라운 장점을 그에게서 발견하지 못했다면 그와 사랑에 빠지지 않았을 것입니다. 우리의 심장을 고동치게 만든 뭔가가 분명 있었을 테죠. 시간이 흐르면서 이런 특별함을 발견하는 일이 더 어려워질 수는 있겠지만, 그렇다고 특별함이 사라졌다거나 예전에 그런 자질을 발견한 것 자체가 실수였다거나 하는 것은 아닙니다.

5

사랑이 안 좋게 끝나면 그에게서 보았던 특별함이 완전히 헛것이었다고 믿게 될 때가 많습니다. 물론 그게 사실인 경우도 있죠. 화려한 겉모습에 속아 그 안에 숨겨져 있던 문제를 못 봤을 수도 있습니다. 여자를 학대하는 많은 남자들이 처음에는 카리스마와 배려가 넘치는 연인으로 보이기도 합니다. 이들은 자신에게 문제가 있다는 걸 어느 정도 알기 때문에 완벽한 남자친구의 역할을 연기함으로써 자신의 고약한 면이 드러나는 걸 감추려 할 수도 있습니다.

앞에서 말한 그 남자의 경우도 그랬습니다. 그는 자신이 교제하는 여자들에게 상처를 잘 준다는 걸 알고 있었죠. 그래도 나쁘기만 한 사람은 아니었기에 그런 일이 일어나지 않게 하려고 최선을 다했습니다. 연애 초기에는 그가 너무나 완벽한 남자였으므로 반전이 일어났을 때 나는 너무나 놀랐습니다. 나는 그저 일시적인 현상이겠거니 했습니다. 직장에서 스트레스를 받았거나 무슨 힘든 일이 있었나보다 했죠. 그리고 그런 상황에서 흔히들 그렇듯, 나는 관계를 '정상'으로 되돌리기 위해 내가 할 수 있는 일이 무엇일까 궁리했습니다. 하지만 그 남자의 나중 모습이 '진짜'였음을 뒤늦게 알게 됐습니다.

이렇게 이상은 우리를 호도할 때도 있습니다. 그러나 슬프고 화가 나서 과거의 연인을 특별한 사람에서 평범한 사람으로 강등시킬 때도 많습니다. 이별의 고통을 견디기 위해 그런 방법을 쓸 때도 있죠. 하지만 그건 헤어진 연인에게 공평치 못한 처사입니다. 우리가 괴롭다보니 긍정적인 면보다 부정적인 면을 강조하는 것일 수도 있거든요. 그 남자에 대한 처음의 평가는 잘못된 거라고, 그 남자는 처음부터 별 볼 일 없었다고 자신을 설득하려는 것입니다. 우리 문화는 사랑이 우리 판단을 흐린다며 이런 견해를 부추깁니다. 하지만 나는 연인에 대해 우리가 갖는 높은 이상이 잘못된 거라고 생각하지는 않습니다. 헤어진 뒤의 혹독한 평가가 그 이미지를 말끔히 지워버려 그런 장점을 더는 볼 수 없을 뿐이죠.

헤어진 연인을 최악의 남자로 치부해버리고픈 충동은 이해할 만합니다. 하지만 지금 사귀는 남자에 대해서만큼은 흠모할 만한 면이 전혀 없다고 우기지 맙시다. 아니, 남자의 뛰어난 면을 알아볼 방법을 적극적으로 모색합시다. 우리의 지각 능력에 먼지가 쌓였다면 먼지를 떨어냅시다. 연인을 비추는 거울이 흐

릿하다면 윤이 나게 닦읍시다. 빛을 발하던 그의 면면은 여전히 그 안에 존재할 가능성이 큽니다. 연애에서 가장 중요한 과제는 그 점을 알아보는 능력을 유지하는 것입니다.

진정한 사랑은 이상이 무너진 뒤에도 살아남습니다. 또한 사랑은 지나친 친밀함의 압력에서도 살아남아야 합니다. 연애를 좀먹고 진부하게 만드는 상투성도 물리쳐야 합니다. 시간이 흘러도 열정을 유지하는 사람들은 이런 상투성의 꾸준한 침범을 막아낼 줄 압니다. 자신의 인생에 이상을 짜넣는 법을 알고 있죠. 이들은 사랑하는 사람이 평범함과 특별함 가운데 어느 하나가 아니라 둘 다라는 걸 잘 알고 있습니다.

이상이 무너지는 걸 견디지 못하는 사랑은 인색해집니다. 하지만 이상화를 거부하는 사랑도 마찬가지입니다. 우리는 사랑에 빠질 때 일상보다 더 크고 나은 것을 소망합니다. 우리는 평소의 싱거운 삶을 채워줄 마법 같은 공간으로 초대받기를 열망합니다. 우리가 저지를 수 있는 최악의 실수가 있다면 그것은 너무 현실적이고 밍숭맹숭한 비전 속에 이 갈망을 묻어두는 것입니다. 사랑하는 사람을 지고한 대상에서 무의미한 잡동사니로 전락시키는 일 또한 그런 실수들 가운데 하나겠지요.

Lies

거짓　　무의식의 갈등을 일깨우는 연인은
　　　　　무슨 일이 있어도 피해야 한다.

Truth

진실　　갈등을 일깨우는 연인은
　　　　　우리를 더 성숙하게 하며,
　　　　　자신을 더 잘 이해할 수 있게 한다.

고통의 패턴을
깨다

1

우리의 '그것'과 남자의 '그것'이 만나면 관계에 가속이 붙으면서 불꽃이 튄다고 했죠. 이것은 좋은 소식입니다. 나쁜 소식은 사랑에 빠진다는 것이 개성이 강한 두 무의식이 만나는 사건이란 점입니다. 무의식은 이성적 계획에서 이탈하는 우리 속의 작은 악입니다. 점성가들은 수성이 역행을 해서 우리의 삶이 엉망이 되는 거라고, 그래서 우리가 물건을 잃어버리고 어머니 생신도 잊어버리고 자꾸 옛 애인과 같이 자는 것이라고 했습니다. 하지만 나는 이 모든 게 무의식 때문이라고 말하려고 합니다.

우리가 이 작은 악마를 인식하는 순간은 프로이트적 실언(진실이 담겨 있으나 무의식적으로 한 과실 또는 실언을 말한다 - 옮긴이)이 튀어나올 때라든가 생생한 꿈에서 깨어날 때뿐입니다. 프로이트는 꿈이야말로 '무의식으로 가는 지름길'이라고 했죠.

왜 연애사가 꿈과 비슷한지를 알기 위해 한 가지 사고 실험 thought experiment을 해봅시다. 유럽으로 휴가를 떠난다고 상상해봅시다. 여러분은 스위스 제네바에서 로마행 기차에 오릅니다. 그런데 엉뚱하게 파리에 도착한 거예요. 어리둥절하겠죠. 파리가 싫어서가 아니라 로마가 정말 가고 싶었던 곳이니까요. 그래서 다음 번 로마행 기차를 탈 수 있길 고대하며 제네바로 돌아갑니다. 그런데 아무리 로마행 기차를 타도 도착해보면 자꾸 파리인 거예요.

여러분은 슬슬 답답해지기 시작합니다. 파리는 벌써 여러 번이나 왔잖아요. 모나리자도 봤고(말이 나왔으니 말이지 모나리자, 정말 실망스럽지 않나요?) 노트르담 성당의 성자들에게 인사도 했습니다. 라틴 쿼터 관광도 실컷 했고 샹젤리제 거리에서 바가지쓰면서 기념품도 수없이 샀습니다. 로마에 가면 섹시한 이탈리아 남자가 수두룩하다던데. 로마에 가보고 싶은 마음이 굴뚝같습니다. 아니, 로마가 자꾸만 달아나니 로마에 가고 싶은 마음이 더 간절해집니다. 여러분은 마지막으로 한 번 더 시도해보기로 합니다. 이번엔 더 주도면밀하게 여정을 짜겠죠. 유럽 지도를 펼쳐들고 제네바와 로마 사이의 모든 기차역을 달달 외웁니다. 프랑스어, 독일어, 이탈리아어가 유창한 친구를 불러들여 기차표도 대신 사게 합니다. 그런데 웬걸요. 기차에서 내리자 파리의 비둘기들이 여러분의 가방에 똥을 갈깁니다. 이것이 바로 여러분의 무의식입니다. 여러분은 더러운 리옹역 승강장에 주저앉아 흐느낍니다. 분명 여러분에게 뭔가 심각하게 문제가 있는 것입니다. 뉴욕으로 돌아가자마자 여러분은 여러분의 아버지를 떠올리게 하는 정신과의사를 찾아갑니다. 5년 뒤 진료비로 5만 달러나 쓴 뒤에야 여러분은 불현듯 깨닫습니다. 이 모든 것은 세 살 때 그랜드센트럴역에서 아버지가 아이스크림을 안 사줬기 때문이라는 것을요!

우리들 대부분은 노이로제의 근본 원인을 찾아내지 못합니다. 하지만 우리 모두에겐 노이로제가 있습니다. 노이로제는 어떤 식으로든 반복되는 특징이 있습니다. 여러분을 우선순위 목록에서 스물일곱 번째쯤으로 생각하는 남자와 사귄 게 벌써 세 번째입니다. 여러분은 이 남자들에게 나를 제일 먼저 생각해달라고 애원했겠죠. 여러분은 필 박사(리얼리티 쇼를 통한 상담으로 유명한 미국의 심리학 박사 – 옮긴이)가 권한 화술을 이용해서 조심스럽게 말을 꺼냈을 겁니다. 그럴 때마다 남자들은 '이제부터' 당신을 위해 시간을 내겠다고 약속했을 겁니다. 하지만 그의 노력은 늘 작심삼일로 끝이 나고 말죠.

이런 찌질한 남자들과 헤어지고 난 뒤 여러분은 이런 연애에 종지부를 찍겠다고 이를 갑니다. 새로운 사람과 데이트를 할 때마다 여러분은 그가 시간을 어떻게 보내는지, 그에게 연애가 얼마나 중요한지를 꼬치꼬치 캐묻습니다. 그리고 여러분이 받아 마땅한 관심을 기울여줄 남자를 마침내 발견합니다. 그는 투자은행에서 일했던 사람으로 주식시장에서 한몫 잡은 뒤 서른다섯 살의 나이에 은퇴한 남자로 한 달에 하루만 일합니다. 파티도 싫어하고 친구는 두 명뿐입니다. 온갖 영적인 스승을 섭렵한 터여서 소울메이트와 교감을 나누는 일에 매우 진지합니다. 게다가 인도에서 탄트라 섹스(성을 통해 내면의 의식 세계를 넓혀가는 것 – 옮긴이)의 비결을 연구하며 두어 해를 보내기도 했습니다.

이쯤 되는 남자면 한동안은 다툴 일이 전혀 없을 것입니다. 그의 인생에서 여러분은 중심이 됩니다. 지금처럼 여러분이 사랑받고 진가를 인정받은 적은 없었습니다. 열 달이 흘러도 여러분은 너무나 행복합니다. 그러던 어느 날 남자가 탄트라 섹스에 대한 책을 쓰고 싶다고 합니다. 그는 자기 서재에 틀어박힙니다. 석 달 동안 그의 얼굴조차 보기가 힘들죠. 그리고 막상 얼굴을 볼 때도 그는 피곤하고 짜증스러워 합니다. 그는 여러분과 이야기하느니 차라리 위스키를 마시며 고심하는 편이 낫겠다고 생각하는 변덕스러운 예술가로 변해버렸습니다. 섹스할 생각도 없어 보입니다. 섹스에 대한 글을 쓰느라 그는 골치가 지끈거립니다. 여러분은 혼란스러워지겠죠? 여러분을 방치하는 듯했던 남자들과 정반대였기 때문에 그를 선택했던 것인데 이런 일이 벌어질 줄이야!

2

무의식은 이런 식으로 반복됩니다. 우리는 매번 걸려들고 말죠. 프로이트는 이것에 '반복 강박'이라는 이름을 붙이기까지 했습니다. 이 강박에 사로잡히면 우리 밖의 어떤 사악한 힘에 의해 운명이 결정되는 것처럼 느껴집니다. 그리고 시간이 지나면 끊임없이 반복되는 플롯 안에 나 자신이 갇혀버린 듯한 느낌을 받게 됩니다.

프로이트는 연애만큼 반복 강박이 심하게 나타나는 곳은 없다고 했습니다. 그것은 우리가 아주 어려서 부모님(또는 보호자)과의 관계에서 배운 관계 맺기 패턴을 끊임없이 작동시키기 때문입니다. 그것은 떨쳐버릴 수 없을 만큼 너무나 근원적인 심리를 동원합니다. 이런 것은 너무도 굳건히 자리 잡은 애정 패턴이어서 우리는 이에 대해 별로 생각하지 않습니다. 우리 성격의 가장 기본적인 층은 이런 패턴으로 형성됐습니다. 우리는 그 패턴이 효율적인지 어떤지 문제 삼지 않고 이를 기계적으로 재현하지만 그 패턴이 우리에게 이롭다는 보장은 없습니다.

따뜻하고 우애가 넘치는 가정에서 자랐다면 여러분은 건강한 관계 맺기 패턴을 내면화했을 가능성이 높습니다. 물론 천사 같은 부모님이 계신 모범적인 가정에서 자라지 않았다고 해서 인격이 손상된 사람이라는 뜻은 아닙니다. 부모가 있든 없든, 부모님이 돈이 많든 적든, 부모가 부부싸움을 많이 했든 적게 했든 그런 것은 중요하지 않습니다. 중요한 것은 자신의 가치와 관계 맺기에 대해 여러분이 무엇을 배웠는가, 하는 점입니다.

사랑에 대한 아이들의 허기는 너무나 커서 아무리 사랑이 넘치는 부모라 해도 그 허기를 다 채워줄 수는 없습니다. 부모는 어떤 식으로든 실망을 줄 것입니다. 우리의 필요가 언제나 충족되지는 않는다는 사실을 견딜 때 우리는 비로소 성장합니다. 허기가 다 채워지지 않는다고 해서 자존감이나 관계의 기술이 손상되는 것은 아닙니다. 하지만 잘못된 대우를 받는다면 이야기는 달라집니다. 헌신적인 가정에서 자란 사람들은 방치되고 학대받은 사람들보다 연애를 더 잘 받아들일 가능성이 높습니다.

어릴 때 우리가 어떤 대우를 받으며 자랐는지는 우리에게 관계의 청사진을 보여줍니다. 사랑하고 사랑받는 법을 가르쳐줍니다. 그리고 관계에 대해 구체적인 기대를 갖게 합니다. 이후에 살면서 사람들과 관계를 맺을 때 많은 것이 이런 기대치 혹은 정서적인 시나리오에 좌우됩니다. 내가 사랑과 존중을 기대한다면 사랑과 존중을 끌어당길 기회가 많습니다. 좌절과 환멸을 예측한다면 좌절과 환멸을 만날 가능성이 높습니다. 예언이 스스로 실현된다고들 하잖아요. 다만 이런 예언들은 무의식적이어서 우리는 그 존재에 대해 완전히 인식하지 못할 때가 많습니다. 우리가 연애에 대해 의식적으로 생각하는 바는 우리가 무의식적으로 생각하는 것과 다를 수도 있습니다. 예를 들면 내 의식은 나를 사랑스럽다고 말할지 몰라도 무의식은 그렇지 않다고 우길 수 있습니다.

불행히도 사랑하는 사람과 상호작용하는 방식을 결정하는 것은 우리의 '무의식적 신념'입니다. 그 신념은 다른 가능성은 닫아놓은 채 특정한 관계에 대해서만 우리의 애정을 작동시킵니다. 어찌 보면 우리는 우리가 무의식적으로 상상하는 것만을 성취할 수 있다는 얘기입니다. 그러므로 우리의 무의식이 서로 사랑하는 관계를 그리지 못한다면 그런 관계를 맺지 못할 가능성이 높습니다. 또 무의식 저변에 나쁜 대본이 깔려 있다면 나쁜 연애를 하기 쉽습니다.

새로운 경험을 얼마나 많이 했든 어려서 내면화한 사랑의 각본은 이미 우리 마음에 각인되어 있습니다. 가령 내 아버지가 과도하게 비판적이고 늘 퇴짜만 놓는 사람이었다면 나는 의도하지 않았는데도 그런 남자와 교제하는 경우가 많습니다. 또 어머니가 너무 고압적인 사람이었다면 이성과의 관계에서 숨막히는 경험을 하기 쉽습니다. 앞서 언급했던 기차의 비유로 돌아가볼까요. 우리 욕망은 같은 경로를 무한정 달리도록 설정돼 있는 기차와 같습니다. 중앙사령부(무의식)와 상의하지 않고는 경로를 바꿀 수가 없습니다. 또한 엄청난 파괴를 염두에 두지 않으면 열차를 탈선시킬 수도 없습니다. 기차는 미리 정해진 정거장에만 멈출 것입니다. 정거장들은 최악의 고뇌와 집착을 상징합니다. 그 정거장들의 이름은 '거절' '좌절' '쓸쓸함' '환멸' '씁쓸한 실망감'입니다. 피하고 싶지만 우리가 탄 기차는 어김없이 이 역들에 멈춰섭니다. 로마에 가고 싶은데 자꾸만 파리에 도착하는 것도 바로 이 때문입니다.

그렇다면 반복에도 의미가 있는 걸까요? 기차가 눈물 젖은 정거장에 서는 건 어째서일까요? 그 대답은 생각보다 훨씬 흥미롭습니다. 이런 괴로운 패턴을 반복하는 사람들은 상처받는 게 즐거워 그런 것이 아닙니다. 이런 고통에 뒤틀린 쾌감이 있을지도 모르지만, 이들은 알고 보면 상처받는 자신의 패턴을 극복하려고 처절하게 애쓰고 있는 것입니다. 이들은 반복이 해결로 이어질 거라는 희망을 품고 있는 것입니다.

생각해보면 그렇게 이상한 생각도 아닙니다. 세계 정상의 수영선수가 되고 싶다면 수영장에서 숱한 시간을 보내야 합니다. 19세기 영문학의 전문가가 되고자 한다면 찰스 디킨스며 토마스 하디, 조지 엘리엇, 제인 오스틴을 수도 없이 읽어야 할 것입니다. 차세대 요요마가 되고 싶다면 첼로 연습을 게을리 해서는 안 됩니다. 법의학자가 되는 게 꿈이라면 과학 서적을 줄기차게 읽어야 합니다. 마찬가지로 연애를 더 잘하려면 한 수 배울 때까지 고통스런 연애의 딜레마에 여러 번 빠져볼 필요가 있습니다.

우리는 어떤 식으로든 상처를 입습니다. 상처의 깊이는 저마다 다르지만 고통을 완전히 피해간 인간의 마음은 어디에도 없습니다. 우리의 상처는 우리의 인성을 빚어냅니다. 우리가 어떤 사람인가 하는 것은 우리가 어떻게 상처 입었는지와 깊은 관련이 있지요. 괴팍스러운 고통의 패턴은 괴팍한 삶으로 이어집니다. 반복 강박이 가슴이 아픈 것은 고통의 초월을 목표로 했지만 결국 더 많은 고통을 떠안게 된다는 점입니다. 마음 깊은 어딘가에서 이번에는 뭔가 다를 거라고, 우리에게 상처를 줬던 예전의 관계 패턴에서 '이번만큼은' 무사히 빠져나올 수 있을 거라고 생각하기 때문에 우리는 반복하는 것입니다. 몹시 고통스러운 시나리오를 반복하면 우리를 짓누르는 과거를 정복할 수 있을 거라고 믿습니다. 때문에 남자친구의 목록에서 여러분이 27번째쯤 되는 일이 잦을 경우, 여러분은 '내가 좀 부족한 사람이 아닌가' 하는 뿌리 깊은 사고에 빠져들 가능성이 높습니다.

반복은 미해결된 문제를 헤쳐나가려는 부단한 노력일 뿐입니다. 연애에서 여러분이 한 실수를 자책하기 전에 그 실수를 통해 무엇을 얻으려고 했는지 스스로에게 물어보세요. 시나리오에 매번 걸려들면서 여러분의 영혼은 무엇을 하고자 했던 걸까요? 여러분은 어떤 상처를 치유하려는 것일까요?

많은 연애지침서는 사랑이 '똑 떨어지고 투명한 것'이어야 한다고 말합니다. 하지만 연애란 본디 우리 무의식을 휘저어

불투명한 색깔로 만들어놓습니다. 사랑은 본래 회색 빛깔일 뿐만 아니라 사랑에 대한 우리의 반응 또한 불투명합니다. 사랑이 불투명할수록 이것을 실패로 생각하지 말고 우리 관계를 초치는 악마에게 한 발짝 더 가까워졌다는 사실을 그냥 인정하세요.

반복 강박에 관해 우리가 저지를 수 있는 최대의 실수는 그 힘을 부정하는 것입니다. 과거와는 다른 사랑을 할 수 있을 것처럼 이성적으로 구는 것이야말로 가장 큰 실수입니다. 어떤 관계든 반복이 우리를 제압하게 되는 때가 온다는 걸 인정한다면 훨씬 더 도움이 됩니다.

잠자는 과거의 유령을 깨우지 않고는 친밀한 관계에 도달할 수 없다는 걸 이해해야 합니다. 또한 이 유령들은 억누르면 억누를수록 더욱더 배고파합니다. 연애가 발전하면 묻어두었던 애환과 슬픔, 갈망과 분노가 자기를 봐달라며 별안간 수면 위로 떠오릅니다. 앞에서 언급했던 멜랑콜리아도 함께 말이죠. 새로운 사랑의 하모니가 한동안은 이런 감정을 물리쳐주겠지만 이 감정들은 언젠가는 고개를 내밀게 됩니다. 그럼 우리는 선택해야 합니다. 모종의 협상을 시도하면서 유령에 용감히 맞서는 방법과 이런 감정을 일깨우는 연애에서 도망치는 방법이 있습니다. 애매모호한 관계를 원하는 사람이라면 아마도 후자를 택할 것입니다. 하지만 이것이 늘 올바른 선택은 아닙니다.

나는 상처 주는 연애에서는 발을 빼라고 주장하는 편입니다. 그러나 반복 강박에 관해서라면 조금 참아보라고 합니다. 자신과 연인에게 좀 너그러워질 것을 권하죠. 위기와 장애물이 없는 관계란 없습니다. 우리는 다들 자신을 괴롭히는 문제를 가지고 있습니다. 또 우리 무의식은 이런 문제를 촉발하는 남자를 고르는 데 선수입니다. 한 남자를 내 삶 속으로 받아들인다는 것은 그의 문제들까지 같이 초대하는 것입니다. 오늘의 그를 있게 한 그의 개인적 역사까지 초대하는 것이죠. 우리는 그의 과거의 유령들을 지금의 연애 한복판으로 불러냅니다. 이런 일은 언제나 위험을 동반하죠. 두 사람의 문제가 충돌하면 그 결과는 대단히 파괴적일 수도 있습니다.

두 남녀가 서로의 굶주린 유령을 자극하면 관계는 금세 진흙탕이 되게 마련입니다. 그럴 때는 상대방이 의도적으로 내 상처를 건드린 게 아니란 점을 기억할 필요가 있습니다. 여러분도 실수로 어떤 말이나 행동을 했다가 상대방을 화나게 한 적이 있을 것입니다. 상대방도 여러분에게 상처를 주기 위해서 그런 말이나 행동을 한 게 아닙니다. 오래가는 관계 중에 이런 문제를 겪지 않은 경우는 없습니다. 오래도록 함께하는 커플은 문제를 헤쳐나갈 방법을 찾거나 비참한 상황을 감수하거나 둘 중 하나입니다. 그렇지 않은 사람들은 시행착오를 겪으며 통제할 수 없는 상황을 제압하려 애씁니다. 우리가 누군가와 연애를 끝낸다면 그것은 반복 강박에서 벗어날 방법을 찾지 못했기 때문입니다. 고통의 패턴을 깰 수 없어 이별을 대신 선택한 것입니다.

4

반복 강박을 극복하기 어려운 것은 반복과 감정의 폭력을 잘 구분할 수 없기 때문입니다. 내가 고통받는 이유가 굶주린 과거의 유령들 때문인지 아니면 그저 남자친구가 나쁜 놈이기 때문인지 분간이 안 될 때가 있습니다.

내 친구 어맨다와 그녀의 남자친구 크리스를 한번 볼까요. 크리스는 재미있고 낭만적인 남자입니다. 그는 여러 가지 면에서 어맨다가 만난 최고의 파트너였습니다. 하지만 그는 고압적인 구석도 있죠. 그는 저녁식사 후에 후추통을 싱크대에 올려놓는다든지 하는 아주 사소한 일에 대해 어맨다를 닦아세웠습니다. 영화 〈적과의 동침〉에서 줄리아 로버츠의 남편처럼 말이죠. 크리스는 어맨다를 때리지는 않았지만 매일같이 그녀를 울렸습니다. 그럴 때면 크리스는 사과하거나 위로하는 대신 애써 참는 목소리로 어맨다에게 과민하게 반응하지 말라고 했습니다. 어맨다가 저 혼자 지어낸 비참한 상황 속에서 허우적거린 다며 문제의 책임을 그녀에게 들씌웠습니다. 어맨다는 이런 말 때문에 더 속이 상했습니다.

자신을 방어하지 못한 낮은 자존감은 어맨다의 문제일 수 있습니다. 하지만 크리스도 분명 문제가 많습니다. 그런데도 그는 자꾸만 책임을 어맨다에게 전가했습니다. 그는 왜 그다지도 억압적이고 비판적일까요? 왜 후추통이 싱크대에 놓여 있으면 그렇게 불편할까요? 왜 그는 어맨다의 상처받을 권리를 부정할까요? 그는 어맨다가 감정을 표현하려고 하면 애초에 그런 감정을 느끼는 것이 잘못된 일인 것처럼 표현조차 못하게 합니다. 이런 반응 뒤에 숨은 메시지는 이것입니다. '네가 그렇게까지 의존적이지 않고, 네가 그렇게 히스테리를 부리지 않는다면 스트레스를 받을 이유도 없잖아.' 그들 사이에 긴장을 조성하는 것은 그의 행동인데도 크리스는 어떻게든 그녀의 잘못으로 만들어버립니다.

잘못을 떠넘기는 것은 감정 조종 기술입니다. 남녀 모두가 감정을 조종할 수 있지만 여성이 그 대상이 되는 경우가 많은 데는 문화적인 이유가 있습니다. 여자는 부드럽고 여성스러워야 한다고 배우기 때문에 여자에게 책임을 전가하려는 남자를 당해내기 어렵습니다. 이런 전략을 택하는 남자는 자신이 학대를 하더라도 여자가 기분이 나쁜 건 모두 여자 탓이라고 우기려 합니다. 여자가 상처받았다고 느낀다면 그건 너무 과민하거나 감정적이기 때문이라고 합니다. 차근차근 대화를 나눠보자고 하면 여러분은 너무 분석적인 여자가 되고, 남자에게 여러분을 대하는 태도를 바꾸라고 하면 요구가 많은 여자가 됩니다. 이것은 남자가 자신의 행동에 대한 책임을 회피하는 편리한 방법입니다. 모든 감정적 책임을 면하는 방법이죠. 이런 논리에 의하면 여러분이 아파하는 건 모두 여러분 탓이고, 그의 말이나 행동에 안 좋은 반응을 보여도 모두 여러분 탓입니다. 안 그런가요?

처음에 교제할 때 크리스는 매력적이고 주의 깊은 남자였습니다. 그는 사소하지만 로맨틱한 제스처로 어맨다를 황홀하게 만들었습니다. 그가 잔인하게 행동하기 시작한 것은 어맨다가 그에게 깊이 빠져들고나서도 한참 뒤의 일이었습니다. 후추통이 문제가 됐을 때 어맨다는 그에게 깊이 빠져서 거리를 두기 어려운 시점이었습니다. 비슷한 상황의 많은 여자들이 그러하듯 어맨다는 크리스와 있을 때는 언제나 조심스러웠습니다. 그의 주의를 끌지 않으려고 고양이처럼 살금살금 걸어다녔습니다. 그래야 비난받을 일도 없을 거라고 생각한 거죠. 그녀는 이 세상에 공간을 차지하고 있다는 사실 그 자체만으로도 미안해지는 꼴이 되고 말았습니다. 그리고 자신이 정말로 의존적이고 히스테리를 부린다고, 가장 기본적인 친절을 바라는 자신에게 문제가 있다고 믿기 시작했습니다.

이 정도의 불안감이라면 아무리 강인한 여자라도 견디기 어려울 것입니다. 그것은 자존감을 짓밟고 나 스스로에게 의구심을 품게 합니다. 남자가 끊임없이 나를 지적하면서도 너는 속상해할 권리가 없다고 말한다면 그와의 관계는 오래가지 못할 것입니다. 그러므로 고통스러운 관계 패턴을 깨보겠다고 한다면 남자도 여러분만큼 노력할 의지가 있는지 먼저 판단해봐야 합니다.

자기 몫을 책임지지 않으려는 남자라면, 그와 함께 반복 강박을 극복하는 데 에너지를 소모할 필요는 없습니다. 어떤 남자들은 노력할 가치가 있지만 그렇지 않은 남자도 있습니다. 남자가 감정 문제에서 깡패나 다름없다면 여러분은 그의 기분이 어떤지 줄곧 살피게 될 것입니다. 하지만 그가 구식 연애의 패턴을 해결하는 데 기꺼이 참여하는 다정하고 배짱 있는 남자라면 여러분은 운이 좋은 여자입니다. 정말로 좋은 기회의 문턱에 서 있는 셈이니까요.

애정이 넘치는 관계 속에서 과거의 유령에 맞설 수 있다는 것은 인생을 재창조할 수도 있는 값진 기회가 됩니다. 때로 불투명함은 우리의 깊은 무의식까지 내려갈 수 있게 해줍니다. 과거가 여러분의 현재를 어떻게 좌지우지하는지를 똑똑히 살펴보게 하죠.

예를 들어 연인이 혼자만의 시간을 갖고 싶어하는 걸 견디지 못하는 건 왜일까요? 그가 자신만의 시간을 원하는 것이 어째서 여러분에게는 위협이 될까요? 이에 대한 해답을 찾을 수 있다면 여러분은 앞으로 자신의 반응을 조절할 수 있습니다. 그리고 여러분의 대답을 효과적으로 전달할 방법을 찾는다면 그는 행동을 바꿔 여러분의 두려움을 다독여줄 수도 있습니다. 그는 '혼자만의 시간이 필요한 것은 당신 때문이 아니라고' 여러분을 안심시켜줄 수도 있습니다. 그건 당신과 거리를 두고 싶어서가 아니라 당신을 더 잘 사랑하기 위해서라고 말할지도 모릅니다. 상대를 더 사랑하기 위해 고독을 필요로 하는 사람도 있으니까요. 이런 이들은 여러분과 더 즐거운 시간을 보내기 위해 혼자 지내는 시간이 필요한 것입니다. 이런 것은 일부러 묻지 않는다면 알기가 힘듭니다. 반복 강박은 그렇게 하라고 여러분을 부추기는 장치입니다. 더 친밀한 관계속으로 여러분을 떠미는 것이죠.

한 사람의 역사가 다른 이의 역사와 만날 때에는 두려움과 떨림이 생기게 마련입니다. 정서가 재편되지요. 하지만 그것은 생산적인 재편이 될 수 있습니다. 관계에서 고통스러운 패턴이 재현되는 순간이 곧 성장의 중요한 계기가 될 수 있기 때문에요. 물론 이런 순간들은 지진처럼 막대한 변화를 불러일으키지요. 이런 경험은 여러분이 그토록 조심스럽게 지어놓은 작은 집을 허물어뜨릴지도 모릅니다. 공들여 빚어놓은 내 정체성이라는 건물에 금이 갈 수도 있고요. 그러나 이런 혼란이 유익한 결과를 가져오기도 합니다. 고집스러워 타성에 젖어버린 여러분의 내면을 다시 일깨울 수 있습니다. 봄맞이 대청소를 해야만 다락에 쟁여놓은 고물을 처분할 수 있듯이 나란 존재에서 불필요한 부분을 청산할 수도 있습니다. 인생의 오랜 습관을 뒤흔들어놓기 때문에 여러분을 한 단계 높은 성숙과 자아 성찰로 이끌 수 있습니다.

관계의 어려움은 우리 존재에 고집스럽게 남아 있는 모난 점을 개선해나가게 만듭니다. 이 모난 부분을 개선하기만 한다면 새로운 나는 새로운 에너지의 원천에 도달할 수 있을 것입니다. 이전에는 상상할 수조차 없었던 사랑과 삶의 모습을 발견하게 될 것입니다. 어쩌면 마침내 로마에 도달할 수 있을지도 모르고요.

여러분의 오랜 패턴을 일깨울 수 있는 연인을 한 번도 만나지 못한다면 이런 패턴에서 빠져나올 기회를 갖지 못하게 됩니다. 갈등의 소지가 있는 남자는 결코 만나지 말라는 조언을 들었다면 이 점을 기억해야 할 것입니다. 우리는 '힘든' 남자는 문젯거리라는 말을 듣곤 합니다. 하지만 이 말은 그런 남자가 학대하는 유형일 때만 맞는 말입니다. 제정신이 아닌 남자나 충동적으로 바람피우는 남자나 한 여자에 안주할 수 없는 남자를 만나라는 얘기가 아닙니다. 하지만 옛사랑에 가슴 아파하는 남자나 문제가 뭔지 생각해볼 시간이 필요하다는 남자라면 나쁠 게 하나도 없습니다. 우리도 살면서 이런 경험 다들 있지 않은가요? 나는 무결점의 인간이라고, 나는 연애하면서 혼란스러운 적이 한 번도 없었다고 주장할 수 있는 사람이 우리 가운데 몇이나 될까요?

그렇다면 상대의 감정이 혼란스러울 때 조금 관대하지 못할 이유가 뭔가요? 여러분을 가장 힘들게 하는 남자가 여러분이 가장 공들일 가치가 있는 연인일 수도 있는데 말이죠.

파괴적 패턴에서 완전히 벗어날 수는 없다는 사실을 깨달아야 합니다. 그것은 불완전한(그리고 지속적인) 과정일 수밖에 없습니다. 우리는 뒤로 미끄러질 때도 있습니다. 그래도 괜찮습니다. 우리의 목적은 무의식을 정복하는 데 있지 않습니다. 오히려 중요한 것은 무의식이 우리 행동의 동기가 된다는 걸 더 잘 인식하는 데 있습니다. 무의식이 연애에서 어떤 역할을 하는지 파악하는 게 중요합니다.

그렇게 되면 우리의 말과 행동이 다른 이들의 삶에 미치는 영향에 좀 더 책임을 지게 됩니다. 우리는 어른이기에 다른 이들의 반응을 예견할 수 있습니다. 내가 연인에게 거짓말을 하거나 바람을 피우거나 이유 없이 비난한다면 그가 상처를 받으리란 걸 알고 있습니다. 모른 척한다면 그건 정직하지 못한 태도입니다. 그가 보일 반응을 잘못 넘겨짚는 경우도 있습니다. 우리는 때때로 실수할 때가 있어 의도하지 않게 사랑하는 사람들에게 상처를 줄 때가 있습니다. 하지만 우리의 행동이 어떤 결과를 가져올지 몰랐던 척하는 것은 책임을 면하기 위한 핑계에 불과합니다.

자신의 반복 강박에 대해 더 많이 알수록, 우리는 우리가 상대에게 상처를 주고 있다는 사실을 인식하기가 더 쉬워집니다. 반면에, 반복 강박에 휘둘릴 때 우리는 방어적으로 행동하게 됩니다. 정서적으로 경직된 상태가 되죠. 우리는 생각 없이 자동적으로 반응하게 됩니다. 자신의 패턴에 주의를 기울이기 시작하면 우리는 상황을 개선할 힘을 얻게 됩니다. 사랑하는 이들과 상호작용하던 과거의 방식은 여러 방식들 가운데 하나일 뿐이란 점을 인식하게 됩니다. 그 결과 우리는 더 유연하게 대응할 수 있습니다. 인간관계의 밑그림을 다시 그릴 수도 있습니다.

'복잡한' 관계가 우리에게 더 좋을 수 있는 것도 바로 그 때문입니다. 연인의 마음이 열려 있고 그가 여러분을 아낀다면, 우리 마음속 유령을 불러낸다는 이유만으로 그에게서 달아나는 것은 큰 실수입니다. 파티가 있는 날 믿을 수 있는 친구를 운전자로 지정하듯, 그는 이유가 있어서 이런 일을 맡도록 선택된 것입니다. 그는 우리에게 감사받아 마땅한 사람입니다. 운이 좋다면 바로 그가 우리를 행복한 미래로 초대할 사람일 테니까요.

Lies

거짓　　사랑의 실패란 우리를
행복하게 만들어야 하는 사랑이
자신의 임무를 저버린 것이다.

Truth

진실　　실패한 사랑이 때로는
가장 의미 있는 사랑일 때도 있다.

10강

사랑의 실패가
인생의 실패는 아니다

1

사랑은 평범함 속에서 특별함을 찬미합니다. 하지만 사랑이 평생의 행복으로 이어지는 것은 아닙니다. 사실 사랑의 결과가 행복인 경우는 별로 없습니다. 오래도록 행복한 관계도 분명 존재하지만 이런 행복한 결합에 도달할 만큼 운이 좋았던 사람들은 초반에 고통스러운 사랑을 경험한 경우가 많습니다. 이들은 일곱 번째 연애에서 비로소 행복한 관계에 이르렀는지도 모릅니다. 또한 지금은 행복하지만 시간이 흐르면서 불행해질 수도 있습니다.

결혼한 미국인의 절반은 이혼에 이르며 결혼 이외의 관계까지 포함하면 훨씬 더 많은 수가 결별의 단계에 이릅니다. 또한 이는 불행한 관계를 참고 지내는 커플들을 뺀 수치입니다. 그러니 사랑은 어쩌면 행복을 얻기에는 가장 효과가 떨어지는 방법인지도 모르겠습니다. 사랑이란 그 무엇보다 우리를 행복하게 만들지만 사랑을 시작하면 불행해질지도 모른다는 위험을 감수해야 합니다. 그것이 사랑의 딜레마입니다. 윤리를 공부하는 학자들은 임마누엘 칸트가 18세기에 도입한 두 가지 시나리오에 대해 이야기합니다. 첫 번째 시나리오에서는 한 남자가 거짓 증언을 해서 무고한 사람을 사형에 처하게 만들든지, 아니면 자신이 교수형을 받든지 해야 합니다. 칸트는 교수형을 받는 편이 윤리적이라고, 무고한 사람을 교수대로 보내는 것은 잘못이라고 말합니다. 두 번째 시나리오의 남자에게는 다른 선택권이 주어집니다. 사랑하는 여자와의 잠자리를 참는 것과 교수형 가운데 하나를 선택해야 하죠. 칸트는 아름다운 여자와의 하룻밤을 위해 삶을 통째로 희생한다면 그는 바보임에 틀림없다고 했습니다.

칸트는 대단한 낭만주의자는 아니었을지 몰라도 그의 말은 분명 일리가 있습니다. 하지만 사랑에 관한 한 우리는, 다음 날 아침 교수형에 처해질 걸 알면서도 여자와의 잠자리를 선택하는 남자처럼 행동하곤 합니다.

마음을 위험에 내맡길 때 우리는 행복해지기보다는 (비유적으로) 교수형에 처해질 가능성이 높습니다. 쓰라린 결별 뒤에 우리는 당분간 사랑은 않겠노라 맹세합니다. 하지만 사랑은 끈질깁니다. 사랑에는 거부하기 힘든 강력한 묘약이 담겨 있습니다. 그리하여 우리는 얼마 안 있어 그 매력에 굴복하게 되죠.

가능한 한 많은 여자와 사랑 없는 잠자리를 함으로써 사랑의 딜레마를 해결하려 했던 남자가 있습니다. 그것도 한 가지 방법일 수 있겠죠. 그런데 정작 일어난 일은 달랐습니다. 이 여자 저 여자를 전전하던 그는 정말로 좋아하는 여자를 만났지만 그가 바람둥이라는 소문을 들은 그녀는 그와의 데이트를 거부했습니다. 그의 전략이 엄청난 역효과를 가져왔던 것이죠. 그는 다시 한번 비참한 사랑에 빠졌습니다.

남녀 주인공이 모든 역경을 이겨내고 행복하게 오래오래 사는 것으로 동화가 끝나는 데에는 이유가 있습니다. 공주가 개구리에게 키스한 이후에 일어날 일은 분명 재미가 없을 테니까요. 우리는 늘 동화의 결말에 매혹당합니다. 행복을 원하지 않을 수 없는 것처럼 우리는 사랑을 원하지 않을 수 없습니다. 나는 끔찍한 불행을 인생의 목표로 삼고 있는 사람은 만나보지 못했습니다. 결국 그렇게 되는 사람이 있긴 하지만 그것은 그가 의식적으로 추구했던 목표는 아닙니다. 그렇다면 우리 중

많은 수가 사랑에 빠지는 편을 택한다는 건 정말 놀라운 일이
아닐 수 없습니다. 그렇게 지독하게 사랑에 혼이 나고도 몇 번
이고 다시 사랑에 빠진다는 건 더더욱 놀라운 일이고요.

2

그렇다면 우리에게 무슨 문제가 있는 걸까요? 우리는 칸트가
말한 그 바보들일까요? 그렇지 않습니다. 우리 내면의 가장 비
밀스러운 곳에서는 사랑이 행복보다 더 지대한 목표라는 걸 잘
알고 있습니다.

내 말을 오해하지는 마세요. 행복이 쟁취할 가치가 없다는
게 아닙니다. 고통과 고난이 고결하다고 믿는 사람도 있지만
나는 그런 사람은 아닙니다. 인간의 복잡미묘한 감정들 가운데
서 행복만이 너무 과대평가되어 있는지도 모르겠다는 얘기죠.
행복은 여러 감정들 가운데 하나일 뿐입니다. 우리가 행복하기
만 하다면 우리는 행복의 가치를 알아볼 능력을 금세 잃어버릴
것입니다. 더 중요한 사실은, 행복만 계속되다 보면 인성이 무
르익는 데 필요한 다른 감성을 빼앗긴다는 점입니다.

복잡다단한 인성을 형성하는 데 다양한 형태와 수준의 감정

들이 필요하다면 행복은 그중에서 가장 덜 유용한 것인지도 모릅니다. 만족감을 느낄 때마다 우리는 그 상태가 계속 이어지기를 원합니다. 조그만 변수라도 생겨서 행복이 무너지는 일은 결코 없기를 바라죠. 하지만 성장에 관심이 있다면 이런 안정적인 상황을 가끔 뒤흔들 필요가 있습니다. 이럴 때 사랑의 실패는 특히나 쓸모가 있습니다. 연애가 잘 안 풀릴 때 우리는 인생을 총체적으로 돌아보게 됩니다. 사랑의 실패가 몰고 오는 정서적 혼란은 우리가 당연시했던 것들을 다시 생각해보게 합니다. 우리 관심 밖에 밀려나 있던 다양한 감정의 영역을 탐사해보게 하죠.

정상적인 조건에서라면 우리에게 가장 중요한 대상에 계속해서 집중하기가 쉽지 않습니다. 마음이 이내 산만해지죠. 우리가 맡은 여러 책임들이 사방에서 몰아칩니다. 우리는 일상의 요구에 파묻혀 마음속 가장 깊은 열정을 보지 못합니다. 우리 삶에 의미를 부여하는 더 큰 목표와 야망을 놓치기도 합니다. 연애의 좌절은 이 모든 것에 종지부를 찍게 합니다. 우리를 마비시켜 일상적인 일들을 계속 하기 어렵게 합니다. 직장이나 다른 개인적인 의무를 게을리할 수도 있습니다. 우리 사회는 이런 상황일수록 가능한 한 빨리 일상으로 복귀하는 게 최선이라고 말합니다. 자기성찰보다 효율에 더 가치를 두기 때문에 사람들이 고통에 젖어 지낼 여유를 주지 않죠. 하지만 열정의 종말을 뜻하는 마비 상태에는 지극히 고귀한 것이 담겨 있을 수 있습니다.

사랑의 실패는 다른 방식으로는 결코 접근할 수 없는 삶의 영역으로 우리를 데려갑니다. 이별의 고통은 우리의 일상을 뒤로 물러나게 하고 우리를 무의식적 충동이 담긴 어두운 지하 창고로 끌고 내려갑니다. 그리고 삶에서 가장 중요한 가치가 무엇인지, 어떻게 그것을 얻을 것인지 생각해보게 합니다. 사랑의 실패는 발걸음을 멈추고 내가 어떻게 나아가기를 원하는지 생각하게 합니다. 뒤로 한 걸음 물러나 인생을 새로이 설계하게 만들죠. 인생 설계를 재조정하도록 촉구하는 것으로 실연만 한 것은 없습니다. 상실로 인한 번민은 우리가 우리의 미래를 만들어나가는 일에 적극 참여하게 만들죠.

3

사랑의 실패를 이런 관점에서 바라본다면 사랑에 대한 생각도 완전히 달라질 겁니다. 사랑의 목표가 행복이라고 믿는 한, 우리는 사랑의 균열과 좌절을 실패로 바라보게 됩니다. 사랑의 실패를 '올바른' 경로에서 이탈하는 것으로 바라보게 되죠. 반대로 사랑의 임무가 우리 운명을 창조해나가는 것이란 걸 받아들이면 불운한 사랑 또한 이 과정의 중요한 일부로 바라볼 수 있습니다.

고통이 우리 존재에 중요성을 더해준다는 사실을 부인할 사람은 거의 없을 것입니다. 살면서 겪은 힘든 일은 우리를 세련되게 만들며 우리를 어둡게 만드는 불순물을 깨끗이 씻어 없애줍니다. 앞에서도 줄곧 강조했듯이 우리는 고유한 개성을 지녔습니다. 나를 나로 만드는 특성들의 조합, 즉 독특한 아우라가 있습니다. 하지만 이 개성은 온갖 종류의 피상적 집착에 의해 억압될 수 있습니다. 우리가 겪고 있는 고통은 이런 여러 층의 중복된 집착을 관통합니다. 고통은 존재의 심장부를 때리며 갇혀 있던 우리의 개성을 해방시킵니다. 이런 의미에서 일이 꼬일 때가 바로 기회의 순간입니다. 변화의 에너지를 반기는 문이 활짝 열리기 때문입니다. 장기적으로는 이런 에너지가 우리의 생에 활력을 부여하기도 합니다.

여러분이 인생의 사소한 골칫거리에 별로 구애받지 않는 낙천적인 사람이라고 칩시다. 여러분은 다른 친구들에 비해 낙담에서 쉽게 빠져나올 수 있습니다. 오랫동안 절망에 사로잡혀 있지 않죠. 그래서 친구들이 고민거리를 얘기할 때 별로 공감하지 못합니다. 뭐가 그리 문제인지 잘 이해하지 못하죠. 그렇다 보니 연인이 가끔씩 찾아오는 우울증 때문에 울적해하거나 사색에 잠기면 잘 이해하지 못합니다.

그러다가 관계는 끝나버리고 맙니다. 이것은 얼마간은 여러분이 상대방의 고통에 제대로 대응하지 못했기 때문입니다. 이번에는 여러분이 고통을 받게 되죠. 그 고통은 엄청나서 여러분은 어찌할 바를 모릅니다. 고통이 여러분의 세상을 통째로 집어삼킵니다. 가는 곳마다 고통과 마주치죠. 여러분은 친구도 만나지 않고 가족에게 걸려온 전화도 받지 않습니다. 슬픔 속에 주저앉아 있을 뿐입니다. 작년 밸런타인데이에 받은 초콜릿을 먹으며 울고 또 울죠. 하루에 열네 시간씩 잠을 자기도 합니다. 자고 있지 않으면 천장만 바라보며 실패한 연애를 되짚어봅니다. 한심하지 않은가요?

아니, 사실은 그렇지 않습니다. 여러분의 영혼은 축축한 암굴에서 서서히 벗어나고 있는 것입니다. 여기까지 오는 데만도 몇 주나 몇 달이 걸릴 수 있습니다. 진정으로 의미가 있는 관계였다면 몇 년이 걸릴 수도 있겠죠. 마침내 거기에서 벗어나기 시작해도 처음에는 깨닫지 못할 수도 있습니다. 갑작스런 이별의 고통이 빗나간 총탄처럼 여러분을 공격했다면 회복의 페이스는 더 느려질 것입니다. 하지만 인생의 모든 일에는 끝이 있게 마련입니다. 어느날 일어나보니 지난 이틀 동안 전 애인에 대해 한 번도 생각하지 않았다는 사실을 문득 깨닫게 됩니다. 다른 누군가에게 어렴풋한 욕망을 느끼고 깜짝 놀랄지도 모릅니다. 두 달 전에 같은 팀에 입사한 남자가 꽤 매력적으로 보일 수도 있습니다. 여러분은 전혀 믿지 못하겠지만 언젠가 인생은 제 속도를 찾게 됩니다.

생활이 회복되면 여러분은 이전과는 다른 삶을 살게 될 가능성이 높습니다. 갈기갈기 찢어졌다가 회복된 영혼의 조각들은 완벽하게 들어맞지 않을 수도 있습니다.

또한 그 조각들을 다시 이어 붙이려면 강력한 접착제가 필요합니다. 이것은 종종 배려와 연민으로 이뤄진 접착제일 것입니다. 친구가 같은 고민을 털어놓으면 이제는 그들의 기분을 이해합니다. 도움이 되는 조언은 못 해줄지 몰라도 진정으로 공감할 수 있습니다. 또 새 연인이 울적해한다 해도 이제는 그리 불안하지 않습니다. 여러분은 그가 혼자 절망에 잠길 수 있도록 내버려둘 여유가 생겼으니까요. 아마 절망을 함께 나누자고 그에게 말을 건넬 수도 있을 것입니다. 이제는 남자의 절망에 어떻게 대응해야 할지 아는 것이죠. 적어도 어쩔 줄 몰라 허둥대거나 겁을 집어먹지는 않을 것입니다. 경험은 여러분을 더 나은 친구이자 연인으로 만들어줍니다. 이별의 고통으로 너덜

너덜해진 영혼은 타인의 불운과 고통에 적절히 대처할 수 있게 해줍니다.

4

이 말이 억지처럼 들린다고요? 그렇지 않습니다. 좋은 친구이자 연인이 되는 것보다 더 소중한 일이 있나요? 풍요롭고 다채로운 영혼보다 더 귀한 것이 있나요? 이런 영혼은 여러분을 더 자신 있는 사람으로 만들어줄 뿐만 아니라 앞으로 다가올 웬만한 역경도 다 이겨낼 수 있게 해줍니다. 실연 후 여러분에게 다가올 연인들과 더 가까워질 수 있게 해줄 것입니다. 옛사랑과 헤어진 고통은 어떤 면에서는 현재의 사랑을 더욱 깊게 만들어줍니다. 반복 강박에서 과거에 발목을 붙들렸던 것과는 달리 이번에는 과거의 유령들이 여러분을 현재의 궤도에서 이탈시키지 않습니다. 오히려 그것들은 여러분과 연인 사이를 더 활력 있게 만듦으로써 여러분의 사랑에 무게를 더할 것입니다.

나는 진심으로 과거에 상처받아본 적 있는 남자가 현재에 더 나은 연인이 된다고 생각합니다. 고통을 아는 남자들은 더 흥미롭고, 더 강렬하며, 더 섬세합니다. 이들은 더 복잡미묘할 수도 있습니다. 상대하기 조금 까다로울 수도 있습니다. 하지만 이런 남자가 좀 더 다정다감할 가능성이 높습니다. 나는 조금은 상처받기 쉬운 남자들에게 끌리는 편입니다. 이런 취약성 덕분에 단순한 남자들에게서는 찾아보기 힘든 정서적, 성적 친밀함이 가능해지기 때문입니다. 물론 상당 부분은 고통의 현재 상태에 좌우됩니다. 과거의 고통이 출구도 없이 마음속에 그득 남아 있다면 상황은 힘들어질 수 있습니다. 꽉 차버린 고통은 사랑의 기반 자체를 뒤흔드는 감정의 대지진을 유발할 수도 있습니다. 하지만 이 고통이 깊은 배려와 연민으로 승화된다면 관계를 돈독하게 만들고 사랑에 매혹적인 질감을 부여할 것입니다.

고통도 마찬가지입니다. 원하는 것이 성숙한 관계라면 고통은 가장 유용한 선생님이 될 것입니다. 지혜로 성장할 수 있는 시공간만 허락된다면 고통은 더욱 포용력 있는 관계를 열어줄 것입니다.

자신을 고통의 가능성에 노출시키지 않고서 사랑에 도달할 방법은 없습니다. 열정을 안전하고 통제 가능한 무언가로 바꿀 방도가 없다는 뜻이지요. 하지만 이것은 결코 안타까운 일이 아닙니다. 오히려 나는 절대적인 안전을 보장받는 사랑이야말로 엄청난 비극이라고 생각합니다. 그렇게 하면 슬픔은 피할 수 있겠지만 가장 심오한 인간의 잠재력을 실현할 기회를 놓치게 됩니다.

사랑의 실패가 인생의 실패는 아닙니다. 빗나간 사랑에 대해 우리는 좀 관대해질 필요가 있어요. 우리는 아름답게 실패할 기회를 스스로에게 허락해야 합니다. 우리는 오래가는 사랑만이 가치 있는 사랑이라고 배워왔습니다. 하지만 우리 삶에 가장 지대한 영향을 미치는 연애는 실패하는 사랑이라 생각합니다. 학대하는 관계를 제외하면 모든 사랑은 반드시 남기는 것이 있습니다. 때로는 가장 큰 실연이 인생의 돌파구가 되기도 합니다.

그런 진실은 대번에 알아채기 어려울지도 모릅니다. 하지만 시간이 지나면서 사랑의 상실은 우리 성격을 깊이 있게 만드는 심리적 안목을 길러줄 것입니다. 예상치 못했던 힘을 발휘하도록 우리를 밀어붙일 수도 있습니다. 사랑에 실수란 없습니다. 스스로 더 진화할 수 있는 새로운 기회만이 있을 뿐입니다. 인생 전체를 생각해볼 때 사랑을 해보고 사랑을 잃어도 보는 것이 사랑을 한 번도 해본 적 없는 것보다는 더 낫습니다.

사랑에 실패하고나면 자신이 너무 경솔했다고 스스로를 꾸짖게 됩니다. 부끄러운 실수만을 보기 쉽죠. 그 남자를 믿다니! 마음을 좀 더 잘 챙겼어야지! 그렇게 쉽게 마음을 다 빼앗기다니! 하지만 이렇게 말한다면 사랑의 목적을 너무 피상적으로 알고 있는 것입니다. 또한 사랑은 본디 움직이는 것이라는 아주 근본적인 사실을 간과하고 있는 것입니다. 남자들은 때때로 머저리처럼 행동하기도 합니다. 하지만 대개 연애사는 상대가 형편없는 사람이어서 끝나는 게 아닙니다. 사랑은 본래 영원히 지속될 수 없는 것이기에 끝나는 것입니다. 사랑은 메시지를 전달한 뒤에 그 메시지를 해독하도록 우리를 남겨둔 채 다음 단계로 이동합니다. 깨져버린 사랑을 처음부터 끝까지 다 실수였다고 말하는 건 사랑의 신비로운 암호를 푸는 데 도움이 되지 않습니다.

우리는 사랑에 데어버리는 이들은 약한 사람들이라고, 강한 사람은 자신을 보호할 줄 안다고 생각합니다. 하지만 그 반대가 맞지 않나 싶습니다. 사랑에 긍정적인 타격을 입는 이들은 강한 사람인 경우가 많습니다. 이들은 상처받을 위험을 기꺼이 감수한 사람들이기 때문입니다. 약한 사람들은 강렬한 사랑을 만나면 움츠러듭니다. 뜨겁게 사랑할수록 상처받을 가능성이 높기 때문입니다. 이들은 사랑에서 안전거리를 유지합니다. 정말로 아픈 실연에서 자신이 헤쳐나올 수 있을지 자신할 수 없기 때문이죠. 때로 이들은 사랑이 뜨거워지거나 어떤 두려운 결과가 뒤따를 것 같은 순간에 연애를 포기하기도 합니다. 이를 '헌신 공포증'이라고 부르죠. 나는 이것을 '비겁함'이라 부릅니다.

사랑은 겁쟁이들을 위한 게 아닙니다. 그저 구경만 하면서 머뭇거리는 사람들을 위한 것도 아닙니다. 태풍의 눈 속으로 자신을 내던지려면 우리는 엄청나게 용감하고 엄청나게 대범해야 합니다. 의중을 알 수 없는 연인의 품에 안기는 위험을 감수하려면, 상처 입은 마음을 추스를 힘이 내게 있다는 걸 믿어야 합니다. 어떤 의미에서 열정은 유연한 사람들을 위한 겁니다. 얼마나 심하게 넘어지든 다시 발을 딛고 일어설 수 있는 이들을 위한 것이죠. 사랑에 한 번 실망했다고 해서 자신이 돌이킬 수 없을 만큼 피폐해지지는 않을 거라는 확신이 있는 사람들을 위한 것입니다. 때로는 거대한 사랑과 그에 따른 거대한 실패가 근근이 맥을 이어가는 사랑보다 더 찬란하다는 걸 알고 있는 이들을 위한 것입니다.

과거에 상처 입었던 이들, 특히 힘든 시절을 보낸 이들은 올바로 사랑하는 법을 배운 적이 없기 때문에 사랑을 할 때 무모한 선택을 한다는 얘기를 자주 듣습니다. 이들의 상처가 상처 주는 연인을 만나게 한다는 것입니다. 어린 시절의 상처가 모욕적인 관계로 이어진다는 것이죠. 물론 이 말이 맞을 때도 있습니다. 반복 강박은 고통스러운 연애 후에 우리를 또다시 비숫한 연애로 데려가는 무시무시한 힘을 가지고 있습니다. 과거의 배고픈 유령들이 우리를 나쁜 상대에게 데려갈 때가 분명 있습니다. 하지만 큰 고통을 견뎌낸 이들은 연애의 위험을 감수할 의지가 있습니다. 이들은 고통을 겪어보지 않은 사람들보다 두려움이 덜하기 때문입니다.

5

나는 과거의 고통을 재평가하기를 요청합니다. 나는 과거가 현재에 영향을 미친다는 점을 부인하지는 않습니다. 상처가 되는 과거는 현재에도 상처가 된다는 사실을 알고 있죠. 어려운 개인사와 싸우는 이들은 황금빛 어린 시절을 보낸 사람들보다 사랑할 때 더 많은 노력이 필요할 수 있습니다. 극복해야 할 구체적인 약점이 있을 수도 있습니다. 이들을 흔들어놓는 특정한 연애 각본이 있을 수도 있습니다. 하지만 희망이 없는 상태를 버틴 이들은 희망을 갖는 법을 압니다. 절망에 빠질 때 터널의 끝에 빛이 있다는 사실을 알고 있습니다. 예전에 이런 터널에 들어가본 적이 있기 때문이죠. 전에도 그 터널에서 나오는 길을 찾은 적이 있으므로 이번에도 그럴 수 있다는 믿음이 있는 것입니다. 이들은 고통을 극복하는 데 무엇이 필요한지 압니다. 그러므로 연습이 덜 된 사람들보다 더욱 성실하게 이를 극복합니다.

상처를 미화하려는 것은 아닙니다. 나는 다만 고통에 대한 우리의 습관적인 이해에 문제를 제기하는 것입니다. 고통스러운 경험을 한 사람은 '불구'가 되어 그렇지 않았던 이들과 달리 편안하게 일상의 리듬에 적응할 수 없다고 보는 견해를 말합니다. 한번 알코올 중독자는 평생 알코올 중독자로 여겨지듯, 정서적으로 상처받은 사람은 그 상처를 완전히 떨쳐버릴 수는 없다는 것입니다. 일면 맞는 말이기도 합니다. 그것은 언제나 여러분 내면의 일부로 남을 것입니다. 하지만 여러분을 더 풍요로운 사람으로 만들어주는 과거의 상처라면 그것과 함께 살아가는 법도 분명 있습니다. 고통을 인생이라는 직물에 짜넣어 풍파를 견뎌내는 더 튼튼한 직물로 만드는 방법이 존재합니다. 이런 관점에서 보면 고통이 반드시 더 많은 고통을 낳는 것은 아닙니다. 오히려 고통은 나를 더 강인하게 만들어 사랑의 도박에 기꺼이 올인하게 합니다. 고통은 다시 회복할 정서적 유연성이 내게 남아 있다는 확신을 줍니다.

고통을 몸으로 체험한 사람들은 고통을 억누르면 더 심해질 뿐이라는 사실을 잘 알고 있습니다. 이들은 다른 감정과 함께 고통이 머무를 자리를 내주어야 한다는 점을 이해하고 있습니다. 그렇게 한다고 해서 이들이 약해지는 것은 아닙니다. 오히려 이들은 고통이 다른 즐거운 감정과 공존하는 것을 허용할 만큼 충분한 마음의 여유가 있습니다.

고통을 반길 줄 모르는 사람들은 고통이 없는 척하거나 기분전환을 통해 고통을 억지로 몰아냅니다. 이들은 고통의 메시지에 귀 기울이기를 거부합니다. 때문에 고통의 교훈을 놓치고 말죠. 이들은 자신의 고통을 견디지 못하기 때문에 종종 상대의 고통도 참지 못합니다. 이들은 고통을 존중하고 기꺼이 고통을 맞아들이려는 태도를 경멸할 것입니다. 이들은 거짓으로 강한 척하면서 고통을 죽이는 것보다 고통을 직시하는 것이 몇천 배는 더 어렵다는 사실을 깨닫지 못합니다. 엄청난 고통을 느낄 수 있는 사람은 거대한 기쁨도 느낄 수 있다는 사실을 온전히 이해하지 못합니다. 평범함이 특별함을 대체할 수 없듯이 고통을 느낀다고 해서 기쁨을 느낄 수 없는 것은 아닙니다. 고통은 기쁨의 수많은 전제조건 가운데 하나이기 때문입니다.

우리는 고통에 지배받지 않고도 고통을 느낄 수 있습니다. 고통에 산산이 부서지지 않고도 고통을 받아들일 수 있습니다. 고통에 빚지지 않고도 고통을 존중할 수 있습니다. 진정한 감성을 지닌 사람이라면 이 점을 이해할 것입니다. 이들은 인생의 어두운 면을 두려워하지 않습니다. 열정도 마찬가지입니다.

열정은 건강하고 균형 잡힌 인생으로 이어지지 않습니다. 여러분을 정상 궤도에서 이탈시키고 얼마간 광적으로 만드는 게 열정이죠. 열정은 깊은 관계로 발전할까 두려워 관계의 가장자리만 밟다가 마지막 순간에 발뺌하는 사람들을 별로 좋아하지 않습니다. 안정을 보장받기 위해 '이만 하면 됐다' 하는 선에서 결혼에 골인하는 이들을 열정은 별로 높게 평가하지 않습니다. 진정한 열정은 사랑이란 거대한 판돈이 걸린 도박이라는 걸 받아들입니다. 위대한 사랑의 반대는 무관심이 아니라 고통이라는 걸 알고 있죠.

사랑은 불행을 목표로 하지는 않습니다. 하지만 행복을 목표로 하지도 않습니다. 실패는 사랑의 반대가 아닙니다. 동전의 이면일 뿐이죠. 동전을 던질 때 우리는 앞면이 나올지 뒷면이 나올지 전혀 예측할 수 없습니다. 더 끔찍한 건 누군가 뒷면만 있는 가짜 동전을 무더기로 시장에 풀어놨다는 사실이죠. 이런 동전을 만나면 우리의 승률은 제로입니다. 언제나 동전의 뒷면만 나올 테니까요. 그것이 가짜 동전인지 미리 알 수 있는 방법은 없습니다. 동전은 너무나 정밀하게 위조돼서 꼭 진짜처럼 보이니까요. 가짜 동전과 진짜 동전을 구별할 수 있는 유일한 방법은 동전을 하늘 높이 던져보는 것뿐입니다. 두 동전 모두

뒷면이 나올 수도 있지만, 진짜배기는 실패라 하더라도 인생을
풍요롭게 만듭니다.

　더 성공적인 사랑도 있고 덜 성공적인 사랑도 있지만 인생을
진정으로 바꾸는 사랑이라면 그것은 결코 가짜일 수 없습니다.
그런 사랑은 잃고 난 뒤에도 길이 광채가 남습니다.

Lies

거짓   잃어버린 사랑에 슬퍼하면
우리는 나약해진다.

Truth

진실   애도는 새로운 인생에
다가갈 수 있게 하므로 길게 봤을 때
우리를 강하게 만든다.

잘 떠나보내야
잘 살 수 있다

1

우리는 과거에 비해 경제적으로 풍요로운 문화 속에서 삽니다. 이 풍요로움으로 인해 뭐든 쉽게 대체할 수 있다는 사실을 일찍부터 배우게 되죠. 어제 산 치약이 맘에 안 들면 다음 날 더 좋은 치약을 사면 됩니다.

사랑에 관한 한 우리 문화에 있어서 가장 큰 문제는, 모든 관계를 모두 평등하게 대하라고 부추긴다는 점입니다. 지금의 남자친구가 불량품이라고 생각하나요? 그에게 아직 미해결된 문제가 있을지 모른다고 생각하나요? 그렇다면 시간 낭비 말고 그와 당장 헤어지세요. 더 나은 남자를 찾으세요! 여러분은 최고를 누려 마땅한 사람이니까요! 여러분은 자신의 감정을 분명하고 단호하게 표현할 수 있는 남자를 만나야 마땅합니다. 헷갈리는 신호는 사절! 나는 연애에 관한 온갖 의구심에 시달린다 해도 내 남자만큼은 이런 문제에서 자유로운 사람이어야 한다고요.

하지만 사람은 쉽게 대체할 수 없습니다. 인터넷 시대를 사는 우리는 사람이 대체 가능하다고 믿게 됩니다. 매치닷컴 match.com 과 같은 데이트 웹사이트는 마치 연애판 치약 코너 같습니다. 우리는 며칠이고 이런 웹사이트에서 남자를 쇼핑할 수 있죠. 사진과 개인 프로필을 훑어보는 과정은 어떤 치약을 써야 치아 미백에 더 좋을까를 고민하는 것과 별반 다르지 않습니다.

이런 사이트를 통해서 멋진 상대를 만난 이들도 있습니다. 하지만 이런 사이트들은 사랑을 상품으로 취급하는 문화에 기여할 뿐입니다. 자동차를 살 때 테스트 드라이브를 거치듯이 이곳에서는 아무런 부담 없이 여러 사람과 첫 데이트를 즐길 수 있습니다. 게다가 여러분이 가지고 있는 구형 모델이 조금이라도 나빠 보이면 얼른 신모델로 교체하라고 유혹하기도 합니다.

하지만 진정한 상실을 경험해본 사람이라면 옛 연인이라도 대체가 불가능하다는 사실을 알게 될 것입니다. 물론 시간이 지나면 사랑할 다른 사람을 찾을 수도 있습니다. 심지어 더 매력적인 사람을 만날 수도 있죠. 사랑의 실패는 더 만족스러운 관계로 이어지는 경우가 많기 때문입니다. 우리 중 많은 이들은 상실의 고통 따위 없는 게 더 낫다는 결론에 이릅니다. 하지만 그 결론이 상실의 구제 불가능성을 바꾸지는 못합니다. 어떤 연인은 그 가치를 계산할 수 없을 만큼 우리에게 깊은 영향을 미칩니다. 이런 사람을 잃었을 때 우리는 어디서도 똑같은 남자를 찾을 수가 없습니다. 그는 적수가 없고 복제가 불가능한 사람이죠.

세상에 유일해 보이는 사람을 포기하는 것보다 더 괴로운 일은 없습니다. 그러므로 잃어버린 사랑을 애도하기란 어려운 일임을 받아들이는 게 좋습니다. 내 인생과 연인의 인생은 너무도 꼭 맞물려 있어 큰 상처 없이 그에게서 나를 분리해낼 수 없습니다. 우리는 오랫동안 피를 흘릴 것입니다. 상당한 흉터도 남을 것입니다. 애도가 완전히 끝나지 않은 것처럼 느껴질 때도 있을지도 몰라요. 잃어버린 연인의 기억은 끈질기게 남아 있습니다.

우리는 최선을 다해 그 기억을 지우려 할 것입니다. 그를 잊으려고 일에 파묻혀 살 수도 있습니다. 다른 도시로, 심지어는 다른 나라로 이주할 수도 있습니다. 이제는 진심으로 내 인생을 살 수 있을 것처럼 느껴질 때도 있지만, 어느 날 친숙한 음악을 듣게 됩니다. 여름 폭우 뒤에 시골길의 냄새가 어땠는지 불현듯 떠오르면서 추억이 물밀듯이 밀려들죠. 과거에서 도망치는 데 온 힘을 쏟아부었다 해도 과거는 우리의 방어 태세가 느슨해졌을 때 우리를 덮치는 재주가 있습니다.

2

열렬히 사랑했던 사람들의 유산은 오래도록 남습니다. 우리의 내면에 그들의 자취가 영원히 남을 것입니다. 그리고 미래의 방향은 어떤 형태로든 그것의 영향을 받습니다. 떠나간 연인은 더 이상 현실이 아니어도 우리 인생에서 차지하는 역할이 있습니다. 이런 의미에서 상실은 언제나 관계의 종말을 의미하지는 않습니다. 그것은 또 다른 만남의 시작이 될 수 있습니다. 이별 후에도 지속되는, 떠나간 연인의 의미를 인정하는 만남 말입니다.

잃어버린 연인과의 이런 동맹은 새로운 연인과 맺는 유대만큼이나 인생에서 큰 비중을 차지하는 것처럼 느껴집니다. 물론 우리가 이 존재를 늘 강렬하게 느끼는 것은 아닙니다. 달라진 삶의 여러 바쁜 일과에 파묻힌 나머지 그것은 뒷배경으로 밀려날 수도 있습니다. 하지만 우리 존재의 어딘가에는 그것이 아직 남아 있습니다. 우리가 누렸던 향수 어린 삶의 자취는 새로운 삶이 시작될 때도 남아 있거든요. 새 삶이 우리를 완전히 흡수하지 못할 때에도 우리는 지나간 삶을 되짚어봅니다. 이런 순간들이면 우리는 일어났을 수도 있는, 일어났어야 했던, 일어났었는지도 모를 일에 사로잡히죠. 우리는 오래전에 극복했다고 믿었던, 가슴을 때리는 회한에 젖습니다.

애도는 이런 통증을 받아들입니다. 뜨거운 열정이 남긴 유산이 우리 삶에 진정한 기여를 할 수 있다는 걸 압니다. 애도는 잃어버린 사랑의 흔적을 미래로 가져가라고 우리를 독려합니다. 구체적인 예를 들어볼까요. 나는 재능있는 작가였던 한 남자를 사귄 적이 있습니다. 그는 나보다 훨씬 어렸습니다. 내가 책상머리에 앉아 글과 씨름할 때 그는 앉은 자리에서 스무 쪽씩 써내려가곤 했습니다. 신기했습니다. 하지만 내 자신이 짜증스럽기도 했습니다. 생각을 글로 써낼 수 없다면 내가 한 경험이 다 무슨 소용이란 말인가요? 그를 만나는 동안에는 내게 별 다른 변화가 없었습니다. 하지만 그와 헤어지고 난 후 나는 어떤 변화를 감지했습니다. 글을 쓰려고 앉았을 때 나는 실제로 글을 써내려갈 수 있었습니다. 하루에 스무 쪽은 아니어도 다섯 쪽은 너끈히 썼습니다. 이별은 10년도 더 된 일이건만 그 뒤로 나는 펜을 놓아본 적이 없습니다. 어떻게 된 일인지는 모르겠습니다. 하지만 글쓰기에 대한 그의 진중한 태도를 내가 어떻게든 이어받았다는 점은 알고 있습니다. 나는 이런 선물을 준 그에게 감사하고 싶었습니다. 그것은 대단한 선물이었으니까요. 그는 떠나갔지만 가장 매력적이었던 그의 자질 하나는 내게 남았지요.

물론 이별 후에 헤어진 연인에게서 '딸려오는' 자질이란 대개는 이렇게 실질적인 것은 아닙니다. 그것은 애도의 과정에서 이미 심리의 일부가 돼버리는 경우가 많습니다. 이런 느낌은 우리를 과거와 연결해주지만 장래에 우리 자신이 거듭나는 데에도 도움을 줍니다. 우리의 세계를 넓혀주죠. 정신세계의 레퍼토리에 새로운 속성을 부여합니다. 내면의 드라마에 새로운 인물을 등장시키려면 극본을 완전히 뒤집어야 하기에 이런 느낌은 우리를 더 다면적이고 유연하게 만듭니다. 이런 관점에서 보면 우리의 인성이란 상실을 거듭 겪으면서 축적한 인물들의 보고寶庫라 할 수 있습니다. 우리의 인성은 상실의 역사를 반영하고 있습니다. 지금 내가 어떤 사람인지는 우리가 포기한 사람들이 어떤 사람들이었는지에 의해 결정됩니다. 더 많이 잃었을수록 우리의 정체성은 더 알차지죠. 상실을 경험해보지 않은 마음이란 온전히 무르익은 마음이 아니라고까지 감히 말할 수 있습니다.

그렇다면 우리가 떠나간 이들의 부정적인 특성을 내면화했을 수도 있지 않을까요? 안타깝지만 그렇습니다. 사랑했던 이들의 가장 나쁜 특성을 물려받게 될 위험은 언제나 있습니다. 애초에 내 삶에 어떤 사람을 들일 때 안목이 있어야 하는 것도 그 때문입니다. 그렇긴 해도 부정적인 특성보다 긍정적인 특성을 흡수할 가능성이 더 큽니다. 대개 부정적인 특성은 의식적으로 물리치려고 애쓰기 때문입니다. 가령 여러분의 전 남친이 편견이 심한 사람이었다고 합시다. 그리고 두 사람이 헤어진 이유도 그 때문이었다고 합시다. 헤어진 후에 여러분은 남친이 싫어했던 것들을 다시 떠올려볼 가능성이 높습니다. 하지만 그의 그런 점을 짜증스럽게 생각했기 때문에 그가 보여준 편견을 여러분이 내면화할 가능성은 적습니다. 오히려 그 점 때문에 너무 화가 난 나머지 정반대의 사람이 되기 위해 애쓸 수도 있죠.

'부정적인' 자질을 물려받게 된다면 여러분을 거슬리게 하는 면보다는 약점을 물려받을 가능성이 훨씬 더 높습니다. 여기서 '약점'이란 트라우마나 우울한 성향 같은 것입니다. 하지만 이런 것은 상대방과 나눈 시간이 아주 길었을 때에나 진짜 위험할 수 있습니다. 이런 경우 헤어진 연인과의 관계는 가족 관계와 비슷하겠습니다. 이론가들이 '트라우마의 세습'이라 부르는 이것의 영향을 받기 쉽습니다. 우리가 알지 못하는 사이에 부모와 조부모의 트라우마를 떠안을 수 있다는 것이죠. 오랜 시간을 함께 보낸 부모로부터 우리가 고통의 청사진을 물려받을 가능성이 높다는 것입니다. 우리는 우울증이나 중독 성향을 물려받기 쉬우며, 부모는 조부모에게서 이를 물려받았을 수도 있습니다.

내 친구 줄리는 흥미로운 예가 될 만합니다. 줄리는 독특한 만성 허리 통증을 앓고 있는데 그 패턴이 어머니의 허리 통증과 똑같습니다. 줄리는 그 통증이 대체로는 심인성 질환이라는 걸 잘 알고 있습니다. 그러므로 그녀가 어머니에게서 허리 통증을 물려받았다면 그녀에게서 통증을 유발했던 심리 문제는 어머니의 통증도 유발할 가능성이 높습니다.

3

사랑하는 사람들이 우리에게 그토록 커다란 영향을 미치는 이유는 우리의 정신이 본래 구멍이 숭숭 뚫린 투과성을 지닌 것이기 때문입니다. 우리라는 존재는 세상을 향해 열려 있는데 어디가 안이고 어디가 밖인지, 무엇이 정신적인 것이고 무엇이 사회적인 것인지 구별하기가 힘듭니다. 이런 개방성은 우리에게 생기를 부여합니다. 그 개방성은 세상의 에너지가 우리 존재 안으로 침투해 들어올 수 있게 해주죠. 그러나 그것은 또한 우리를 위험한 영향력에 무방비로 노출시키기도 합니다.

이런 영향력은 사람이 아닌 경우도 있습니다. 대도시의 소음과 북적거림도 신경을 건드릴 수 있습니다. 겨울의 혹한은 신체를 긴장시킬 수 있습니다. 이 모든 경험은 우리 통제 밖에 있죠. 이런 경험들은 적대적 공격처럼 아주 심한 자극으로 느껴질 때도 있습니다. 그래서 돈을 좀 가진 사람들은 어디론가 피신을 하기도 하죠. 이들은 조용한 전원생활을 찾거나 해외로 여행을 가거나 방음이 잘되는 아파트를 찾습니다. 이런 공격에 대처하는 법을 그럭저럭 배우게 된 거죠. 하지만 시간이 흐르면 언젠가는 피해를 입습니다.

그러니 사랑하는 이들과의 매우 친밀한 유대는 오죽하겠습니까. 우리를 가장 아프게 하는 이들은 우리가 가장 사랑하는 사람들이라고 하죠. 사랑이 개방성을 의미하는 한 이를 피해갈 방법은 없습니다. 인생의 아이러니 가운데 하나는 마음을 열수록 우리는 더 취약해진다는 사실입니다.

그러므로 관계가 고통스럽게 끝나면 제일 먼저 마음부터 닫아버립니다. 우리는 자신만의 성으로 퇴각하여 다리를 걷어올리고 철문을 닫아겁니다. 필요한 일이겠죠. 부상을 당했을 땐 엄호물을 찾는 게 현명하니까요. 열린 마음을 얼른 닫아버리면 해로운 외부의 영향(특히 옛 연인으로부터의)이 유입되는 걸 막을 수 있습니다. 초점을 그에게서 우리 자신에게로 옮길 수 있게 해줍니다. 알다시피 이별은 자신에게 몰두하게 만듭니다. 아무리 자기비하가 심하다 해도 슬픔은 우리가 자신에게 초점을 맞추게 합니다. 때로 우리는 저러다 큰일 나지 싶을 정도로 실의에 빠져 지내기도 합니다. 하지만 조금 이기적인 태도는 애도에서 꼭 필요합니다.

그 이유는 이렇습니다. 사랑할 때 우리의 에너지는 연인을 향합니다. 프로이트 이를 '카섹시스Cathexis' 즉 '대상에 쏟는 심리적 에너지'라는 어려운 단어로 설명하기도 했습니다. 카섹시스는 애착의 한 형태입니다. 우리는 어떤 것에든 에너지를 집중할 수 있습니다. 직장 생활, 창작 활동, TV나 영화, 명상, 운동, 친구, 개, 가십 등등도 그 대상이 될 수 있습니다. 술이나 마약 중독도 모종의 카섹시스입니다. 하지만 사랑만큼 우리의 에너지를 효율적으로 집중하게 되는 것도 없습니다. 연애를 통해 우리는 다른 사람과 강렬한 애착 관계를 형성합니다. 직장이나 운동 등 다른 목적에 쓸 수 있었던 에너지가 연인을 향합니다. 사랑에 빠지면 취미나 운동을 뒤로 미루는 것도 바로 그 때문입니다. 사랑의 끝이 괴로운 이유는 우리가 쏟았던 에너지를 거둬들이도록 요청받기 때문이기도 합니다. 그동안 연인에게 투자한 것을 철회하도록, 그 대신에 삶의 다른 소소한 일들에 에너지를 투자하도록 우리에게 요청하는 것입니다. 관심을 자신에게로 되돌리게 되는데 애도는 여기에 도움이 됩니다.

때로는 슬픔이 카섹시스 자체로 변하기도 합니다. 우울증이 장기적으로 지속될 때가 바로 이 경우입니다. 겉으로 볼 때는 말이 안 되는 것 같습니다. 슬픔과 친해지고 싶은 이유가 뭐란 말인가요? 하지만 인생이 철저히 공허해 보일 때, 아무런 삶의 낙이 없어 보일 때 슬픔은 우리가 붙잡을 수 있는 유일한 대상일 수 있습니다. 공허한 나날을 채울 수 있는 구체적인 것이니까요. 그 결과 슬픔은 우리의 존재에 구조를 부여하는 강력한 방법이 됩니다.

이 정도가 되면 슬픔을 내려놓는 것만큼 무서운 일도 없습니다. 그 반대는 완전한 공허함이기 때문입니다. 비참함도 공허함보다는 낫습니다. 나는 앞서 삶의 한가운데 놓여 있는 근본적인 결핍에 대해 얘기했습니다. 그것은 우리가 달아날 수 없는 결핍입니다. 사랑이 실패로 돌아간 뒤에 우리가 느끼는 정서적 공허함은 이 결핍과 관련이 있습니다. 우리가 잃은 것은 우리에게 '그것'을 돌려주기로 약속했던 사람이니까요. 우리는 온전성을 약속했던 사람을 잃어버린 것입니다. 하지만 이별 뒤의 공허함은 일상적인 문제들보다 더욱 극적이고 집요합니다. 다른 일에 신경을 쓰면서 쉽게 덮어둘 수 있는 성질의 것이 아닙니다. 그 공허함을 채울 수 있다고 스스로를 설득하기조차 어렵죠. 그래서 우리는 때로 채우려는 노력을 그만두고 슬픔에 백기를 드는 것입니다.

문제는 출구를 찾기 위해 애쓰는 슬픔과 슬픔을 위한 슬픔을 구별하기 어렵다는 점입니다. 절망에 빠져 있을 때는 나에게 필요한 애도의 단계를 거치고 있는 것인지, 아니면 나 자신을 해칠 정도로 우울의 늪에 빠져 있는 것인지 분간하기가 어렵습니다. 전자는 우리를 향상시키겠지만 후자는 장기적으로 우리를 피폐하게 만들 수 있습니다. 슬픔의 기간이 너무 길어지면 우리 주위에 철통같은 벽을 둘러치게 됩니다. 고독한 성이 우리의 평생 거주지가 돼버립니다. 모든 접근로를 차단해버릴 뿐만 아니라 추가로 장벽을 더 치고 더 많은 군사를 고용하여 외부의 위협을 경계합니다. 시간이 흐르면서 우리는 외부 자극으로부터 자신의 내면을 보호하는 방어막을 만들게 됩니다. 어떻게 보면 우리는 내면의 생존을 위해 밖으로 향하는 자신의 생기를 희생하는 것입니다. 극도로 경계한 나머지 경직된 사람이 되어가기 시작합니다. 유연성과 변화 능력을 잃게 되는 것이죠. 외부 세계에 무감해질수록 우리를 파고들 수 있는 외부의 파괴적 영향력도 줄어듭니다. 하지만 이 때문에 복원할 에너지가 부족해 우리는 위축되기 시작합니다. 우리의 내면은 여전히 보호를 받는지 몰라도 인격은 서서히 얼어붙게 됩니다. 세상을 대하는 방식이 유별나게 차갑고 딱딱한 사람을 만난다면 그는 다치기 쉬운 내면을 보호하려는 사람일 가능성이 큽니다.

4

이런 부작용을 피하기 위해서 우리는 자신에게 고통을 허용해야 합니다. 또한 연인은 우리의 삶에 들어올 때뿐만 아니라 떠날 때도 우리를 변화시킨다는 사실을 받아들여야 합니다. 잃어버린 관계를 애도할 때 우리는 유명을 달리하거나 우리를 떠나거나 배신한 연인만 애도하는 것이 아닙니다. 연인의 영향으로 형성된 나 자신을 애도하는 것이기도 합니다. 우리는 친구와 가족, 일과 목표, 야심 등과 상호작용하여 내 모습을 형성하기도 하지만 연인이야말로 나를 만들어가는 데 가장 큰 영향을 끼치는 부분입니다. 사랑하는 이와의 지고한 친밀감을 통해 형성된 나는 그가 없이 형성된 나와는 무척 다릅니다. 그리하여 이런 연인을 잃게 되면, 그의 존재가 만들어낸 내면의 구조를 허물어뜨리라고 강요받습니다. 우리 존재의 낡은 부분을 버리라고 요청받는 것입니다. 지난한 마음의 재편 과정을 겪지 않고서는 연인을 포기할 수 없는 것입니다.

연애의 실패는 우리가 어떤 사람인가를 다시 생각해보도록 촉구합니다. 우리는 가망없는 연애를 질질 끌었던 자신을 저주할 수도 있습니다. 상실을 견디기 힘들어하는 자신이 부끄러울 수도 있습니다. 하지만 상실의 극복을 꺼려하는 데에는 때로 타당한 이유가 있습니다. 그동안 우리의 반쪽이던 연인이 우리가 가야 마땅한 인생길로 우리를 끌어다놓았기 때문입니다. 그가 우리를 더 나은 사람이 되게끔 도왔을 수도 있습니다. 그럴 경우, 슬픔은 그저 떠나간 사랑을 기리는 수단에 그치지 않습니다. 그것은 사랑의 상실로 위협받고 있는 우리의 잠재력을 지켜줍니다. 애도의 큰 부분은 깨진 관계 밖에서 이런 잠재력에 자양분을 줄 방법을 찾는 것입니다. 그 관계를 뛰어넘어 잘 사는 법을 배울 때야말로 그 관계를 떠나보내도 괜찮은 때입니다.

애도는 역설적인 과정입니다. 우리가 상실한 것에 집착하게도 하지만, 우리에게 너무나 큰 의미였던 그 사람 없이도 생을 살아갈 수 있게 합니다. 또한 옛 연인에 대한 완고한 집착을 서서히 내려놓을 수 있게 하고, 다시 사랑할 수 있게 합니다. 애도 초기에는 잃어버린 사랑을 새 사랑으로 대신한다는 생각 자체를 참을 수 없습니다. 상실의 고통이 이런 일을 원천봉쇄해버리죠. 고통은 옛 연인과 강렬한 애착관계를 만듭니다. 고통은 애도의 대상인 연인과 나를 이어주는 정서적인 끈을 내가 먼저 자르지 않겠다는 정절의 표시 같은 것입니다. 고통으로 인해 사랑은 유효기간 이후로도 지속되죠. 고통 때문에 옛사랑이 잊혀지지 않습니다. 고통을 초월할 때 관계도 초월한다는 것을 우리는 직관적으로 알고 있습니다. 우리는 고통의 부재가 의미하는 돌이킬 수 없는 상실에 맞서느니 차라리 고통에 시달리길 선호합니다.

관계의 실패를 잘 견딜 때 우리는 잃어버린 그 사람을 배신하는 거라고 느끼기 쉽습니다. 하지만 애도는 스스로에게 적당한 시간이 흐르면 기분이 나아지는 것을 허락하라고 합니다. 고통에서 벗어날 방법을 찾을 수 없다면 새로운 열정을 내는 방법도 찾을 수 없습니다. 새로운 대상에게 욕망을 옮길 수도 없습니다. 우리의 욕망이 미지의 어떤 것을 향해 도약하는 순간은 잃어버린 사랑에서 다른 길을 찾아가는 중요한 갈림길입니다. 새로운 길에서 지난 사랑을 훔쳐볼 수만 있을 뿐, 우리는 이제 내 삶 속에 새로운 연인을 받아들일 준비를 마칩니다. 새 연인들은 결코 옛 연인을 대체하지 못하겠지만, 시간이 흐를수록 새 연인은 우리의 관심을 점점 더 많이 차지할 것입니다.

5

애도는 그저 상실 이후의 삶을 지탱하기 위한 것만은 아닙니다. 새로운 삶을 가능하게 하기 위한 것입니다. 애도하는 법을 모른다는 건, 결국 사는 법도 모른다는 뜻입니다. 낡은 껍질을 벗는 법을 모른다면, 새로운 모습으로 거듭나는 법도 알 수 없겠죠.

사랑의 실패는 우리의 발걸음을 멈춰 세우고 삶을 돌아보게 합니다. 이것은 애도 과정에서 중요한 부분입니다. 하지만 고통이 끝없는 우울로 굳어버리지 않도록 우리는 다시 나아갈 힘을 찾아야만 합니다. 익숙하지 않은 곳에서 인생의 리듬을 되찾을 힘을 그러모아야 합니다.

우리는 새로운 곳에 자신을 밀어넣어야 합니다. 힘겨운 애도의 과정은 때가 되면 그 일을 가능하게 해줍니다. 그것은 우리가 충분히 시간을 할애하도록 압력을 넣습니다. 인생의 한 단계에서 다음 단계로 너무 빨리 움직이면 그 과정에 방해가 되리란 걸 알기 때문입니다. 인내가 필요한 것도 그 때문입니다. 그 재능은 늦게야 꽃이 핍니다. 공허함에서 새로운 삶의 형태를 만들어낼 수는 없습니다. 우리는 먼저 새로운 도구와 힘의 원천을 마련해야 합니다.

우리는 이 과정을 대충 넘기려고도 합니다. 상실이 별일이 아닌 것처럼 행동함으로써 고통을 회피하려는 것이죠. 우리는 심지어 무의미한 애정 행각으로 이별이 별 거 아니라고 스스로에게 입증하려고도 합니다. 하지만 이런 지름길을 택한다면 우리는 이 여행을 끝마칠 수 없습니다. 그것은 결국 낡은 도구를 가지고 앞으로 나아가려는 것이나 다름없으니까요. 이와는 대조적으로 스스로에게 애도를 허락한다면 익숙한 과거와는 아주 다른, 새 인생에 합당한 도구와 자원을 점진적으로 축적하게 될 것입니다.

어찌 보면 현재의 삶이 풍요로워서 오롯이 현재에 관심을 집중할 때에만 과거에 집착하지 않을 수 있습니다. 새로운 열정은 오래된 것들을 밀어내는 재주가 있습니다. 인생이 새로운 기회와 만날 때 상처를 잊고 용서하기도 쉬워집니다. 그런 의미에서 미래를 불러오기 위해 과거를 극복해야만 하는 것이 아니라 미래에 몰두하여 과거의 고통이 가려질 때 과거를 초월할 수 있는 것입니다.

애도를 잘 하는 것이 잘 사는 길입니다. 애도하는 법을 알면 상실이 순전한 상실이 아니라는 걸 이해하게 됩니다. 앞장에서 밝혔듯이 연애에 투자하면 대개는 보상을 얻게 되어 있습니다. 상실이 들이닥친 순간부터 우리가 다시 숨 쉬게 되는 순간까지 이 보상은 우리 삶 속으로 들어올 방법을 강구합니다. 이 시간이야말로 우리를 무척 지치게 하죠. 하지만 우리 삶의 그 어떤 시간보다 통찰로 가득한 시간이기도 합니다. 이 통찰이야말로 보상의 일부입니다. 그것은 우리의 진화를 가속화합니다. 그것은 번민에 빠져 괴로워하는 삶을, 아무 일도 일어나지 않는 세월을 보상해줍니다.

우리를 성장시키는 인생의 사건들은 무척이나 소중합니다. 아픈 마음도 그중 하나입니다. 우리의 발전을 돕는 것은 그런 분수령이 되는 순간들입니다. 바닥까지 내려가본 사람들이 그렇지 않은 사람들보다 훨씬 더 매력적인 것도 바로 그 때문입니다. 노인들이 현명한 이유는 더 오래 살아서가 아니라 더 많이 잃어봤기 때문입니다. 노인들은 더 많은 분기점과 더 많은 갈림길을 만나본 사람들입니다.

상실의 여파에 어떻게 대처하는지가 우리 운명에 큰 영향을 미칩니다. 우리는 슬픔에 잠겨 살 수도 있고 슬픔에서 벗어나는 길을 꾸준히 개척할 수도 있습니다. 상실에서 의미를 찾는 것은 기민한 인간 정신의 소산입니다. 우리는 과거에 우리를 가장 절망케 했던 것이 미래의 초석이 되는 상황을 종종 목도하곤 합니다. 이것은 우리가 미래를 전혀 알지 못하기 때문입니다. 지금 우리가 하는 모든 행동들은 조금은 다른 미래를 앞당기고 있는지도 모릅니다. 그러나 삶의 윤곽이 도무지 일정치가 않아서 우리 행동의 장기적인 파급력을 지금 당장 평가할 방법은 없습니다. 현재의 선택이 다가올 일에 어떤 영향을 미칠지 결코 알 수가 없는 것이죠.

때로는 어떤 사건이나 고통의 의미를 온전히 이해하는 데 수년이 걸리기도 합니다. 도움이 될 거라 생각했던 결정이 결국 혼란으로 끝났다고요? 땅을 치고 후회했던 결정이 결국 보상이 되어 돌아왔다고요? 확실한 것 하나는 주사위를 어떻게 던지든 그 결과를 예측할 수 없다는 것입니다. 가능성을 어떻게든 추측할 수는 있겠죠. 훌륭한 결과를 위한 전략도 있을 수 있습니다. 하지만 정작 미래에 무엇이 우리를 기다리고 있을지는 아무도 모릅니다.

3년 전에 헤어진 연인을 잊지 못해 힘들다고요? 그이만 한 사람을 다시는 못 만날 것 같아 두렵다고요? 그 기분 잘 알지요. 하지만 더 근사한 사람을 만날 운명이 예정되어 있을지 누가 압니까? 여러분이 슬픔에 휩싸여 있을 때에는 이런 소리가 전혀 들어오지 않겠죠. 그러나 이 사람이 멋지다고 해서 그보다 더 멋진 사람이 나타나지 않으리란 법은 없습니다. 사람은 누구나 각기 고유한 방식으로 빼어나고, 남들과는 조금씩 다른 광채를 발하게 마련이죠.

한 연인이 대체 불가능하다고 해서 근사한 다른 사람을 만날 수 없다는 뜻은 아닙니다. 여러분의 욕망이 아무리 특수하다 해도 주파수가 맞는 남자를 적어도 한 사람은 만나게 되어 있습니다. 또한 여러분이 견딜 수 없을 거라 여겼던 상실이야말로 그 남자가 여러분의 삶에 들어오는 계기가 되었다는 사실을 깨달을 수도 있습니다. 여러분은 절망이 마술 같은 사건의 전주곡일 뿐이었음을 깨달을 수도 있습니다. 우리가 운명 앞에서 무력하다거나 인생에 아무런 영향도 끼칠 수 없다는 말을 하고 싶은 건 아니지만, 우리가 통제할 수 없는 것도 있는 법입니다.

그리고 상실은 새로운 시작의 씨앗을 간직하고 있는 경우가 많다는 사실을 받아들여야 합니다. 인생은 언제든지 상황을 정반대로 뒤집어놓곤 하니까요. 애도를 제대로 한 사람이라면 이 점을 잘 알 것입니다. 그래서 그들은 잘 살죠. 용기와 호기심을 가지고 말이죠.

Lies

거짓   더 노력하면 할수록 우리는
관계를 더 오래 지속할 수 있다.

Truth

진실   애써 관계를 유지하며
사랑을 죽이느니
사랑을 잃는 편이 낫다.

12강

일어날 일은 결국
일어나게 되어 있다

1

이 강의에서 여러분이 꼭 한 가지 얻어가기를 바라는 게 있다면 그것은 연애의 과정은 통제가 불가능하다는 사실입니다. 나는 사랑에 자신을 던지라고 말하면서 사랑은 너무 복잡하기 때문에 사랑에 접근하는 방법은 간단해야 한다고 강조했습니다. 우리가 할 수 있는 최선은 사랑 안으로 뚜벅뚜벅 걸어들어가 사랑에 항복하고 사랑을 몸소 경험하고 결과가 어찌 됐든 사랑으로부터 배우는 것입니다.

사랑이 잘되거나 실패하는 데에는 언제나 복잡한 이유가 있습니다. 그 이유를 완전히 이해할 수는 없습니다. 오히려 그 이유를 이해하려고 집요하게 노력할수록 지치기만 할 뿐입니다. 불투명한 감정을 이해하려고 하다가는 에너지만 소진되고 말 것입니다. 그와 반대로 결과에 상관없이 사랑의 미스터리를 포용하면 자연스럽게 그것과 친밀해질 수 있는 여유가 생깁니다. 연애를 통제하겠다는 계획을 접으면 진정으로 낭만적인 만남에 마음을 열게 됩니다. 사랑은 공식이 아닙니다. 사랑은 번잡합니다. 그 번잡함에 우리를 사로잡는 힘이 있습니다.

조심성이 많을수록 사랑은 역동성이 떨어집니다. 그렇다고 우리가 좋은 관계를 위해 노력할 필요가 없다거나 친밀함을 위해 우리가 할 수 있는 일이 별로 없다는 뜻은 아닙니다. 연인을 어떻게 대할지, 친밀함을 어떻게 전해야 할지에 관해서라면 우리가 할 수 있는 일이 상당히 많습니다. 또한 우리는 관계 속에서 우리가 어디까지 받아들일 수 있는지를 분명하게 정할 수 있습니다. 다만 열정의 최종 운명에 관해서는 우리가 할 수 있는 일이 별로 없죠. 상대가 우리를 사랑하게 만들 수는 없습니다. 미래를 약속해달라거나 자고 가라고 강요할 수 없습니다. 인공적으로 사랑의 유통기한을 연장할 수도 없습니다. 사랑은 냉동시킬 수도, 다시 데울 수도 없습니다. 사랑은 끝났으면 끝난 것입니다. 피할 수 없는 것을 피하려는 모든 노력은 우리를 좌절시킬 뿐입니다. 일어날 일은 언제고 일어나게 마련이라는 걸 받아들이는 게 최선입니다. 연애의 운명에 맞서서 얻을 수 있는 것은 별로 없습니다.

많은 연애지침서는 우리에게 그렇지 않다고 설득합니다. 관계가 오래 지속될 수 있도록 우리가 구사할 수 있는 전략이 있다고 말합니다. 이보다 더 비생산적인 것도 없습니다. 내가 늘 우세한 입장에 설 수 있도록 애정 생활을 조종할 수는 없습니다. 우리는 농밀한 관계 속을 더 잘 헤엄쳐나가는 법을 배울 수는 있겠지만, 결코 마스터가 되지는 못합니다. 또한 오만해질수록 언젠가 넘어질 공산이 큽니다. 그러므로 사랑의 불투명함을 인내하는 능력을 키워야 합니다.

사랑의 모호성과 불확실성, 혼란과 예측 불가능성을 다루는 능력만큼 여러분을 더 강하게 만드는 것은 없습니다. 우리가 맞서 싸워야 하는 대상은 바로 이런 것입니다. 다시 말해 여러분 내부에서 싸워야 한다는 뜻이죠. 사랑의 복잡미묘함을 견딜 만큼 내 마음이 강하다는 걸(그리고 내 삶이 충분히 충만하다는 걸) 아는 것보다 더 든든한 보호막은 없습니다.

2

사랑은 실패의 가능성을 받아들이는 것입니다. 이 말을 받아들이기 힘들 수도 있습니다. 그래서 연애 문제의 해결책을 제시하는 연애지침서를 집어들고 싶은 거겠죠. 하지만 정해진 패턴에 사랑을 구겨 넣는 노력을 포기할 때 생기는 자유를 생각해보세요. 다시 말하지만 나는 수동적인 태도를 지지하는 게 아닙니다. 팔짱을 끼고 물러나 앉아 연애 문제가 저절로 해결될 때까지 기다리라는 말이 아니에요. 모든 관계에는 어려움이 존재합니다. 모든 연애사는 과거의 유령을 일깨웁니다. 또한 우리는 반복 강박의 거듭되는 패턴에 대처할 필요가 있습니다. 하지만 특정 문제를 헤쳐나가기 위해 노력하는 것과 연인의 사랑을 잃지 않기 위해 전전긍긍하는 것에는 분명 차이가 있습니다. 상대는 나를 사랑하든지 않든지 둘 중 하나입니다. 중간이란 없죠. 식어가는 열정이 타오르도록 여러분이 어떤 책략을 부릴 수 있는 것도 아닙니다. 여러분이 원하는 피날레(예를 들어, 결혼 같은)를 보장해주는 계략 따위는 없습니다. 도리어 음모를 꾸밀수록 그 관계를 느긋하게 즐길 수 없게 되죠. 사랑의 미래를 염려할수록 사랑의 현재를 포용하기는 점점 더 힘들어집니다.

이렇게 생각해보죠. 열정이 이끄는 대로 섹스를 할 때 더 즐

258

거운가요, 아니면 '여자가 잠자리에서 흔히 저지르기 쉬운 실수 12가지' 같은 매뉴얼을 명심하며 섹스에 임할 때가 더 즐거운가요? 이런 지침서에 집착하다 보면 틀림없이 섹스하고 싶은 생각마저 사라지고 말 거예요. 연애도 마찬가지입니다. 연애에 12가지 매뉴얼을 적용한다는 발상 자체가 섹스지침서만큼이나 우스운 생각입니다. 섹스는 실리적으로 접근할수록 더 즐기기 어려워진다는 사실을 우리는 잘 알고 있죠. 사랑도 섹스만큼이나 제어 시스템 같은 게 어울리지 않습니다. 에로스는 대단히 비이성적이기 때문예요. 사회 개선이니 진보 따위에는 별로 관심이 없습니다. 사랑은 진화의 명령을 따르지 않습니다. 여러분의 안녕에도 관심이 없으며 사랑을 예측 가능하게 만들려는 모든 노력을 무시합니다. 하지만 바로 이것이 우리가 사랑에 열광하는 이유이기도 합니다. 우리가 사랑하고 싶어하는 이유죠. 사랑이 그토록 기쁜 것은 이성적이지 않기 때문입니다.

사랑을 이성적인 뭔가로 바꾸려 한다면 우리를 뜨겁게 해줄 사랑의 능력을 제한하게 됩니다. 우리가 조종하려는 대상에게 영감을 느끼기란 어렵잖아요. 연애란 살아 숨 쉬는 거예요. 이런 관계는 살아 숨 쉬는 반응을 필요로 하죠. 외부에서 유입되는 전략은 관계를 죽일 뿐입니다. 또한 사랑을 길들이려는 노력은 호랑이를 길들이는 것만큼이나 기만적인 시도입니다. 잠시 성공할 수도 있겠죠. 여러분은 호랑이가 옆집 새끼 고양이만큼이나 유순하다며 거짓된 안심에 안주할 수도 있습니다.

　사랑을 통제하려고 하는 이유는 대개 상처를 피하기 위해서입니다. 충분히 이해할 만하죠. 고통을 예방하기 위해서라면 우리는 할 수 있는 모든 일을 다 하게 되잖아요. 하지만 슬프게도 우리는 고통을 미리 막을 수 없습니다. 어찌 보면 우리의 최대 실수는 신뢰할 수 없는 일에 안전을 기대하는 것입니다. 사랑이 모순덩어리라는 걸 기정사실로 받아들이면 차라리 마음이 편할지도 모르겠습니다. 그렇다고 모든 사랑에 일관성이 없다는 뜻은 아닙니다. 어떤 이들은 반전 없이 오랫동안 관계를 잘 유지하기도 합니다. 하지만 어떤 관계는 특별한 이유 없이 틀어지기도 합니다. 설명할 길 없이 욕망이 그냥 죽어버리기도 하고, 상대방이 갑자기 뒤로 물러서기도 하며, 우리가 난데없이 자유를 갈망할 수도 있습니다. 표면적으로는 모든 것이 좋아 보이는데 연애가 막을 내리는 경우도 있습니다. 상대방이 내 자유를 전혀 제한하지 않았는데도 답답함을 느낄 수 있습니다. 남자가 여러분을 사랑하면서도 그냥 달아나야 한다고 느낄 수도 있습니다. 그렇다면 관계가 영원하기를 바라는 사람들은 무척 힘들어할 테고, 반대로 기복이 있을 수 있다고 생각하는 사람들은 내려놓기가 쉬울 것입니다. 상처는 같겠지만 후자의 사람들은 사랑이 예고 없이 끝날 수도 있다는 사실에 좀 더 준비가 되어 있는 셈이죠.

나는 지속되는 사랑이 예외이고 상실이 일반적인 거라고 말했습니다. 사랑이라는 직물은 처음부터 상실이라는 실로 짠 것입니다. 사실 사랑이 그토록 소중한 건 사랑이 본디 불확실하기 때문입니다. 사랑을 언제라도 잃을 수 있음을 알기에 사랑을 고귀하게 생각하는 것입니다. 인생에서 가장 아낄 만한 건 모두 찰나의 것들입니다. 들판의 야생화가 아름다운 것도 잠시 피었다 지기 때문입니다. 이 점을 이해하면 사랑의 균열을 견디는 게 훨씬 쉬워져요. 열정이 지속되는 동안 열정을 더욱 소중히 여기게 되고 사랑이 완전히 끝났을 때도 그리 놀라지 않게 됩니다.

준비도 못한 채 사랑하는 이를 떠나보내는 건 무척 힘든 일입니다. 하지만 사랑은 본질적으로 한시적이라는 걸 받아들이면 이 일이 한결 쉬워질 수도 있습니다. 적어도 통제할 수 없는 일들에 대해 자신을 탓하지는 않겠죠. 우리가 뭘 잘못하지 않았어도 사랑이 소멸할 수도 있다는 점을 잊지 말아야 합니다.

3

언제고 사랑을 잃을 수 있다는 사실이 사랑을 방해하는 것은
아닙니다. 그것은 사랑의 엄연한 이면일 뿐입니다. 사랑은 또
한 오래 지속되지 않아도 의미를 지닐 수 있습니다. 가장 기억
에 남고 마음을 사로잡는 사랑은 오히려 그런 사랑입니다. 모
든 것은 생각하기 나름입니다. 화려한 결혼식과 따뜻한 가정생
활을 기대했지만 남은 건 짧고 뜨거운 연애뿐이라면, 여러분은
스스로를 실패자로 여길 수도 있겠습니다. 하지만 안정보다 열
정을 더 소중하게 생각한다면 여러분은 후자가 더 나은 거래라
여길 수도 있습니다. 사랑에 무엇을 기대하는지는 여러분 자신
의 문제입니다. 저는 여러분이 연애의 '성공'을 측정하는 데는
여러 가지 잣대가 있다는 걸 인정하면 좋겠습니다. 내가 무엇
에 가치를 두느냐에 따라 연애의 성패가 달라지는 것입니다.

남녀관계가 평생을 가야 한다는 생각은 지난 시대의 유산인
듯합니다. 사회질서가 안정되려면 가족 제도가 안정적으로 운
영되어야 했던 시대의 흔적인 것입니다.

시대가 변했습니다. 가족적 가치관의 상실을 안타까워하는
이들이 있지만 사람들이 이혼을 일삼는다고 해서 사회질서가
무너지는 것은 아닙니다. 가족의 붕괴보다 훨씬 더 긴박한 문

화적이고 정치적인 이슈들이 있습니다. 테러리즘에서 환경 문제까지 우리 사회는 이전 세대들이 상상조차 하지 못했던 문제들과 씨름하고 있습니다. 이런 문제들은 사람들의 애정생활과는 별 관계가 없죠. 그뿐만 아니라 오늘날에는 단순히 혼인 관계를 유지해야 한다는 사회적 기대 때문에 이혼을 피하는 사람은 별로 없습니다. 이것은 어떤 의미에서는 바람직한 현상입니다. 우리를 더 진지한 관계로 이끌어주기 때문입니다. 내 남자가 내 곁에 있는 것은 사회적인 의무감 때문이 아니라 진심으로 나를 원하기 때문이라고 믿게 되니까요.

물론 많은 사람들이 평생 지속되는 관계를 원합니다. 운만 좋다면 그 소원은 이뤄질 수도 있습니다. 하지만 끝이 있기 때문에 오히려 '성공적인' 사랑도 있음을 간과해서는 안 됩니다. 영원한 관계가 우리에게 일어난 가장 근사한 일이 될 수도 있지만, 그런 관계는 시간이 가면서 밋밋해질 수도 있습니다. 때로는 열정이 희미한 그림자로 변해가는 걸 지켜보는 것보다는 사랑을 잃어버리는 편이 더 나을 수도 있습니다.

사람들은 열정을 유지하려면 노력이 필요하다고 말합니다. 욕망이 죽지 않도록 사력을 다해야 한다고요. 하지만 정말이지, 인공호흡기를 달아 억지로 열정을 유지하느니 열정이 제 갈 길을 가도록 내버려 두는 편이 때로는 더 낫습니다. 우리는 이미 열심히 노력하고 있지 않은가요? 왜 끝없이 애쓰는 관계가 되어야 하나요? 게다가 노력한 보람마저 적다면요? 사랑을 안정적으로 만들려는 우리의 시도가 사랑의 즐거운 즉흥성을 억압한다는 사실이야말로 사랑의 역설이 아닐 수 없습니다. 사랑을 보호하려는 조치들이 우리가 보호하고자 하는 바로 그 대상을 잃게 만들 수도 있습니다. 애초에 우리를 매혹시켰던 바로 그 정열을 파괴할 수 있다는 거죠.

내가 앞서 소개했던 고통스러운 시나리오를 예로 들어봅시다. 사랑하는 사람이 여러분을 사랑하지만 떠나가겠다고 합니다. 여러분은 이유를 말하라고 추궁하겠죠. 그러나 그는 딱히 이유가 없다고 합니다. 그는 자신이 왜 여러분을 떠나려고 하는지 정말로 모를 수도 있습니다. 그 역시 자신의 모순된 감정이 당혹스러울 지도 모릅니다. 여러분과 마찬가지로 상대도 끊임없이 변하는 존재입니다. 그의 내면세계는 계속해서 재구성됩니다. 그의 감정에는 기복이 있습니다. 그가 자신의 한 가지 모습을 '이해'하기 시작할 때쯤 벌써 또 다른 모습이 만들어지고 있습니다. 그러므로 그가 어느 날 잠에서 깨어났을 때 자신의 감정을 정확히 이해하지 못한다고 해도 놀라울 것은 없습니다. 그는 자신이 뭔가 다른 걸 원한다고 해도 그것이 무엇인지, 왜 그것을 원하는지는 모를 수도 있습니다. 자유에 대한 이

끌림이란 논리적 근거가 없는 대단히 직관적인 것입니다. 이런 경우에는 해명을 요구하는 게 전혀 도움이 되지 않습니다. 해명이란 게 존재하지 않으니까요. 그가 해명을 한다면 오히려 그게 거짓말일테죠.

연인의 마음을 읽을 수 없을 때 우리 마음은 불안해집니다. 관계는 불확실해지죠. 모른다고 인정하기보다 안다고 상상하는 게 더 안심이 되기 때문에 그의 감정을 잘못 넘겨짚기도 합니다. 특히 의견이 불일치할 때에는 상대방을 이해하는 것이 차이를 좁히는 데 도움이 될 거라고 여기기 쉽습니다. 그의 입장을 이해하면 관계에 도움이 될 수도 있다는 점에서 이 말은 사실입니다. 하지만 명확성을 요구하는 것이 그의 불확실성을 부정하는 방편이 된다면 그것은 그의 자유를 침범하는 일입니다. 그가 표현하고자 하는 것이 양면성이라면 당장 해석을 내리고자 하는 우리의 행동은 그의 진실한 감정을 억압할 수 있습니다. 진솔한 대화에 방해가 될 수 있죠. 예를 들어, 그가 비슷한 상황에서 나와 똑같이 반응할 거라고 추측한다면 상황을 오판하기 쉽습니다. 나의 대응과 마찬가지로 다른 사람들의 대응 역시 복잡한 개인의 역사에 따라 달라진다는 점을 잊어서는 안 됩니다. 나와 연인 사이의 감정을 대칭에 놓고 생각하는 것은 두 사람 모두의 고유성을 무시하는 일입니다.

건강한 호기심과 신경증적인 과잉 해석은 분간하기가 매우 어렵습니다. 물론 연인을 이해하는 노력을 그만두어서는 안됩니다. 때로 사람들은 진심으로 공감하려는 노력을 피하기 위한 핑계로 사람은 알 수 없는 존재라는 생각을 악용합니다. 가령 남자들이 여자는 알 수 없는 존재라고 말할 때 그들의 속내는 대개 여자와의 차이를 줄이려는 노력이 귀찮다는 것입니다. 이러한 악용 가능성이 있기는 하지만, 사랑하는 사람을 속속들이 꿰뚫어 볼 수는 없다는 점 또한 부정할 수가 없습니다. 그러니 모든 것을 꿰뚫어 보기 위해 노력한다면 지나친 집착이 될 것입니다. 이런 의미에서 한 걸음 물러서는 법을 배울 때만이 진정으로 관대해질 수 있는 것입니다.

사랑의 불투명성을 견디려면 모른다는 사실에 대한 인내심이 필요합니다. 이 인내심은 종종 열정을 되살려줍니다. 사랑하는 연인들이 둘 사이에 불가해한 공간이 있다는 점을 존중한다면 서로의 주권은 보호받게 됩니다. 그 결과 두 사람은 관계를 재충전하는 데 필요한 새로운 에너지를 얻게 됩니다. 이로써 이들은 다시 생기 있는 관계를 유지할 수 있습니다.

장거리 연애를 해본 사람이라면 알 것입니다. 떨어져 지내기는 힘들지만 떨어져 있는 기간이 연애를 더 흥미롭게 만든다는 걸요. 떨어져 있다가 다시 만난 두 사람은 중요한 것에 초점을 맞춥니다. 집이나 자동차 청소나 양치질 따위의 지루한 일상사를 논하는 것으로 시간을 허비하지 않습니다. 도리어 이야기할 가치가 있는 주제에 관해 대화를 나누며 사랑에 자양분을 제공합니다.

애정에 생기를 부여하는 것은 노력이 아니라 일정한 거리입니다. 근사한 것들로 채워나갈 공간이 연인들에겐 필요하다는 거죠. 물론 이 공간은 친절과 신뢰 같은 것들로 보강되어야 합니다. 또한 연인을 잃을 정도로 너무 먼 거리여서도 안 됩니다. 편안한 친밀감이 필요한 때가 있고 강렬한 융합의 에너지가 긴급히 필요할 때도 있습니다. 하지만 관계가 오래 지속되려면 이런 융합의 에너지를 극대화해줄 일정한 거리가 필요합니다.

어떤 것에 너무 가까이 다가서면 제 모습을 보기가 어렵습니다. 산기슭에 서서는 산 전체를 바라볼 수가 없는 법이죠. 마찬가지로 코앞에 있는 사람과는 대화하기가 어렵습니다. 자신과 남 사이에 어느 정도 공간을 두는 것이 더 나은 대화를 가능하게 합니다. 또한 거리는 시간이 흐른 뒤에 욕망을 공급합니다. 그에 대해 모든 것을 알고 있다고 생각하면 남자는 더 이상 우리의 호기심을 자극하지 못할 것입니다. 반대로 조금 가닿기 힘들다고 생각하면 우리는 계속해서 손을 뻗을 것입니다.

대부분의 여성이 가장 힘겨워하는 시나리오는 남자가 갑자기 결별을 원하는 경우입니다. 남자가 절대적 자유를 원할 때 그를 미련없이 보내주는 일만큼 여자를 시험하는 것은 없기 때문입니다. 이것은 그에게 줄 수 있는 가장 큰 선물이자 가장 큰 사랑의 행위입니다. 사랑은 마음이 넓습니다. 사랑하는 이에게 가장 좋은 것을 선물하고 싶어합니다. 그의 최선에 내가 포함되어 있지 않더라도 우리는 이 사실을 받아들여야 합니다. 물론 어려운 일이겠지요. 관계를 끝내는 생산적인 방법들도 있습니다. 남자가 여러분이 먼저 이별을 요구하도록 일부러 싸움을 걸거나 바람을 피우거나 여러분을 깔본다면 그것은 조종하려는 시도입니다. 하지만 그가 심경에 변화가 생겼다고 솔직하게 말한다면 더는 언쟁의 여지가 없죠. 그를 비난할 수 없는 것입니다. 그는 나중에 이런 결정을 후회할 수도 있고 그렇게 되면 말하지 않아도 돌아올 것입니다. 하지만 떠나지 말라고 설득하려는 시도는 그를 더욱 멀어지게 할 뿐입니다. 정말이지 더 이상 자신을 원하지 않는다고 말했는데도, 그래도 괜찮다고 할 만큼 필사적인 연인과는 누구도 함께하기를 원하지 않을 것입니다. 여러분을 일부러 아프게 하려고 결별하는 남자는 별로 없습니다. 그러니 그가 잘못 생각하고 있는 거라고 남자를 설득하려는 시도는 전혀 효과가 없을 것입니다. 여러분이 할 수 있는 최선은 그가 용기 내어 솔직하게 말해줬다는 사실에 고마움을 표시하는 것입니다. 그의 솔직함이 사랑하는 척 연기만 하는 관계를 피할 수 있게 해주었기 때문입니다.

5

앞으로 일어날 일은 우리의 통제권 밖에 있습니다. 우리는 일어날 일에 대한 우리의 대응을 통제할 수 있을 뿐입니다. 결별이야말로 가장 극명한 예인데, 여기에서 가장 큰 차이를 낳는 것은 바로 어떤 남자를 사귀느냐입니다. 연애지침서들이 그토록 권하는 원시인 타입의 남자를 택했다면 솔직히 정직한 끝을 기대하기 어렵습니다. 이런 남자들은 아무 설명도 없이 갑자기 사라져버리거나 여자 쪽에서 먼저 헤어지자는 말을 하게 하려고 몇 달씩 여자를 진창 속으로 끌고 다닙니다. 그런 식이라면 아무리 끝이 나빠도 이런 남자들은 양심에 거리낄 게 없기 때문입니다. 이들은 관계를 먼저 끝낼 배짱이 없기 때문에 그 짐을 여러분에게 지우려 합니다.

내게도 이런 일이 있었습니다. 내가 사귀었던 걸 후회하는 유일한 남자인 '하이드 씨'는 책임을 회피하려 무지 애를 썼습니다. 내가 그와 관계를 오래 유지했던 것은 그토록 불성실한 태도로 남녀관계를 대하는 남자가 있다는 사실을 도무지 믿을 수 없었기 때문입니다. 헤어질 즈음에 그것은 거의 문화인류학적인 실험이 되고 말았습니다. 나는 21세기에도 그와 같은 남자가 존재한다는 사실을 이해하려고 무진 애를 썼습니다.

  하이드 씨와의 결별은 몹시 쓰라렸습니다. 그의 사랑을 잃어서가 아니라 그런 남자가 있다는 사실을 견디기 어려웠기 때문입니다. 애초에 그와 사귀기로 결심했던 게 내 인생 최대의 실수였다는 걸 지금은 알고 있습니다. 처음에는 그가 별로 나랑 맞지 않는다고만 생각했습니다. 그는 옛날 남자 같았습니다. 너무 억압적이고 자기중심적이었죠. 나는 내가 편안하게 생각하는 안전지대 안에서만 남자를 만나지 말고 범위를 넓혀보라는 친구의 말을 듣고 그를 만나게 됐습니다. 나의 안전지대란 여성과 남성이 동등하다고 생각하는 현대적인 남자들을 말합니다. 이 남자들은 여자와 남자의 차이를 알아내는 데 지력을 낭비하지 않습니다. 여성을 인간으로 대하죠. 때문에 여자와 이별도 품위 있게 하는 것입니다. 나는 하이드 씨와의 경험에서 내 안전지대야말로 데이트를 위한 최고의 공간이었다는 점을 배웠습니다. 여성을 소중히 여기는 남자를 택한다면 사랑은 더 나아질 수밖에 없습니다. 백 배는 더요! 물론 이런 남자들도 여러분의 가슴을 아프게 할 수 있습니다. 하지만 여러분을 비하하기 위해 상처를 주지는 않습니다.

여러분의 애정사에서 가장 중요한 것은 바로 어떤 종류의 남자를 선택하느냐입니다. 물론 처음부터 남자의 마음을 읽기란 쉽지 않습니다. 이런 알 수 없음 때문에 백 퍼센트 안전한 판단을 내릴 수는 없었습니다. 하지만 조기에 알 수 있는 신호가 있습니다. 이런 신호에 주의를 기울이는 게 좋습니다. 남녀관계에서 우리가 통제할 수 있는 것 중 하나입니다.

내가 남녀에 대한 편견이 연애에 해롭다고 말하는 이유는 이런 편견을 믿는 남자들은 그렇지 않은 남자들보다 여자를 함부로 대할 가능성이 훨씬 높기 때문입니다. 바람을 피우거나 한 여자에 헌신할 수 없는 게 남자의 '본성'이라고 말하는 남자는 꼭 그런 일들을 저지르기 위한 변명으로 이런 믿음을 이용하기 십상입니다. 그는 자신도 어쩔 수가 없다고, 남자로 사는 일의 고충에 대해 연민을 보여야 마땅하다고 말할 것입니다. 말도 안 되는 소리죠! 이런 논리는 남자에게 부도덕하게 행동해도 된다는 허가증을 주는 것입니다. 한마디로 여자에게 상처를 줘도 된다는 신호를 주는 것이죠. 이런 논리를 고집하지 않는 남자라고 해서 상처를 주지 않는다는 얘기는 아닙니다. 다만 적어도 그런 논리를 주장하지 않는 남자라면 '남성 심리' 따위를 들먹이며 실수를 정당화하려고 하지는 않을 것입니다. 이런 남자라면 사실대로 말하고 관계의 실패에 대한 책임을 나누어 지려고 할 것입니다.

그것이 이 책 전반부의 교훈이었습니다. '남자는 남자다'라는 문화는 특정 남자들의 흥미에 부합하기 위해 고안됐다는 걸 보여주고자 했습니다. 책 후반부의 교훈은 사랑에 마음을 열어두라는 것과, 필요하다면 사랑을 떠나보낼 줄도 알아야 한다는 것이었습니다. 언제나 우리에게 가장 중요한 것은 사랑의 끝이 어떻든 넘치도록 사랑하는 것입니다.

나는 '사랑은 변덕스럽다는 이해 위에 세워진 남녀관계'는 '안정에 대한 기대 위에 건설된 관계'보다 더 튼튼하다는 사실을 보여주고자 했습니다. 이런 관계들은 엄청난 손상을 견딜 수 있습니다. 이런 관계를 맺은 남녀는 불확실성을 사랑이라는 계약의 일부로 받아들입니다. 첫 번째 난관의 신호에 뒷걸음질치지 않습니다. 이들은 불협화음의 순간도 사랑의 일환임을 이해합니다. 때로 사랑은 거리와 시간이 필요합니다. 기다릴 의지가 있는 연인들은 이 점을 압니다.

오랜 행복은 열정을 약속으로 못 박으려는 사람들보다 연애를 현재진행형으로 생각하는 이들의 것입니다. 우리는 연인에게 정절은 약속할 수 있어도 사랑은 약속할 수 없습니다. 또한 자신에게 어떤 감정을 강요할 수도 없습니다. 일생 동안 누군 가를 사랑하겠다는 말은 언제나 껍데기뿐인 약속입니다. 그렇다고 평생 지속되는 사랑을 할 수 없다는 뜻은 아닙니다. 많은 이들이 그렇게 하고 있고, 나도 여러분이 그러기를 바랍니다. 우리는 그저, 그런 사랑을 '보장'할 수 없을 뿐입니다.

사랑의 신비를 진정으로 존중한다면 사랑의 영속성에 대한 충성 서약 따위는 하지 않을 것입니다. 오히려 변하는 사랑에 대해 열린 마음을 견지하겠다고 약속하는 편이 낫습니다. 열린 마음이야말로 사랑이 빗나갔을 때를 대비한 최선의 방어책입니다. 그것은 사랑이 옆길로 비켜났을 때 우리가 위축되지 않도록 보호해줍니다. 그리하여 더 만족스러운 관계를 이룩할 수 있게 해줍니다. 열린 마음은 용기 부족 때문에 실패하는 사랑으로부터 우리를 보호해줍니다. 영원한 사랑을 약속하는 대신 영원히 마음을 열어놓겠다고 약속하는 게 더 나은 것도 바로 이 때문입니다. 그러면 우리는 더 솔직해지고, 그러므로 더 깊이 사랑하게 될 테니까요.

연애에
공식은 없다

이 책의 주장을 요약해보면 이렇습니다. "여유를 가지고 사랑하라. 밀당 게임 따위는 집어치우고 모든 위험을 기꺼이 감수하라. 열정이 인도하는 대로 따라가되 떠날 때를 알아라. 상처 받을 수도 있지만 두려워하지 말라. 환멸을 느낄 수도 있지만 그렇다고 세상이 끝난 것은 아니다. 하지만 그렇다 해도 떠날 때를 알아라."

사랑에 빠지는 걸 두려워하지 않는다는 건 달리 말하면 가망 없는 관계를 끝내기를 두려워하지 않는다는 것입니다. 연애가 가져올 좌절을 두려워하지 않는다면 여러분에게 상처를 주는 관계를 정리할 수 있습니다. 흔들림 없이 확실한 선을 그을 수 있죠. 하늘 저 높은 곳에서도 내려다보일 만큼 명확하고 단호한 선을요. 그 선을 넘지 않는 게 기준 이하의 관계로부터 여러분을 보호해줄 것입니다. 또한 여러분을 초라하게 만드는 남자들로부터 여러분을 지켜줄 것입니다. 상황이 만족스럽지 않을 때 그 선이 어디 있는지 알아야, 언제 짐을 쌀지 그리고 어디로 가야 더 나은 것을 찾을 수 있는지 알 수 있습니다.

여러분을 약하게 만드는 관계에 쏟아붓기에 열정은 너무나 소중합니다. 우리는 사랑을 통제할 수는 없지만 어떤 시나리오의 연애까지 감내할 의향이 있는지는 결정할 수 있습니다. 특정한 사람들을 거절할 힘이 우리에게 있습니다. 가장 중요하게는 상실을 받아들일 힘이 우리에게 있습니다. 품위 있게 이별하기란 말처럼 쉽지가 않습니다. 필요한 정도보다 더 오래 관계를 유지하기도 하고 깨끗이 끝내지 못한 채 관계를 질질 끌기도 합니다. 문제가 있는 관계에서 언제 어떻게 빠져나올지를 아는 것은 결코 간단치 않은 능력입니다. 하지만 우리는 한 걸음 앞으로 나아갈 수 있습니다. 규칙을 싫어한다고 누차 말했지만, 내게도 이별 규칙이 하나 있습니다. '사랑이 나를 풍요롭게 한다면 머물러라. 하지만 그렇지 못하다면 떠나라.' 간단하지만 꽤 효과적입니다.

효과적이지 못한 원칙이 있다면 그건 내가 아닌 다른 사람이 되려는 것입니다. 많은 연애지침서는 강한 여성이 자신의 강인함에 대해 피해의식을 갖게 합니다. 구닥다리 시대에 만들어진 규칙에 입각해, 게임을 할 때만 사랑에서 성공할 수 있다고 우리를 설득합니다. 이것은 우리를 세뇌하여 나 자신에게 문제가 있는 것처럼 느끼게 합니다. 우리는 스스로에게 의구심을 품고, 마침내 현대 여성들을 매력적으로 만드는 특징인 독립성을 포기하기에 이릅니다. 우리는 균형 잡힌 정체성을 계발하는 데 초점을 맞추는 대신 연애 전략을 수정하는 데 에너지를 낭비합니다. 인생의 초석을 한창 다져놓아야 하는 시기에 연애 기술에만 집착하게 합니다. 이 과정에서 괜찮은 남자들이 흥미를 느낄지도 모르는 우리의 매력을 저도 모르게 파괴하기도 합니다. 그러다 결국 연애지침서의 모델로 등장하는 남자들과 만나게 되죠. 자신을 용감한 사냥꾼이라고 믿고 우리를 사냥감인 양 다루는 마초형 남자들을 말이죠. 이런 남자들은 거미나 한 마리 잡아주고는 자신이 여자를 구해준 것처럼 의기양양해 하겠지만 여성을 동등한 인격체로 사랑하지는 않습니다.

우리 할머니와 어머니 세대는 사랑 없는 결혼에 발목 잡히고 남편을 위해 자신의 재능을 희생했습니다. 다행스럽게도 우리는 그보다는 더 평등한 풍토를 물려받았습니다. 내가 연애지침서에 그토록 경악하는 것도 바로 이 때문입니다. 이 책들은 우리가 여성으로서 이룩한 진보가 연애에 걸림돌이 되고 있다고 말하니까요.

여성의 성공 요인이 바로 여성의 매력을 떨어뜨리는 요인이라고 말하는 것처럼 고약한 것은 없습니다. 싱글을 투명인간 취급하는 우리 문화는, 전통적인 성역할을 받아들이지 않는다면 결혼이나 사랑의 기회를 놓칠 거라고 겁을 줍니다. 하지만 독립성을 희생시키지 않는 사람이야말로 최고의 연애를 할 수 있다는 걸 나는 경험으로 알고 있습니다. 이런 사람들은 자신을 존중하고 탄복해주는 상대를 만납니다. 자신의 감정을 기꺼이 내보일 줄 아는 열정적인 상대와 짝이 됩니다. 위기를 만났을 때 주저하지 않고 제 몫의 부담을 기꺼이 짊어지고, 진정으로 여자를 지원하는 남자를 만납니다. 이런 여성들은 남자를 속이지 않습니다. 남자를 친구로 대하며 남자도 그녀를 친구로 대합니다.

우리는 군 장성급의 전략을 가지고 연애에 접근해야 한다는 생각에 흔들리기 쉽습니다. 단계별 프로그램은 사랑을 더 다루기 쉽게 만들어준다는 약속에 이끌리기 쉽습니다. 우리가 이런 프로그램에 의지하는 것은 이것이 진짜 사랑과 진짜 상실의 복잡함에 비해 훨씬 덜 위협적이기 때문입니다. 이런 프로그램은 고통스러운 이별 때문에 슬퍼하는 우리의 기분을 순식간에 전환시켜줍니다. 또한 이런 배움 덕에 다음 번에는 왠지 더 잘할 수 있을 것 같은 환상을 심어줍니다. 사실 인간의 감정은 한 가지로 꼬집어 말할 수 없다는 사실을 직시하는 것보다는 성공적 연애를 설교하는 책을 읽는 편이 더 쉽잖아요. 복잡미묘한 두 개인이 복잡한 관계를 헤쳐나가야 한다는 사실을 받아들이기보다 백 가지 데이트 요령을 소화하는 편이 더 쉽잖아요.

문제는 쉬운 해결책을 제시하는 책들은 아무것도 해결하는 것이 없다는 점입니다. 이런 책을 따랐다가 기대하는 결과를 얻지 못하면 우리는 어떻게 되나요? 여자가 밀고 당겨야 남자가 여자를 숭배한다고요? 그런데 남자가 도망갔어요! 일주일 동안 남자에게 전화하지 않으면 남자가 싹싹 빌며 여러분을 찾아올 거라고요? 그런데 남자는 집에 찾아오기는커녕 여행을 떠나버렸어요! 전구를 못 가는 척하면 남자의 보호본능을 자극할 거라고요? 그런데 남자는 소소한 문제를 스스로 해결할 수 있는 현명한 여자를 찾아나섰대요!

연애지침서의 조언이 비극적인 이유는 연인과 의미 있게 관계 맺는 법을 방해하기 때문입니다. 그런 조언은 누가 먼저 전화할 것인가 같은 연애의 가장 피상적인 일들에 에너지를 낭비하게 만듭니다. 이렇게 되면 연애의 어두운 그림자를 헤쳐나갈 수 있는, 매력적인 연인으로 성장할 기회를 잃게 됩니다.

사랑이라는 시험은 결혼식장에서 끝나지 않는다는 사실을 우리는 잘 알고 있습니다. 완벽한 웨딩드레스가 완벽한 결혼으로 귀결되는 것은 아닙니다. 미래를 약속한다고 해서 우리가 지닌 '문제들'이 마술처럼 사라지지도 않습니다. 그렇다면 왜 그토록 많은 사람들이 연애 게임에서 승리하는 것만이 중요하다고 생각하는 걸까요? 왜 연애 공식을 따르기만 하면 상처받지 않으리라고 믿는 걸까요?

이 책을 쓰려고 책상에 앉았을 때 나는 규칙이나 손쉬운 해결법은 쓰지 않겠다고 다짐했습니다. 나는 사랑은 언제나 그런 손쉬운 해결책보다 한 수 위라는 점을 입증하고 싶었습니다. 사랑은 사랑을 가두기 위해 세우는 울타리를 어김없이 뛰어넘을 테니까요.

사랑은 본래 불의 성질을 가지고 있는데 우리 시대는 이 사실을 부정하려 합니다. 이 시대는 사랑을 우리의 이성으로 통제할 수 있는 그 무엇으로 만들려고 합니다. 이런 노력은 실패할 수밖에 없을 뿐만 아니라 연애의 매력을 앗아갑니다. 사랑을 투자 포트폴리오의 일부로 만들어버리죠. 신중하게 투자할수록 이익이 많이 남는다는 거예요. 하지만 실은 그 반대입니다. 사랑에서는 가장 큰 위험을 감수하는 사람이 가장 큰 수확을 거둡니다. 이런 사람들은 때로 모든 것을 잃기도 하죠. 하지만 성공했을 때는 대박을 터뜨립니다.

그러므로 연애의 공식 따위는 없습니다. 하지만 어둠 속에 매복하고 있는 연애지침서라는 흡혈귀를 저지할 강력한 명제는 있습니다.

×××

1. 너무 애쓰지 마세요.

누군가가 정해준 틀에 사랑을 끼워 맞추려고 하지 마세요. 사랑은 색깔 맞추기 큐브가 아니니까요. 게다가 사랑의 수수께끼는 색색의 조각을 제자리에 끼워 맞춰서 풀 수 있는 것이 아닙니다. 그래봐야 손가락에 물집만 잡힐 뿐이죠. 힘든 일은 사랑이 알아서 해결하게 내버려둡시다. 그러면 기분도 좋아지고 심리치료에 들어가는 비용도 엄청나게 절약될 것입니다.

2. 너무 조심스러워하지 마세요.

사랑에서 조심성은 아무런 열매도 가져다주지 않습니다. 사랑에 조심성을 적용하는 것은 브레이크를 걸고 오르막길을 오르는 것과 같습니다. 조금씩 올라는 가겠지만 마지막엔 정비소 신세를 져야 할 것입니다.

3. 자신의 일거수일투족을 분석하지 마세요.

자신의 연애를 분석하는 데 시간을 많이 바칠수록 사랑할 시간은 줄어듭니다. 그러니 분석에 너무 많은 시간을 쓰지 말고 자신이 한 행동에 대해 너무 고민하지도 마세요. 뭔가가 단단히 잘못됐다는 느낌이 들지 않는다면요. 상처를 받은 것 같거나 모욕감과 혐오감이 들기 시작하면 지체 없이 이별을 고려해보세요.

4. 강인해 보이는 걸 두려워하지 마세요.

이 말은 메모지에 적어서 지갑에 넣은 뒤 주문처럼 외우고 다녀도 좋습니다. 내가 강인하고 독립적인 여자란 사실 때문에 괜히 미안해하지 마세요. 괜찮은 남자라면 억지로 꾸며낸 여성스러움이나 의존적 태도보다는 이런 자질을 더 원할 수 있습니다. 여성을 비하하는 것으로 자신의 남성성을 확인받는 남자만큼 한심한 인간도 없습니다. 누가 이런 남자를 필요로 하겠어요?

5. 자신의 약점을 두려워 마세요.

아무리 강인한 여자에게도 결핍과 약점이 있습니다. 절망할 때도 있고 말이죠. 인생을 살다보면 기댈 어깨가 필요할 때도 있습니다. 하지만 남자도 마찬가지입니다. 힘들 때 기댈 수 있는 마음 넓고 따뜻한 파트너는 슈퍼맨의 붉은 망토보다 더 든든합니다. 그가 여러분과 함께하는 것도 그 때문입니다.

6. 자신을 원하지 않는 상대를 쫓아다니지 마세요.

자신을 좋아하지 않는 남자를 쫓아다니는 건 부질없는 행동입니다. 죽자고 쫓아다녀봐야 다리만 아프고 가슴만 미어질 뿐이에요. 자신감도 잃게 되고 내가 매력이 없나 의구심마저 품게 될 것입니다. 미용실에 너무 자주 다녀서 머리카락은 뭉텅뭉텅 빠지고 친구들은 한 마디씩 할 것입니다. 친구들이 참견하기 전에 여러분 스스로가 결단을 내려야 합니다. 그 남자를 끊기 위해 모스크바 같은 데로 떠나야 한다면 그렇게 하세요. 여자는 자신만큼 노력할 줄 아는 남자를 만나야 합니다.

7. 완벽한 상대는 그만 찾으세요.

사람이라면 누구에게나 문제가 있습니다. 복잡한 문제가 있는 남자들이 단순한 남자들보다 우리의 구미를 더 많이 자극할 수 있습니다. 여러분은 어떤가요? 나 스스로 아무 문제가 없는 사람이 되어야 한다고 생각하나요? 의구심이나 불안감, 소심함이나 불확실성, 양면성이라고는 전혀 없는 그런 인간이 되고 싶은가요? 그렇지 않다면 왜 남자는 갓난아기처럼 과거도 망설임도 없어야 한다는 건가요?

8. 사랑하는 사람을 조종하지 마세요.

차라리 다채로운 인격을 만드는 데 집중하세요. 돈을 벌고 커리어를 쌓으세요. 외국어도 배우세요. 스키라도 배우고 쿠키라도 오천 개쯤 구워 주변 남자들에게 실컷 나눠주세요. 프로젝트가 필요하다면 자신의 삶을 미술작품이라 생각해보세요. 인생을 걸작으로 만들어보세요. 하지만 교제하는 남자를 프로젝트처럼 취급하지는 마세요. 여러분이 두 사람의 관계를 무슨무슨 프로젝트로 만들어버렸다는 걸 알면 남자는 머리끝까지 화가 솟구칠 겁니다.

9. 지나간 잘못을 일일이 후회하지 마세요.

사랑할 때 올바른 선택만 하기란 쉽지 않습니다. 사람들은 상처를 입습니다. 여러분도 상처를 입죠. 상처를 입은 여러분은 남자에게 상처를 입히고 맙니다. 상처받지 않으려고 아무리 발버둥을 쳐도 이런 일은 일어나게 마련이죠. 하지만 상처는 그럭저럭 맘에 드는 사람과 소꿉장난하듯 사귈 때보다는 누군가를 정말로 사랑할 때 일어납니다. 발을 잘못 디디기도 하고 길을 잃기도 하는 것이 사랑입니다. 사랑은 여러분이 서 있는 자리를 되돌아보게 합니다. 필요하다면 여러분의 좌표를 수정하라고도 합니다. 사랑은 그렇게 여러분의 영혼을 만들어갑니다.

10. 상실을 완전한 상실로만 생각하지 마세요.

소중한 것을 잃을 때에는 반드시 얻는 게 있다는 사실을 기억합시다. 보상이나 회복은 느리게 찾아올 수도 있습니다. 때로는 그것이 보상인지조차 못 알아볼 때도 있죠. 하지만 충분히 기다린다면 최악의 상실을 겪은 후에도 보상은 찾아옵니다. 상실은 여러분의 인격을 정화해, 다음 번에 근사한 남자를 만날 때 그를 끌어당길 수 있는 강력한 매력을 발산하게 해줄 것입니다.

× × ×

284

이 열 가지 명제가 행복을 일평생 보장해주지는 않습니다. 하지만 인생을 제대로 살아냈다는 사실만큼은 보장해줄 것입니다. 과감하게, 용감하게, 대담하게, 진정한 연인으로 말이죠.

권상미

한국외국어대학교와 동대학교 통역번역대학원을 졸업한 뒤 캐나다 오타와대학교에서
번역학 석사학위를 받았으며 박사과정을 수료했다. 현재 캐나다에 살면서 넷플릭스
글로벌리제이션 팀의 프리랜스 링귀스트로 일하며, 문학 번역과 회의 통역을 병행하고
있다. 옮긴 책으로『검은 개』『올리브 키터리지』『드라운』『오스카 와오의 짧고 놀라운
삶』『일요일의 카페』『빌 브라이슨 발칙한 미국 횡단기』『빌 브라이슨 발칙한 유럽산책』
『시간을 파는 남자』『루빈의 선물』등이 있다.

하버드 사랑학 수업

초 판 1쇄 발행 2012년 10월 31일
개정판 1쇄 발행 2020년 1월 25일
개정판 5쇄 발행 2021년 7월 30일

지은이 마리 루티
옮긴이 권상미

발행인 이재진 **단행본사업본부장** 신동해 **편집장** 김예원
책임편집 문정민 **표지디자인** 김은정 **본문디자인** 윤설란
마케팅 이현은 문혜원 **홍보** 최새롬 권영선 최지은
국제업무 김은정 **제작** 정석훈

브랜드 웅진지식하우스
주소 경기도 파주시 회동길 20
문의전화 031-956-7351(편집) 02-3670-1024(마케팅)
홈페이지 www.wjbooks.co.kr
페이스북 www.facebook.com/wjbook
포스트 post.naver.com/wj_booking

발행처 ㈜웅진씽크빅 **출판신고** 1980년 3월 29일 제406-2007-000046호

한국어판 출판권 © Woongjin Think Big, 2020
ISBN 978-89-01-23930-9 03840